Kim Kestner

**Zeitrausch**

Spiel der Vergangenheit

*Kim Kestner,*
1975 in Gifhorn geboren, studierte visuelle Kommunikation und leitete eine Marketing-Agentur, bevor sie mit dem Schreiben begann. Seither veröffentlicht sie erfolgreich Jugendromane. Ihre Zeitrausch-Trilogie wurde als zweitbestes E-Book mit dem Lovelybooks-Publikumspreis ausgezeichnet. Nun erscheint die Trilogie erstmals als Taschenbuchausgabe beim Arena Verlag. Kim Kestner wohnt mit ihrer Familie, Dackel Socke und einem Terrier, der glaubt, »Pfui aus« zu heißen, südlich von Hamburg.

*Weitere Bücher von Kim Kestner im Arena Verlag:*
Anima. Schwarze Seele, weißes Herz
Sakura. Die Vollkommenen

Kim Kestner

# Zeitrausch

## Spiel der Vergangenheit

Arena

*Für Anica, die dieses Buch besser kennt als ich.*

FSC
www.fsc.org
MIX
Papier aus verantwortungsvollen Quellen
FSC® C110508

1. Auflage als Arena Taschenbuch 2018

Dieses Buch ist eine überarbeitete Fassung des gleichnamigen E-Books *Zeitrausch. Spiel der Vergangenheit,* das erstmals 2014 in anderer Ausstattung bei Carlsen Impress erschienen ist.
Dieses Werk wurde vermittelt durch die AVA international GmbH Autoren- und Verlagsagentur, München.
Covergestaltung: Carolin Liepins
Gesamtherstellung: Westermann Druck Zwickau GmbH
ISBN: 978-3-401-51067-5

*www.arena-verlag.de*
*www.twitter.com/arenaverlag*
*www.facebook.com/arenaverlagfans*

# Prolog

31. August 2013, 8:02 Uhr, irgendwo

Ich rede nur leise. Meine Zunge klebt am Gaumen. Aber ich muss die Worte ausgesprochen hören, sonst verliere ich den Verstand!

»Mein Name ist Alison Hill, ich bin 17. Ich lebe mit meinem kleinen Bruder Jeremy und meinen Eltern in einem Holzhaus in den Wäldern von Mill Valley, Kalifornien. Mein Name ist Alison Hill ...«

Meine Haare sind mit Staub und Dreck verklebt. Ich zwirble sie zwischen den Fingern, nur um mich zu beruhigen, um zu wissen, dass wenigstens ich noch existiere.

Wo bin ich? Raue Betonwände, der Fußboden ebenso trist wie kalt, in der Ecke steht ein Eimer, daneben eine leere Toilettenrolle, es stinkt nach Fäkalien. Ich sehe auf eine Stahltür. Wohin sie führt, weiß ich nicht. Dort draußen kann mich alles erwarten: Krankheit, Tod, Krieg, aber wohl kaum die wiegenden Bäume vor unserem Haus, die ich fast genauso schmerzlich vermisse wie Jeremy, Mum und Dad. Alle haben sie mir genommen und genau in dieser Reihenfolge.

Gerade als ich meinen Kopf mit dem festen Entschluss, die Stahltür nicht zu öffnen, auf die Knie sinken lasse, fängt der Marker an zu piepen. Es wird schnell lauter, bald wird es unerträglich sein. Notgedrungen werfe ich einen Blick in meine rissige Handfläche und stöhne laut auf. Sie geben mir nur noch acht Minuten, um zu entscheiden, ob ich in dieser Realität leben will. Der Countdown läuft unerbittlich rückwärts.

# 1

31. August 2013, 6:04 Uhr, Mill Valley

Eine blecherne Melodie reißt mich aus dem Schlaf.

Ich muss nicht erst die Augen öffnen, um zu wissen, dass mich mein hoffnungslos veraltetes Handy mit seiner immer gleichen Tonfolge beschallt.

Mit der einen Hand ziehe ich mein Kissen über das Ohr, mit der anderen versuche ich, das elektronische Biest zu erschlagen. Ich hasse die Melodie! Und sie scheint mich ebenso zu hassen.

»Ja?«, brülle ich schließlich in das Ding, das ich erst aufklappen muss, damit es funktioniert.

»Alison!«

»Oh Gott! Carissa. Wie spät ist es?«

»Keine Ahnung, aber stell dir vor: Ich war die ganze Nacht wach. Bin gar nicht erst schlafen gegangen! Hab mit 'nem Campingstuhl vor dem Laden gewartet und ...«

Entnervt halte ich das Handy so weit von meinem Ohr weg wie möglich. Carissas Stimme ist fast so nervtötend wie meine Handymelodie und ein Blick auf den Wecker gibt mir den Rest. Mit stoischem Blinken zeigt er mir seinen Mittelfinger. Es ist erst kurz nach sechs. Super! Und das in den Ferien!

Selbst Jeremy schläft noch. Sonst ist er immer der Erste, der unserem Haus seinen stampfenden, schreienden, heulenden und johlenden Atem einhaucht. Grauenhaft!

Mein Bruder Jeremy ist gerade zehn geworden und ein Unfall, wie meine Eltern nie vergessen zu erwähnen. Trotzdem lieben sie ihn abgöttisch. Mit seinem blonden Engelshaar und den viel zu großen Augen erweckt er den Eindruck, als könne er kein Wässerchen trüben, aber mein aufgebrochenes Sparschwein und mein zerlesenes Tagebuch sprechen eine andere Sprache.

Meine Haare sind schwarz und meine Augen matschfarben. Niemand würde mich für einen Engel halten.

»B...st no... da?«, höre ich dumpf aus der Ferne.

Verdammt! Carissa ... Zwecklos, noch an Schlaf zu denken. Wenn du nicht schlafen kannst, steh auf, hat mir Großvater immer gesagt. Also springe ich aus dem Bett, stoße mir das Knie am Nachttisch und schleppe mich, mit dem Handy in der Hand, zum Fenster. Nur mit einem energischen Stoß lassen sich die Flügeltüren öffnen, aber dann strömt die warme Morgenluft herein und mit ihr das aufdringliche Gezwitscher eines Vogels, irgendwo aus den Ästen des Apfelbaums, der sich bis zum Dachfirst streckt.

»Was ist?«, schnauze ich in die Sprechmuschel und lasse mich wieder aufs Bett fallen. Es klingt weniger verärgert, als ich es mir gewünscht hätte.

»Gut, da bist du ja«, schnattert Carissa weiter. »Es ist sooo cool! Und das Allerbeste: Die ersten fünf Kunden haben eine Sonderedition mit Perlmutt-Lackierung bekommen. Gleich nach dem Frühstück komme ich zu dir und ...«

»Bitte, bitte, nein! Ich will weiterschlafen!«, würge ich Carissa ab und lege auf. Wir kennen uns, seit wir denken können. Ich weiß, sie wird es mir nicht übel nehmen.

Carissa ist auf den Tag genau zwei Monate älter als ich und früher haben wir in der gleichen Gegend gelebt, doch seit ihr Daddy ein Vermögen mit Düngemittel gemacht hat, bewohnen sie ein großes Strandhaus, dessen Fronten fast ausschließlich aus Glas bestehen. Ich mag Carissa noch immer, aber ihr ganzes Modepüppchen-Getue nervt. Gestern hat sie doch tatsächlich vor irgendeinem Apple-Store in San Francisco gecampt, nur um das neue iPhone als Erste zu besitzen. Am Montag nach den Ferien wird sie in der Highschool höllisch damit angeben.

Mit einem Seufzer krieche ich zurück unter die Decke und schirme meine Augen gegen das grelle Morgenlicht ab, das tanzende Schatten durch den dichten Blätterwald auf mein Gesicht wirft. Obwohl unser Haus auf einer kleinen, frei geschlagenen Schneise inmitten gigantischer Bäume steht, schafft es die Sonne in diesen Augusttagen bis in mein Dachgeschosszimmer. Sie wärmt meine Haut, bringt meine kurzen Fransen bald auf meiner Stirn zum Glühen, und da außer mir ohnehin noch niemand wach zu sein scheint, lasse ich mich von der Wärme und den Geräuschen des Waldes in einen Dämmerschlaf tragen …

## 8:02 Uhr, Mill Valley

Ich schrecke hoch, sitze kerzengerade und verschwitzt in meinem Bett. Etwas stimmt nicht.

Etwas ist ... anders!

Der penetrant zwitschernde Vogel im Apfelbaum scheint ausgeflogen zu sein, statt seiner macht sich ein ehrgeizig klopfender Specht bemerkbar. Aber das ist es nicht. Meine linke Hand schmerzt, wahrscheinlich weil ich noch immer das Handy verkrampft festhalte. Mit dem Daumen massiere ich die Innenfläche, während ich mich in meinem Zimmer umsehe: der Holzstuhl mit der geflochtenen Sitzfläche, über dem einige Kleidungsstücke hängen, mein apfelgrüner Teppich mit dem ärgerlichen dunklen Fleck am Rand, den ich unter einem hoch getürmten Magazinstapel verstecke. Den Fleck habe ich natürlich Jeremy zu verdanken oder genauer gesagt: seiner Vorliebe für Kakao. Eigentlich hat mein Bruder nichts in meinem Zimmer zu suchen, trotzdem nutzt er jede Gelegenheit dazu, herumzuschnüffeln und sein Spielzeug anzuschleppen. Seit er letzten Monat mein Tagebuch gelesen hat, trägt es zur Sicherheit ein Schloss. Außerdem steckt es jetzt zwischen meinen Schulbüchern, die er mit Gewissheit nicht anfasst. Sie stehen neben einigen gerahmten Familienfotos von uns auf dem Schreibtisch.

Alles scheint unverändert. Nur der Wecker zeigt eine andere Zahl an: kurz nach acht. Da wird mir klar, was mich hat hochschrecken lassen: Es ist viel zu still für diese Zeit.

Schläft Jeremy noch? Oder streift er schon wieder durch den Wald, mit dem sinnlosen Versuch beschäftigt, ein Eichhörnchen zu fangen?

Aus dem Untergeschoss höre ich Geschirr klappern. Mum deckt den Tisch, was sie nur tut, wenn auch Dad zu Hause ist und Zeit für ein gemeinsames Frühstück bleibt. Einen Moment später zieht auch schon der Duft von Pancakes in mein Zimmer und ich schlüpfe schnell aus meinem Entenpyjama, streife mir nur Jeans und ein verwaschenes Shirt über, damit ich am Tisch bin, bevor Jeremy mir alles wegfuttert. Er kann Berge von Pancakes in Windeseile verdrücken.

Jede der Treppenstufen knarzt, und obwohl ich unser altes Holzhaus liebe, würde ich manchmal gern mit Carissas traumhaftem Stranddomizil tauschen.

Unsere Küche ist altmodisch, aber gemütlich und wie fast alles in unserem Haus aus Holz. Dad arbeitet in dem letzten verbliebenen Sägewerk von Mill Valley und nicht selten stapeln sich krumme, zerspante oder sonst wie unbrauchbar gewordene Bretter auf seinem Pick-up, wenn er am Spätnachmittag den ausgefahrenen Waldweg zu unserem Haus heruntergerumpelt kommt.

Er kann den Gedanken nicht ertragen, einer der gigantischen Redwood-Bäume sei umsonst gestorben. Daher verbringt er nicht selten seine Wochenenden im Schuppen, um irgendetwas aus den Holzabfällen zu bauen. So ist auch unsere Küche entstanden. Aber Mum hat sie am letzten Wochenende bunt angestrichen, weil sie meinte, kein naturbelassenes Holz mehr sehen zu können. Seitdem ist Dad noch wortkarger als sonst, und als ich in die Küche komme, sitzt er, eine aufgeschlagene Zeitung vor dem Gesicht, am Tisch und brummt: »Morgen.«

Ich drücke ihm einen Kuss auf die kahle Stirn. »Guten Morgen, Daddy.« Ich deute auf einen türkisfarbenen Schrank, aus dem Mum gerade drei Teller nimmt. »Ist er deswegen immer noch stinkig?«, frage ich sie.

»Kein Mensch kann immer nur Braun sehen, erst recht nicht, wenn er die ganze Nacht arbeitet und ins Dunkle starrt«, antwortet sie und reicht mir die Teller.

Wie müde sie aussieht. Ich werde heute mit Jeremy in den Wald gehen, damit Mum ein wenig Schlaf nachholen kann. Seit einiger Zeit muss sie nachts an einer Mautstation der Golden Gate Bridge arbeiten, denn seit Mill Valley zu einem der lebenswertesten Orte der Staaten gewählt wurde, sind die Kosten für Lebensmittel, Benzin, sogar für Toilettenpapier derart gestiegen, dass Dads Lohn nicht mehr ausreicht.

Mum unterdrückt ein Gähnen, stellt den Sirup auf den Tisch und zupft an meinem grauen Shirt. »Du könntest auch ein bisschen Farbe vertragen, Bunny. Immer diese dunklen Sachen. Das passt gar nicht zu dir.«

»Nenn mich nicht Bunny!«, fauche ich und ziehe meine Oberlippe hoch, um ihr die fast geschlossene Lücke zwischen den Schneidezähnen zu zeigen, der ich meinen Spitznamen zu verdanken habe. Doch als ich sehe, dass Mum anscheinend vor Müdigkeit sogar Jeremys Gedeck vergessen hat, bereue ich meine Worte und decke den vierten Teller dazu. »Bunny ist okay, Mum. Mach dir keine Gedanken.«

Sie lächelt dankbar, dann öffnet sie die Briefe, die Dad zusammen mit der Zeitung ins Haus geholt hat.

»Stromrechnung, die Versicherungsunterlagen für den Pick-up ... du meine Güte, schon wieder neue Schulkleidung ...«, murmelt sie, während sie die Umschläge in den Mülleimer fallen lässt und Dad die Briefe über den Tisch zuschiebt, »und ach ... kennst du einen Francis Raymond, Robert?«

»Hm ... ein entfernter Verwandter, ich glaube, meine Schwester Rose hat ihn irgendwann mal besucht. Was ist mit ihm?«, fragt Dad, ohne die Zeitung zu senken.

»Stell dir vor, eine Einladung zu seinem Geburtstag. Wie nett. Hier steht, er lebt irgendwo bei Carson City, Nevada. Was meinst du, sollen wir zusagen? Wäre doch spaßig. Wir könnten Las Vegas besuchen ...«

»Mich zieht nichts in diese gottverdammte Einöde«, brummt Dad, legt die Zeitung zur Seite und zieht eine Augenbraue hoch, als ich das Besteck zu Jeremys Teller lege. »So früh Besuch?«

»Der ist für Jeremy, Dad!«, antworte ich kopfschüttelnd und lasse mich auf den Stuhl fallen. »Wo ist er überhaupt?«

Mum verteilt die Pancakes und übergießt sie mit großen Mengen Ahornsirup. »Du musst mir sagen, wenn Besuch zum Frühstück kommt, Bun...«, sie beißt sich auf die Zunge, »Alison. Jetzt haben wir nicht genug Pancakes.«

»Jeremy«, brummelt Dad. »Besucht ihr den gleichen

Kurs? Ist er älter als du?« Eine steile Falte zeichnet sich auf seiner Stirn ab und ich muss mir das Lachen verkneifen, weil er tatsächlich verärgert aussieht.

»Sehr witzig, Dad! Selber Kurs ...« Jeremy kommt erst nächstes Jahr auf die Junior High und ich fürchte, ab dann wird er mir die ganze Zeit an den Fersen kleben. »Nein, im Ernst. Hat mein kleiner Bruder schon gefrühstückt?« Ich schiele nach dem letzten Pancake.

»Wessen Bruder? Kennen wir seine Schwester? Was ist das für ein Typ?«, will Dad wissen.

»Robert!«, fällt Mum ihm ins Wort und zupft an meinen fransigen Haarsträhnen herum. »Wenn es endlich jemanden gibt, der dir gefällt, Bunny, solltest du dich ein wenig mehr zurechtmachen.«

Wieder beschleicht mich das ungute Gefühl. Irgendetwas stimmt hier nicht. Und es hat nichts mit meiner immer noch schmerzenden Handfläche zu tun, sondern mit Mum und Dad. Es sieht ihnen nicht ähnlich, Scherze auf Kosten ihrer Kinder zu machen.

»Mum! Wo ist Jeremy?«, frage ich mit einem Kloß im Hals.

»Ich weiß nicht, wann habt ihr euch denn verabredet? Er wird dich doch wohl nicht versetzt haben?« In dem Blick meiner Mutter liegt so viel aufrechtes Mitgefühl, fast glaube ich, sie weiß wirklich nicht, von wem ich spreche!

Mein Herz macht sich wild pochend bemerkbar. »Wenn das hier ein Scherz sein soll, ist es ein verdammt schlechter!«, presse ich heraus. »Ich will jetzt sofort wissen, was mit Jeremy ist!«

Dad lässt die Zeitung sinken, die er gerade wieder aufgenommen hatte, und starrt mich an. »Alison, ist alles in Ordnung?«

»Nein! Nichts ist in Ordnung!«, blaffe ich, wütend, weil meine Eltern konsequent ihr Schauspiel durchziehen. »Mein Bruder – Jeremy! Wo ist er?« Als beide nicht antworten, wird mir übel.

Jeremy ist verletzt oder noch schlimmer: tot! Er ist von einem der irrsinnig hohen Bäume gefallen, in die er immer klettert, um den Eichhörnchen nachzujagen. Aber warum sagt mir niemand was?

»Alison, du hast keinen Bruder«, meint Mum schließlich und legt mir besorgt die Hand auf die Stirn. »Kein Fieber«, murmelt sie. »Was ist denn nur los mit dir?«

»Was ist los mit euch? Selbstverständlich habe ich einen Bruder! Er heißt Jeremy, ist am 17. Juni zehn Jahre alt geworden und euer kleiner Engel! Was ist ihm zugestoßen? Ich schreie das Haus zusammen, wenn ihr mir nicht sofort sagt, was passiert ist!« Meine Stimme überschlägt sich.

»Du schreist ja ohnehin schon. Beruhig dich, Kind. Du hast keinen Bruder!«, wiederholt Mum und schüttelt mich dabei an den Schultern.

Ich verstehe nicht, wie sie so etwas behaupten kann, und Wut wechselt zu Panik. Mum bleibt so ernst. Plötzlich kommt mir der Gedanke, ich könnte Jeremy tatsächlich herbeifantasiert haben. Vielleicht stimmt etwas mit mir nicht, mit meiner Wahrnehmung.

Ich befreie mich aus Mums Griff und renne in mein Zimmer, um ein Foto von Jeremys letztem Geburtstag zu holen, auf dem wir alle Piratenhüte tragen. Die Tür steht einen Spalt offen, als ich sie ganz aufstoße, verliere ich das Gleichgewicht vor Schreck und muss mich am Treppengeländer festhalten. Auf dem grünen Teppich liegt ein großer, grau melierter Hund mit langem, zottigem Fell. Er hebt den Kopf und klopft mit seiner Rute, als er mich sieht. »Was zum Teufel ...? Raus! Verschwinde dahin, wo du hergekommen bist!«

Der Hund trollt sich die Treppe runter.

Ich brauche eine Sekunde, dann stürze ich zum Schreibtisch, stolpere über den Stapel Magazine, der sich über dem Teppich ausbreitet. Der Kakaofleck! Er wäre nicht da, wenn Jeremy nicht existieren würde, oder? Mit fliegenden Händen schleudere ich die Magazine beiseite. Was? Das kann nicht sein! Er ist weg! Nichts! Nur apfelgrüne Wolle, kein Fleck. Ich bin mir sicher, nicht zu träumen, kneife mir trotzdem in die Wange. Es tut weh!

Hektisch reiße ich die Bücher auf meinem Schreibtisch um. Das Tagebuch fällt auf die Erde, klappt auf. »Kein Schloss! Wo –« Mein Blick fällt auf die beiden Bilderrahmen, mir wird schwindelig und gleichzeitig eiskalt. Ich sehe Mum, Dad, meine Tante Rose und mich selbst beim Zelten an einem See. Die Aufnahme entstand in einem der Nationalparks im Redwood Forest, ich muss etwa acht gewesen sein. Mit klaffender Zahnlücke grinse ich in die Kamera. Doch dort, wo Jeremy in einem Nest aus Moos sitzen sollte, das ich zusammengetragen hatte, damit er weich genug liegt, steht ein Grill.

Mein Verstand will nicht glauben, was meine Augen sehen. Auch der andere Glasrahmen, der das Foto halten sollte, auf dem mein Bruder in wilder Piraterie einen Plastiksäbel über unseren Köpfen schwingt und wir alle so tun, als würde er uns gleich erdolchen, ist einem anderen gewichen. Es zeigt eine Aufnahme von mir und dem Hund, den ich eben aus dem Zimmer gejagt habe. Das Bild ist mit einem Herz verziert, neben dem »Buffy« steht.

Verdammt! Das kann doch nicht ... Wie? Ich weiß, Jeremy existiert, Millionen Dinge verbinde ich mit ihm. Aber es gibt keinen Beweis. Nirgends! Warum erinnert sich denn niemand?

Vielleicht bin ich verrückt geworden! Vielleicht ist das gar nicht mein Leben. Ich muss fantasieren. Dabei fühlt sich alles so echt an. Hilfe! Ich öffne den Mund, ein stummer Schrei. Jeremy ... Jeremy! Benommen stürze ich zum Fenster, lehne mich weit hinaus. »Jeremy! Jeremiiiiiiiie! Antworte doch! Bitte komm wieder!«

Plötzlich zieht sich mein Magen zusammen. Ich würge, falle auf die Knie, alles dreht sich! Schwallartig breche ich die Pancakes aus. Meine Handfläche brennt wie Feuer. Wieder muss ich würgen, bittere Galle. Ich höre gerade noch, wie Dad ins Zimmer gestürmt kommt und brüllt: »Susan! Ruf einen Arzt! Schnell!«

Wieso brennt meine Hand? Wieso ... wieso ... Mein Leben versinkt in Dunkelheit.

# 2

Irgendwann, irgendwo

Jemand streichelt meine Hand. Anscheinend bin ich bei Bewusstsein. Ich versuche, die Augen zu öffnen. Es geht nicht. Leise Stimmen dringen zu mir durch, Wortfetzen verfangen sich in meinem vernebelten Hirn. »Puls optimal ...« – »Anzeige läuft ...« – »... kann bald aktiviert werden ...« – »Impuls zum Aufwachen geben ...« – »Stopp! Neuronale Werte noch nicht stabil ...«

Ich muss im Krankenhaus sein! Mum steht neben mir und massiert meine Hand, ihre Berührung tut gut, alles ist in Ordnung. Müde ... ich will schlafen ... nur noch schlafen ...

Als ich wieder aufwache, höre ich die Ärzte. Sie reden leise, ihre Stimmen klingen ruhig. Niemand scheint sich ernsthaft Sorgen zu machen. Trotzdem, irgendetwas ist merkwürdig, nicht normal. Nur was?

Im nächsten Augenblick schießt etwas heiß durch meine Venen, ein Kribbeln überzieht meinen ganzen Körper und dann bin ich hellwach. Der geistige Schleier hat sich so abrupt in Luft aufgelöst, als hätte mich jemand mit einem Kübel eiskalten Wassers übergossen. Aber jetzt ist mein Verstand glasklar.

Jeremy! Was ist mit Jeremy? Und Mum!

»Mum?«, flüstere ich und öffne die Augen.

Doch es ist nicht meine Mutter, die eben meine Hand loslässt, sondern eine spindeldürre Krankenschwester mit breiter Nase und weit auseinanderstehenden Augen. Sie schraubt einen Metalltiegel zu, wendet sich ab und wäscht sich die Hände. »Der Marker hat eine leichte Entzündung hervorgerufen. Das sollte er nicht. Aber die Creme wirkt schnell«, sagt sie emotionslos und verlässt ohne weitere Erklärungen den Raum.

Ich starre ihr hinterher, dann auf meine Handinnenfläche, die sie behandelt hat. Hauchdünne silberne Fäden ziehen sich über die Haut und kreuzen sich mit den Lebenslinien zu einem bizarren Muster. Sie scheinen keinen Sinn zu machen. So etwas habe ich noch nie gesehen, auch verstehe ich ihren Zweck nicht. Mein Zeigefinger streicht unwillkürlich über den Fremdkörper. Er lässt sich kaum erspüren.

Erst jetzt registriere ich einen Mann, der mit dem Rücken zu mir an einer eigenartigen Anzeigetafel aus Glas steht, die er steuert, ohne sie zu berühren.

»Hallo«, versuche ich, ihn auf mich aufmerksam zu machen. Er reagiert nicht.

»Hey! Sie!«, sage ich lauter, und als er sich endlich umdreht: »Warum sind meine Eltern nicht hier? Wo bin ich? Was ist das hier auf meiner Hand?«

»Es wird sich alles klären. Ich bin nicht befugt, tut mir leid«, antwortet er, doch ich lese weder Mitleid noch Interesse in seinem Gesicht. Auch scheint er kein Arzt zu sein. Zumindest trägt er keinen Kittel, stattdessen einen milchigen Ganzkörperanzug, der ihn auf seltsame Weise konturlos erscheinen lässt. »Ihre Werte sind stabil. Bis auf die winzige Entzündung.« Jetzt greift er nach meinem Arm und biegt meine Finger hoch, ganz so, als sei ich eine Puppe. »Sehen Sie selbst, er hat sich wunderbar mit Ihrem Nervensystem verbunden. Also kein Anlass zur Sorge.«

Ich reiße meine Hand zurück. Seine Ignoranz macht mich wütend, gleichzeitig fühle ich mich elend und verlassen. »Hören Sie! Ich gehe jetzt, okay?« Ich versuche, selbstbewusst zu klingen, doch es hört sich mehr wie eine Frage an.

»Das wird nicht möglich sein«, antwortet der Mann und bringt mein Bett in eine aufrechte Position, sodass ich gleich darauf wie in einem Sessel sitze. »Aber ich bleibe bei Ihnen, bis Sie geholt werden. Meine Aufgabe ist es lediglich, Ihnen in der verbleibenden Zeit den Marker zu erläutern. Bitte wenden Sie Ihre Aufmerksamkeit Ihrer linken Handinnenfläche zu.«

»Wohin werde ich geholt?«

»Ich bin nicht –«

»Dann rufen Sie jemanden, der befugt ist!«

Jetzt scheine ich meinen Worten genug Kraft verliehen zu haben, kurz zeichnet sich Verblüffung auf seinem bleichen Gesicht ab. Statt einer Antwort wendet er sich wieder der Anzeigetafel zu. Mein Blick folgt seinem zu einem digitalen Balken, der kurz rot aufleuchtet, dann wieder in einen gelben Bereich zurücksinkt. Plötzlich werde ich ruhiger, obwohl ich das gar nicht will. Ganz so, als würde ich fremdbestimmt, ferngesteuert, automatisch reguliert.

Es fühlt sich falsch an, ich spüre nichts als Erstaunen,

als ich mich wieder frage: Wo bin ich? Warum haben meine Eltern mich hiergelassen? Allein? Was ist mit Jeremy geschehen?

Die Ungewissheit sollte mich mit Panik erfüllen, aber mein Körper lässt keinerlei Emotionen mehr zu. Er reagiert beherrscht und ich kann meine Gedanken nicht mit der Angst, Wut oder dem Entsetzen in Einklang bringen, das ich empfinden sollte.

Also, ich gehe jetzt.

Aber der Bettsessel lässt mich nicht aus seiner Schale, obwohl ich jeden Muskel meines Körpers anspanne. Ich mühe mich ab, winde mich hin und her, bis mir auch meine Freiheit nicht mehr wichtig erscheint. Gleichgültig lasse ich die Arme sinken und sehe trübe zu dem bleichen Gesicht des Technikers. Er deutet mit knapper Geste auf einen Gurt, der mich anscheinend fixiert hält, aber ebenso wenig spürbar ist wie die silbernen Fäden auf meiner Hand.

»Was haben Sie mir gegeben?«, frage ich eher aus Langeweile.

Mein Gegenüber sieht mit seinen blassblauen Augen auf mich herab und nickt zufrieden. »Es ist notwendig, Ihre Emotionen herunterzuregulieren. Sie müssen in der Lage sein, mir zu folgen.«

Er greift erneut nach meiner Hand und drückt einen schlanken Metallstab in die Vertiefung zwischen Daumen und Zeigefinger. Sofort vereinen sich die vielen feinen Silberfäden zu einer Fläche, die von einem klar umrissenen Rechteck begrenzt ist. Zahlen und Farben erscheinen darauf.

»Dies ist Ihr Marker«, erklärt der Mann und umfährt mit dem Metallstab die eckige Kontur. »Er zeigt momentan Ihre Vitalwerte an. Das heißt, eigentlich nur eine vereinfachte Darstellung mit den wichtigsten Kennzahlen. Hier, auf unserem Neuroscreen hinter mir an der Wand, sehen Sie alle neuralen, chemischen und hormonellen Prozesse Ihres Körpers. Für Ihre Belange jedoch reichen der Puls«, er tippt auf eine der Zahlen, »Blutdruck, die Katecholamine wie Adrenalin und Dopamin, also die wichtigsten Stresshormone, und zu guter Letzt eine Zusammenfassung sämtlicher Werte, die Ihre allgemeine Verfassung widerspiegeln. Momentan liegen Sie im hellgrünen Bereich. Das ist hervorragend, aber natürlich auch Ihrem derzeitig begrenzten emotionalen Spektrum zuzuschreiben. Was ein roter Wert bedeutet, muss ich Ihnen wohl nicht erläutern.«

Er schließt meine willenlose Hand zur Faust. »Bald werden Sie merken, wie wir Ihre Emotionen stückweise wieder hochfahren. Erschrecken Sie also nicht, wenn die Werte dann ein bisschen durcheinandergeraten. Öffnen, bitte.«

Der Mann tippt mit dem Stab auf meine Fingerknöchel und ich folge seiner Anweisung.

»Der Marker ist mit Ihrem neuralen Netz insoweit verbunden, als dass wir auch über die Distanz hinweg Zugriff haben. Er dient uns zur Lokalisierung und Portierung Ihrer Person. Außerdem werden Sie beschränkte Textnachrichten über ihn empfangen. Sollten Sie diese missachten, wird er durch einen Signalton auf sich aufmerksam machen. Ich nehme an, Sie haben meine Ausführungen verstanden?«

Ich nicke stumm und betrachte mit schräg gelegtem Kopf den Text, der statt der Ziffern auf der Anzeige erschienen ist: »Herzlich willkommen bei *Top The Realities,* Alison Hill.«

Der Mann scheint alles gesagt zu haben. Er verlässt den Raum und statt seiner betritt eine übergroße, schlanke Frau, deren Alter ich nicht bestimmen kann, das Zimmer. Ihr langer Hals wie auch ihr Gesicht sind mit einer goldenen Schicht bedeckt, die nur um die Augen herum leichte Brüche aufweist. Sie klatscht freudig in die Hände, als sie mich sieht.

»Das also ist Alison Hill. Wunderbar! Reine Haut, unverbrauchtes Gesicht, ganz natürlich. Ich werde nicht viel machen müssen.«

Sie strahlt und blickt zur Anzeigetafel, die vermutlich viel mehr Aufschluss über mein Befinden gibt als ein simples »Wie geht es Ihnen?«.

»Ich bin Ivana Jass.« Immerhin hat Goldmarie den Anstand, sich vorzustellen. Sie deutet einen asiatischen Gruß an. »Genießen Sie den Zustand? Ich muss zugeben, ich beneide Sie! Keine Rötungen, Schweißausbrüche, hektische Flecken, nichts, was Ihr Aussehen ruinieren könnte – oh nein, schon vorbei.« Merklich enttäuscht unterbricht sie sich und deutet auf einen Balken, der sich leicht in den gelben Bereich angehoben hat.

Tatsächlich nehme ich wieder ein leises Gefühl wahr: Verwunderung. Verwunderung darüber, warum ich hier bin. Dass dies kein herkömmliches Krankenhaus sein kann, habe ich bereits begriffen, was das Ganze soll, allerdings nicht.

»Können Sie mir ein paar Fragen beantworten, Ivana?«

»Können schon, Schätzchen. Dürfen aber nicht.« Versöhnlich tätschelt sie mir die Hand.

Verdammt! Vielleicht sollte ich versuchen, an ihr Mitgefühl zu appellieren. Mein Instinkt sagt mir, ich muss taktieren, wenn ich wieder Herrin meiner Lage sein möchte.

»Hören Sie, ich bin ohnmächtig geworden. Zu Hause, in meinem Zimmer. Dann bin ich hier wieder aufgewacht, mit diesem ›Marker‹ auf der Hand, und ich weiß nicht, wo meine Eltern sind, mein Bruder scheint verschwunden zu sein und ...«

Sie soll mich nicht für übergeschnappt halten. Darum verschweige ich, mir überhaupt nicht sicher zu sein, ob das Geschehene wirklich passiert ist. »Ich möchte doch nur wissen, was los ist.« Meine Stimme klingt weinerlich und plötzlich brechen alle Dämme. Tränen fließen über mein Gesicht, ich wende es bewusst nicht ab. Soll sie doch sehen, wie es mir geht.

Aber Ivana schert sich nicht um mich. Stattdessen klappt sie einen Tisch aus der Wand und stellt irgendwelches Zeugs darauf. Lauter Töpfchen, Sprays und eine Haarbürste. Blöde, vergoldete Gans! Doch als sie sich umdreht, liegt Mitleid in ihrem Gesicht. Ich schniefe laut. Einen Moment später hockt sie vor mir, legt ihre Hand auf meine Wange und wischt die Tränen weg.

»Nicht weinen, Schätzchen. Es ist nicht gut, wenn sie dich so zerbrechlich sehen. Es ist wichtig, dass du kämpfst! Höre nie auf zu kämpfen, okay?«

»Wofür kämpfen? Ich verstehe nicht, was –«

»Pst ... Alles wird gut«, flüstert Ivana und streicht mir über die Wange.

Ich schlucke meine aufkeimende Angst herunter und erst als mein Tränenfluss versiegt ist, meint sie: »Und jetzt machen wir beide dich noch ein bisschen hübscher, bald wird sich alles klären. Bestimmt. Du wirst deine Eltern wiedersehen. Vertrau mir.«

Ivana lächelt und große Zähne zeigen sich zwischen ihren goldenen Lippen. Ihre Worte klingen ehrlich, was mich beruhigt.

Während sie mir mein Haar zurechtzupft, plappert Ivana fröhlich weiter: »Ich werde nicht viel verändern, wir fixieren deine Haare nur etwas, damit sie nicht von deinem Gesicht und diesen sensationellen grünen Augen ablenken. Ansonsten setzen wir auf den natürlichen Look.«

»Sie sind matschfarben«, werfe ich ein.

»Aber nein, Schätzchen. Wie kommst du denn auf den Gedanken? Sie sind olivgrün! Ich hätte mich auch für eine solche Farbe entscheiden sollen. Oliv und Gold. Wie im alten Ägypten«, schwärmt sie und sprüht hier und da etwas auf Haaransatz und Spitzen. »Warst du schon mal da? Im alten Ägypten?«

»Nein, ich war noch nie außerhalb der Staaten. Immer nur in den Redwoods und ein paar Mal in San Francisco. Mehr ist nicht drin.«

Ivana flippt fast aus vor Begeisterung, als sich meine Wangen vor Verlegenheit rosa färben.

»Na ja, das wird sich jetzt ändern«, meint sie leichthin. »Deine Augenbrauen sind mir zu dicht. Sie lenken von dem Olivgrün ab. Wir werden sie ein wenig verändern, in Ordnung, Schätzchen?«

Ohne auf meine Antwort zu warten, fährt sie mit einem summenden Gerät über meine Stirn und ich spüre ein leichtes Kribbeln.

»Jetzt noch etwas für den Teint und die Kontraste«, säuselt Ivana weiter, wobei sie zu einer schlanken Flasche greift, mit deren Inhalt sie mein Gesicht bestäubt.

Zufrieden tritt sie zurück. »An deiner Kleidung ändern wir nichts. Sie wirkt absolut authentisch und gleichzeitig fremdartig genug. Überragend! Einfach fabulös! Sieh selbst!«

Mit einem Wisch durch die Luft zaubert Ivana eine spiegelnde Fläche hervor, in die ich blicke und dessen Bild mir einen erstaunten Ruf entlockt.

Meine Haut schimmert in einem hellbronzenen Ton, meine Wangenknochen werden von dem Zartrosa hervorgehoben, über das Ivana eben derart begeistert war, und meine Augen scheinen viel größer zu sein. Manchmal hat mich Carissa geschminkt, eigentlich immer, bevor wir auf Strandpartys gegangen sind, aber so etwas hat selbst sie nicht zustande gebracht. In diesen Dingen bin ich absolut talentfrei, und nachdem ich mir mehrfach fast ins Auge gestochen habe beim Versuch, meine Wimpern in Form zu bringen, habe ich dieser Kunst endgültig abgeschworen.

Doch was Ivana vollbracht hat, hat nichts mit dem Bepinseln von Wangenknochen oder Augenlidern zu tun. In der Tat entdecke ich überhaupt kein Make-up und trotzdem wirkt mein Gesicht ausdrucksstark und klar.

Der Spiegel wirft meinen verblüfften Ausdruck zurück. Bevor ich etwas sagen kann, vernehme ich ein hohes Piepen. Es kommt irgendwie aus meinem Kopf. Ich bin mir sicher, nicht von außen, denn Ivana schaut immer noch verzückt auf mich herab, ohne auf den schnell lauter werdenden, schrillen Ton zu reagieren. Ich verziehe gequält das Gesicht und Ivana schüttelt tadelnd ihren vergoldeten Kopf.

»Es piept«, versuche ich zu erklären.

»Ach so. Dein Marker. Sieh nach!«

In der Sekunde, da ich die Hand öffne, verstummt das Piepen.

»Noch 43 Sekunden bis zum Auftritt«, lese ich vor. »Was bedeutet das?« Mein Herz klopft schneller, die Anzeigetafel flammt sogleich an verschiedenen Stellen rot auf und plötzlich spüre ich Panik.

»Es bedeutet, jetzt geht es los, Schätzchen.« Ivana drückt meine freie Hand, die zu schwitzen beginnt. »Ich werde dich jetzt abschnallen, rate dir aber, sitzen zu bleiben. Schon manche haben das Gleichgewicht verloren und meine Arbeit war umsonst. Du hast noch 30 Sekunden, atme tief und regelmäßig. Deine emotionalen Beschränkungen sind fast wieder aufgehoben. Versuche, stark zu wirken. Das ist wichtig!«

Prüfend sieht Ivana in mein Gesicht. Erst als ich nicke, lächelt sie und fährt mit ihrer linken Hand über den Verschluss des Gurts.

»Autorisierung erfolgt«, vernehme ich wie aus weiter Ferne und der Gurt zieht sich geräuschlos ein.

Ivanas Lippen bewegen sich, ich aber höre nur noch tosendes Rauschen. Ich bin taub für ihre Worte, nehme nichts mehr wahr außer Blut. Mein Blut! Es pumpt wild durch meinen Körper.

Jetzt zeigt der Countdown auf dem Marker nur noch 17 Sekunden an!

Ich greife wieder nach Ivanas Hand. Sie schüttelt den Kopf, ihr Blick ist ernst. »Alison, wenn ... oben bist, dreh nicht ... Zeig ... Gefühle, aber dreh ...«

Nur noch Wortfetzen.

Bedeutungsvoll zeigt Ivana an die Decke, in der plötzlich ein kreisrundes Loch klafft. Johlende Rufe dringen zu mir herab, Getrampel, Beifall. Der Marker piept erneut. Ich öffne meine Finger. Tiefe Rillen zeichnen mein Fleisch, so fest habe ich die Nägel hineingerammt. Trotzdem ist der Text klar lesbar: »5, 4, 3, 2, 1 – Spielstart!«, und ich werde nach oben geschossen. In dieser Sekunde bricht alles über mich herein: Angst, Verzweiflung, das klare Bewusstsein von Gefahr, aber vor allem Wut!

»Was ist das für eine Scheiße, die hier gespielt wird?«, schreie ich aus Leibeskräften hinaus und meine Worte werden um ein Vielfaches verstärkt in alle Richtungen getragen.

Tosender Beifall, Jubelrufe und grelle Pfiffe sind die Antwort. Sofort versucht mein Gehirn einzuordnen, wo ich bin. Doch durch den nasskalten Nebel, der mich umfängt, kaum dass meine Fahrt nach oben beendet scheint, sehe ich lediglich bunte Lichtreflexe. Hektisch wechseln sie von Blau zu Rot zu Grün. Der Beifall donnert aus allen Richtungen und vereint sich bald zu einem Stakkato, das ein von Hunderten Mündern hinausgeschrienes Wort begleitet: »Al-i-son! Al-i-son! Al-i-son!« Keine Frage, der nicht enden wollende Applaus gilt mir.

Dann endlich lichtet sich der Nebel. Er sinkt wabernd herab und gibt mir die Sicht auf ringförmig angeordnete Sitzreihen frei, die sich Rang um Rang nach oben schrauben. Unzählige Körper heben und senken sich und mein Blick folgt der Welle, bis er an einem im Lichtkegel stehenden Mann hängen bleibt. Mit ausgebreiteten Armen strahlt er mich an.

»Uuund hier, meine sehr verehrten Gäste, live bei uns im Show-Dome, ist unsere bezaubernde, unsere wunderbare, unsere fabelhafte Kandidatin: Aaaaalison Hill!«

Das Publikum ist nicht zu bremsen, klatscht, trampelt, johlt lauter und lauter, bis sich eine heroische Melodie über alles erhebt.

»Oh, mein Gott«, entweicht es mir unwillkürlich, aber ich begreife nicht, was der Mann im Lichtkegel meint. *Unsere Kandidatin Alison Hill* ... Das ergibt keinen Sinn! Jeremy, der nie existiert zu haben scheint, ein Marker, der mit meiner Hand verwebt meine Vitalwerte misst, Ivana und ihre hastig gesprochenen Ermahnungen: *Sei stark! Dreh nicht durch! Steh nicht auf!* Als ich nach unten sehe, verstehe ich zumindest Letzteres: In meinen

Stuhl gepresst starre ich auf den Nebel, der grauenvolle zehn oder zwanzig Meter unter mir ins Bodenlose versinkt. Aus ihm erwächst eine steile Säule, die in einer armspannbreiten Plattform endet, gleich einem i, mit meinem Sessel als Pünktchen obenauf. Sollte ich noch einmal in Ohnmacht fallen, wäre es mein sicherer Tod. Ich kralle mich am Sessel fest, lege meinen Kopf in den Nacken, damit ich mich nicht wieder übergeben muss.

Oh verdammt! Das bin ich – unglaublich vergrößert auf einem gigantischen Bildschirm. Er spannt sich wie eine Kuppel über den Show-Dome und ich starre mir von oben entgegen. Mein Mund steht offen, was ziemlich dämlich wirkt. Zum Glück zeigen sie im nächsten Moment eine Frau, wahrscheinlich aus dem Publikum. Warum sie ein Plakat mit den Buchstaben KAY hochhält, weiß ich nicht. Alles ist so verwirrend! Aber dann wechselt das Bild zu dem Mann, der meinen Namen gerufen hat. Er wirkt eigenartig. Hat keine Haare, nicht mal Wimpern, und sein Gesicht ist mit funkelnden Steinen zugekleistert.

»Alison!« Unwillkürlich wende ich mich der realen Person zu, die auf einer viel größeren Plattform, einige Meter von mir entfernt, steht. »Mein Name ist Wum Randy. Ich bin der Showmaster von *Top The Realities*. Wie geht es dir?«

Mir klappt der Mund auf. »Ist das Ihr Ernst?«, knurre ich, fassungslos über die Frage. »Na gut. Ich werde wie ein dämlicher Preispudel gechippt, herausgeputzt, gegen meinen Willen hierhin verschleppt, vorgeführt und niemand hält es für nötig, mir etwas zu erklären! Ich will endlich Antworten!«

Meine wütende Stimme trägt sich überlaut durch die Ränge des Publikums, welches jäh zu klatschen aufgehört hat. Anscheinend wollen sie hören, was ich zu sagen habe. Aber das können sie vergessen. Solange ich keine Antworten bekomme, bekommen sie auch keine. »Was auch immer hier läuft, ich mache da nicht mit!«

»Das ist Kämpfergeist! Das ist Leidenschaft!« Der Moderator klatscht begeistert in die Hände. »Offensichtlich ist unsere Kandidatin in bester Verfassung und bereit für die erste Challenge der beliebtesten Gameshow unserer Zeit: *Top The Realities!*«

»Gameshow?« Endlich begreife ich das Offensichtliche! Ich befinde mich in einer Fernsehsendung, von der ich noch nie gehört habe, in die ich nie wollte, deren Kandidatin ich aber augenscheinlich bin. Das alles muss ein ungeheures Missverständnis sein. »Warten Sie, Sie haben mich verwechselt, ich kann nicht –«

»Was weißt du über Zeit, Liebes?«, unterbricht mich da der Moderator und gleichzeitig ertönt das Piepen in meinem Kopf. Mein Marker fordert mich auf zu antworten. Als ich wütend die Zähne zusammenbeiße, wird er lauter.

»Sie vergeht«, presse ich heraus.

»Ja, natürlich. Sie vergeht ... Aber wie viele Dimensionen sind dir bekannt? Fünf, sechs, neun?«

Ich starre ihn an, doch als nach wenigen Sekunden der Signalton in meinem Kopf zu einem schrillen Pfeifen anschwillt, begreife ich, dass ich dieses Spiel wohl oder übel mitspielen muss.

»Es gibt vier Dimensionen«, antworte ich, als wäre ich bei einem Physiktest. »Länge, Breite, Höhe und eine zeitliche Dimension.«

Aus dem Publikum erklingt heiteres Lachen. Auch der Moderator wirkt belustigt, aber ich spüre deutlich, dass er nicht vorhat, lediglich mit mir zu plaudern.

»Nehmen wir einmal an, es gäbe weitere zeitliche Dimensionen.« Wum Randy malt mit seinem Finger imaginäre Linien in die Luft. »Nicht nur fünf oder sechs, sondern unzählige zeitliche Dimensionen, in denen alles möglich ist. In denen, nur zum Beispiel, eine Alison Hill in einem behaglichen Holzhaus in Mill Valley lebt oder auch in einem baufälligen Schloss in Frankreich, in einem Loft in Sydney, mit fantastischem Ausblick auf die Oper, oder unter einer Autobahnbrücke am Stadtrand von New York. Nehmen wir an, es gäbe zeitliche Dimensionen, in denen jene Alison Hill einen Bruder hat oder ...«, er macht eine Kunstpause, »... oder eben nicht.«

Seine Worte treffen mich wie ein Faustschlag. »Was habt ihr mit Jeremy gemacht?«

»Wie schnell sie begreift!« Wum Randy freut sich, als hätte er mir eben die quadratische Gleichung erklärt, dann wendet er sich an das Publikum. »Gleich nach der Werbung lernen wir unsere neue Kandidatin Alison von ihrer ganz privaten Seite kennen. Wir werden Ihnen Live-Ausschnitte aus Alisons bisheriger Lebensdimension von 1996 bis 2013 holoportieren. Und wie immer können Sie in dieser Zeit mit Ihrem Cull den Schwierigkeitsgrad der ersten Challenge bestimmen! Aber seien Sie nicht zu hart zu unserem Frischling.«

Der Moderator zwinkert dem Publikum verschwörerisch zu, dann verschwindet der Lichtkegel über ihm. Auch das Publikum versinkt im Dunkeln, nur hier und da blitzt ein kleines Licht auf. Ich bleibe allein auf dem winzigen Podest zurück.

»Das könnt ihr nicht machen!«, brülle ich dem Moderator hinterher, doch sie haben mir den Saft abgedreht. Niemand scheint mich mehr hören zu können oder es interessiert sie einfach nicht.

Mir ist hundeelend zumute, ich fühle mich verwundbar, ausgeliefert und mein Gehirn ist in jeder Hinsicht überfordert, all das Geschehene irgendwie zu begreifen. Eines ist allerdings klar. Niemand wird mir helfen.

Wieder fließen Tränen über mein Gesicht. Ich wünschte, der Marker würde mich jetzt von meinen Gefühlen befreien. Aber als ich meine verschwitzte Hand öffne, blinkt statt meiner Vitalwerte nur das Wort *Werbeunterbrechung.*

*»Top The Realities* wird unterstützt von *Timeship«*, erklingt es auch schon über einen Lautsprecher. *»Timeship*, Ihr Partner für konsequenzfreies Reisen.«

In der ersten Reihe heben sich Köpfe, deren Gesichter ich im Halbdunkel nicht ausmachen kann. Sie wenden sich der Hauptbühne zu, die plötzlich von unzähligen farbigen Lichtstrahlen erhellt wird. Diese projizieren ein dreidimensionales Logo in Gestalt einer einfachen Taschenuhr, unter der der Schriftzug *Timeship* schwebt.

Schnell schwillt die Uhr zu überdimensionaler Größe an, dann wandern ihre Zeiger rückwärts im Takt zu einer Melodie, die Abenteuer und Freiheit verspricht.

Im nächsten Moment löst sich das Bild auf. Stattdessen formen die Lichtstrahlen eine altertümliche Ballszene, die derart lebensecht, derart greifbar wirkt, dass ich die tanzenden Körper für real halten würde, wäre die Szene nicht so absurd: ein Orchester, Musik ... Walzer, glaube ich. Ein Ballsaal voller Menschen. Sie schweben über eine Tanzfläche, gehüllt in bauschige Kleider, die Männer mit Fliege und in Smoking.

Die tanzenden Paare gleiten auseinander. In ihrer Mitte kreist in den Armen eines übertrieben gut aussehenden Typs eine blonde Frau. Aus ihrem Gesicht spricht pure Lebensfreude, Leidenschaft und Hingabe. Doch als die Walzermelodie sich zum Höhepunkt steigert, wirft sie ihrem Begleiter einen sehnsüchtigen Blick zu und verschmilzt in einer vollendeten Drehung zu einer ägyptisch anmutenden Prinzessin, die durch einen Palmengarten streift.

Im nächsten Moment sehe ich sie mit Zylinder und schlanker Zigarettenspitze in einem Varieté, gleich darauf als kämpferische Amazone über unebene Wiesen galoppieren und schließlich, in einem glänzenden Ganzkörperanzug gehüllt, auf der Bühne stehen. Sie wirkt erhitzt, aber glücklich und zeigt lachend ihre mit silbernen Linien überzogene Hand.

»Ich hab's getan!«, ruft sie strahlend. »Entfliehen auch Sie Ihrem Alltag, ganz ohne Konsequenzen. Dank des Zeitankers von *Timeship* können Sie jede Zeitreise ohne Auswirkung auf Ihr Jetztsein antreten. Wir haben die wichtigsten Episoden der letzten sechstausend Jahre in allen Facetten für Sie erfasst. *Timeship!* Updaten Sie

Ihren Marker gleich in einer unserer über 500 Filialen oder ganz einfach im Hypernet.«

Die Projektion erlischt. Zurück bleibt nur das Wort *Zeitreise*. Seine Bedeutung ist so abwegig, dass ich auflachen muss, aber als ich einen Wimpernschlag später begreife, verschlägt es mir den Atem.

Die Frage ist nicht, wo ich bin, sondern wann!

# 3

## Irgendwann in der Zukunft, Showbühne

Die Bühne wird erneut in künstliches Licht getaucht, meine Plattform hingegen bleibt im Dunkeln, was mich auf der einen Seite erleichtert, gibt es mir doch Zeit, Informationen zu sammeln, auf der anderen Seite brauche ich unbedingt Gewissheit über diese ungeheuerliche Vermutung. Aber wird man mich anhören? Meine Fragen beantworten? Werde ich überhaupt die Gelegenheit haben, sie zu stellen?

Applaus unterbricht meine Gedanken und der Moderator schreitet auf die Mitte der Bühne. Diesmal schillert sein Gesicht von grünen und silbernen Schuppen überzogen im Scheinwerferkegel und lässt seinen runden Kopf auf lächerliche Weise wie einen aufgeblähten Kugelfisch im Forellen-Gewand wirken.

»Wie versprochen, holoportieren wir Ihnen jetzt Live-Ausschnitte aus dem Leben unserer Kandidatin.« Wum Randy ruft in den verebbenden Applaus hinein, gestikuliert dabei wild. Alles an ihm wirkt übertrieben. »Und denken Sie daran: Dies sind echte Gefühle, Momente, wie sie jetzt gerade irgendwann passieren, wir haben nichts manipuliert, nicht eingegriffen! Unsere Reise startet im Jahr 1996, das Jahr von Alisons Geburt. Für alle Zuschauer hier und an den Holografen zu Hause, die diese zeitliche Dimension nicht vor Augen haben: Unsere Kandidatin Alison lebt in einer Realität, in der der erste Farbige Präsident der Vereinigten Staaten von Amerika wird, in einer Zeit, in der Kommunikation über Mobiltelefone und das Internet betrieben wird, Krankheiten wie AIDS oder Krebs als nicht heilbar gelten und das Wetter noch den Launen der Natur überlassen wird.«

Wetter, den Launen der Natur? Was denn sonst?

Vereinzelt höre ich erstaunte Rufe aus dem Publikum und Wum Randys glitzernder Schuppenkopf nickt wissend. »Trotzdem wird diese Zeit die Epoche des Verständnisses genannt, denn obwohl die Menschen weder in der Lage waren, mehr als vier Dimensionen zu erkennen, noch sich in der Zeit bewegen konnten, hierzu sollten noch gut zweihundert Jahre vergehen ...« Er unterbricht sich selbst. »Trotz dieser Beschränkungen bestand zumindest die umstrittene Theorie, es könne mehr als eine Realität zur selben Zeit geben.«

*Mehr als zweihundert Jahre ...*, schallen seine Worte in meinem Kopf wieder. Aber ... aber dann ... mir wird übel. Meine Eltern sind längst tot! Und ich auch, obwohl ich doch hier bin. Wie habe ich mein Leben weitergelebt? Habe ich weitergelebt? Bin ich wieder nach Hause gekommen oder besser, werde ich wieder nach Hause kommen? Was passiert denn jetzt? Was haben die mit mir vor?

Die Fragen wirbeln durch meinen Kopf, der plötzlich in Watte gepackt zu sein scheint. Ich bin unfähig, logisch zu denken. Mein Herz schlägt viel zu schnell.

Rauschen in meinen Ohren, das von Piepen unterbrochen wird. Piepen ... Mein Marker. Ich sehe auf meine Handfläche. Sämtliche Balken sind in den roten Bereich geschossen. Mit aller Kraft kralle ich mich an den Sitzlehnen fest, aus Angst, ich könnte das Bewusstsein verlieren und in die Tiefe stürzen.

»Ich höre eben, die Vitalwerte unserer Kandidatin sind instabil. Können wir dazu einmal eine Grafik bekommen? Ist das möglich?«, höre ich die Stimme des Moderators dumpf aus der Ferne. Verschwommen nehme ich eine Holografie wahr, die in leuchtenden Rottönen über der Bühne schwebt.

»Sehr gut!« Wum Randy wirkt, als freue er sich über meinen nahenden Zusammenbruch, und zeigt auf die tanzenden Balken der Grafik. »Da ist sie schon. Alisons Puls ist deutlich erhöht, wie wir sehen, und, wow, ihr neurales Netz steht ganz schön in Flammen! Verschwenden wir also keine Zeit und sehen uns Ausschnitte aus ihrem Leben an, bevor sie uns vom Stuhl kippt.«

Niemand kommt auf die Idee, mir zu helfen. Vielleicht wäre es besser, wenn ich mich in die schwarze Tiefe fallen lasse, die sich in mir ausbreitet. Sie drängt sich mir auf, will mich erlösen, mich zu sich hinunterreißen, ins Vergessen.

*Kämpfe! Sei stark!*, hat Ivana gesagt. Wozu?, denke ich, doch dann sehe ich eine Tür. Nicht in meinem Kopf, sondern auf der Bühne ...

Dunkles Holz, in das ein rautenförmiges Fenster eingelassen ist, durch das sich wiegende Baumwipfel spiegeln. Sonnenstrahlen tanzen über die Dielen, als sich die Tür knarzend öffnet. Es ist unser Haus. Nicht einmal zehn Meter entfernt steht es vor mir. Genau so, wie ich es kenne.

Am liebsten möchte ich aufspringen und hineinrennen. Durch diese Tür in mein Zimmer, in mein Bett und von dem wunderbaren Gezwitscher der Vögel aus diesem Albtraum geweckt werden. Ich will nach Hause! Der innige Wunsch gibt mir die Kraft, die ich brauche, um mich hier oben zu halten.

Ich kann nach Hause. Ich kann es schaffen. Ich muss es schaffen! Jetzt darf ich nicht nachgeben, nicht abgleiten ...

In meinen Sessel gedrückt starre ich auf die Szene: Mein Vater, viel jünger und mit fast vollem Haar, hält meiner Mutter die Tür auf. »Jetzt sind meine beiden Prinzessinnen zu Hause.« Gut gelaunt beugt er sich über ein Bündel in Mums Armen, über dem die Wörter *Alison, geb. 1996, 3 Tage alt* schweben. Auch seine Bewegungen werden von einem Schriftzug verfolgt: *Robert, geb. 1960, 36 Jahre alt*, wie auch bei meiner Mum: *Susan, geb. 1963, 33 Jahre alt.*

»Vielleicht sollten wir das Bettchen ins Wohnzimmer stellen?« Meine Mutter sieht sich um.

»Nicht nötig. Ich habe eine Überraschung für euch!« Dad gluckst aufgeregt und entschwindet mit schnellen Schritten der Projektion.

Mum streichelt meinem schlafenden Ich zärtlich über den dunklen Flaum. »Wir werden so tun, als wüssten wir nicht, woran dein Daddy die letzten Wochen gearbeitet hat, in Ordnung, Schätzchen?«, flüstert sie verschwörerisch, öffnet das Fenster und deutet hinaus auf unseren Schuppen, in dem Dad ganze Wochenenden verbringen kann.

Und auch wenn das Knarzen der Bäume aus dem Wald dahinter bis auf die Bühne getragen wird, fehlt der Geruch von Sägespänen, Harz und feuchter Baumrinde, damit ich mich vollkommen in diesem Trugbild verlieren kann.

Meine Mutter dreht sich um.

Im Wohnzimmer fehlen zwar einige Bilder, die ich erst Jahre später gemalt habe, aber sonst sieht es aus wie immer: Dunkle Holzdielen, grob und fleckig, bedecken den Fußboden. Auf ihm ein mit lindgrünem Cord bespanntes Sofa, ein Ohrensessel, dunkelbraun mit abgegriffenem Leder, Dads Lieblingsplatz gleich nach dem Schuppen. Es ist Sommer, und als Dad im Rückwärtsgang eine Wiege in den Wohnraum zerrt, flattert ein Schmetterling mit ihm herein. Natürlich ist die Wiege aus Holz. Mein Name ist aus einem Brett herausgearbeitet und etwas, das aussieht wie ein Otter mit langen Ohren.

»Sie ist wunderschön. Und du hast sogar ein kleines Häschen geschnitzt.« Mum sieht ehrlich begeistert aus. Sie legt mich vorsichtig auf ein Schaffell, um die Wiege zu umrunden.

Eine Erinnerung flammt in mir auf. Eigentlich ist es mehr ein Geruch als ein Bild, was mir flüchtig in den Sinn kommt, aber ich bin mir sicher, dass ich diesen Platz geliebt habe.

Plötzlich laufen die Bilder schneller. Unser Wohnzimmer sinkt in den Halbschatten der mondbeschienenen Nacht, meine Mutter steht im Morgengrauen auf, nimmt mich aus der Wiege, Schatten und Licht tanzen durch das Zimmer, die Sonne versinkt wieder.

Dann laufen die Szenen meiner Vergangenheit so rasant ab, dass ich in der verwischten Holografie nur den rotbraunen Holzton ausmachen kann, der unser Haus durchzieht. Er wechselt ins Orange, das Bild wird wieder langsamer. Herbstblätter wehen über den nebelverhangenen Waldboden. Raben krächzen. Der Anblick ist mir vertraut, und auch wenn der Wald mein zweites Zuhause ist, durchläuft es mich eiskalt, als ich ein stockendes Schluchzen vernehme, das von der verzweifelten Stimme meines Vaters übertönt wird.

»Alison! Alison! Verdammt, Alison, wo bist du?«

Die Rufe werden lauter. Zweige brechen, die nebelumfangene Gestalt meines Vaters stolpert ins Bild.

»Daddy?«

»Alison! Du meine Güte. Beweg dich nicht. Ich komme hoch und hol dich da runter. Du musst keine Angst haben, in Ordnung?« Dad blickt nach oben. »Sitz ganz still! Ich bin gleich da!«

Die Perspektive wechselt. Erst jetzt sehe ich mich, hoch oben in einer Astgabel kauernd, leuchtende Schrift über mir: *Alison, 6 Jahre alt.* Sie ist genauso erstarrt wie ich.

Im selben Moment fällt es mir wieder ein: Ich stromerte mit nackten Füßen durch den Wald, eine Puppe in der Hand, für die ich eine Hütte bauen wollte. Eigentlich war es den Morgen über ein ungewöhnlich sonniger

Herbsttag gewesen, fast schwül, aber plötzlich brach ein Gewitter los. Der noch warme Erdboden dampfte unter den Regentropfen und schnell stand ich im brusthohen Nebel. Mir war kalt, das weiß ich noch. Bibbernd floh ich immer tiefer in den Wald, verlor die Orientierung, und als der Donner direkt über mir stand, suchte ich Schutz unter dem dichten Blätterdach einer Baumkrone, in die ich mich wie ein kleines Äffchen flüchtete.

Das Gewitter verschwand so schnell, wie es gekommen war, aber als ich nach unten klettern wollte, brach ein morscher Ast unter meinem Gewicht. Ich schürfte mir das Bein auf, blieb in einer Astgabel hängen und starrte Stunde um Stunde auf den viel zu weit entfernten Waldboden, unfähig, mich zu bewegen.

Von der Bühne höre ich mich jetzt hemmungslos weinen.

»Ich bin gleich da!« Die unteren Äste halten sein Gewicht nicht und brechen. Mein Vater greift nach dem Stamm, versucht, sich an der knorrigen Borke festzukrallen, um die stärkeren Äste zu erreichen. Ächzend zieht er sich Stück für Stück zu mir hoch, umklammert dabei wie ein Koala den Stamm. Als er nach einem Ast greift, knackt es wieder, Dad verliert den Halt, knallt auf den harten Boden zurück. »Herrgott noch mal! Hör zu, Alison. Ich bin zu schwer, ich komme da nicht rauf. Ich werde jetzt zurückgehen und eine Leiter besorgen.«

»Bitte lass mich nicht allein ... Ich habe Angst, dass ich falle, Daddy!«

»In Ordnung.« Mein Vater seufzt und fixiert die Baumkrone. »Unter dir ist ein großer Ast. Er wird dich tragen, aber du musst loslassen, um ihn zu erreichen.«

»Ich kann nicht«, wimmere ich und die Bilder nehmen an Fahrt auf.

Es wird dunkel. Kegelförmiges Licht einer Taschenlampe, eine Leiter, Nacht, der Schrei einer Eule, Musik, getragen von sanft angeschlagenen Klaviertasten, eine Kerze auf einem Tisch, an dem Mum und Dad sitzen. Ein Restaurant, eindeutig. Doch ich kenne es nicht.

»Auf unseren zehnten Hochzeitstag.« Dad gießt Mum dunkel schimmernden Rotwein nach. Meine Mutter lacht hell, greift zu dem Glas. »Wer hätte das gedacht. Zehn Jahre, und du hast schon keine Haare mehr.«

»Du bist kein bisschen verwelkt, meine Blume«, nuschelt er, anscheinend schon vom Rotwein berauscht, und beugt sich über den Tisch, um Mum zu küssen.

»Ob es Alison gut geht?«, fragt sie.

Dad runzelt die Stirn. »Lass uns dieses Wochenende genießen, ja? Nur du und ich und dieses kleine Strandhaus mit dem viel zu breiten Himmelbett, in dem ich dich –«

»Robert!«, sagt Mum mit gespielter Entrüstung und kichert. »Du wirst doch nicht …«

Ihre Stimme verhallt und das Kerzenlicht wird in spiegelndem Blau ertränkt. Schilfgras wächst daraus empor. Mitten darin Onkel Herold, der knöcheltief mit mir im Wasser steht. Ich bin elf, meine langen Haare sind zum Pferdeschwanz verknotet und ich wirke schlaksig mit meinen dünnen Beinen in den kurzen Shorts.

»Wenn du dich ganz langsam bewegst, merkt die Forelle nicht, dass du dich näherst, und du kannst sie einfach aus dem Wasser heben, siehst du?« Onkel Herold schleudert einen großen Fisch ans Ufer, der direkt vor Dads Füßen landet.

Der sitzt auf einer Wiese und ruft begeistert: »Bravo, Herold! Du hast uns vor dem sicheren Hungertod bewahrt!«

»Aber den grille ich! Du hast genug Essen in Flammen aufgehen lassen für einen Tag, Robert.« Mein Onkel zwinkert mir zu. »Versuch es weiter. Irgendwann hast du den Trick raus und dann kannst du deine Familie ernähren.« Seine überlangen Gummistiefel verursachen schmatzende Geräusche, als er ans Land watet, und das helle Blau des Wassers wird vom aufgewühlten Schlamm getrübt.

»Ich hasse Fisch!«, motze ich. »Ich geh jetzt lieber ein bisschen Moos suchen. Damit baue ich Jeremy ein Nest! Du kannst mich ja rufen, wenn du einen Hirsch oder so was gefangen hast.«

Allein Jeremys Namen zu hören, tut unendlich gut. Er existiert! Und als die Wiese in den Vordergrund der Szene rückt, sehe ich auch die Buchstaben seines Vornamens über dem krabbelnden Kleinkind leuchten, das sich fröhlich glucksend Gänseblümchen in den Mund stopft. Er sieht so vergnügt aus, dass es mir die Eingeweide zusammenzieht, und ich spüre erst in diesem Augenblick, wie viel mir mein kleiner Bruder bedeutet, jetzt da er so nah und doch nicht da ist.

»Ich werde dich zurückholen«, schwöre ich mir in diesem Moment und mein Entschluss steht fest: »Ich werde kämpfen! Und wenn alles wieder gut ist, werde ich mit dir Eichhörnchen jagen, hörst du?« Tränen verschleiern meine Sicht.

»Ach, wie lieb! Sieh doch nur, Susan! Deine Tochter hat ein Himmelbett aus Moos gezaubert.« Es ist Tante Rose, die gerade spricht und meinen Bruder in das Moos setzt. »Rückt mal alle zusammen! Ich mache ein Foto. Komm, Herold!«

»Ich muss den Fisch ausnehmen«, grummelt der.

Dann verfliegt die Idylle.

Die Ausschnitte werden kürzer. Sie zeigen immer wieder Jeremy und mich. Mal zanken wir uns um eine Hängematte in unserem Garten, dann liegen wir wieder einträchtig unter freiem Himmel und ich zeige auf die Sterne; Jeremy, wie er meine Eltern heulend anfleht, einen Eichelhäher behalten zu dürfen, den er verletzt im Wald gefunden hat; ich, wie ich ihm die Tür vor der Nase zuschlage, als er im Begriff ist, matschüberzogen in mein Zimmer zu stürmen. Eine Wasserschlacht im Badezimmer, bei der wir gleichermaßen unseren Spaß haben; ich, mit wütender Miene im Wohnzimmer, weil ich auf Jeremy aufpassen soll, während Mum arbeitet, und deswegen nicht mit Carissa nach Miami Beach fliegen darf.

Oh Gott! Das war letzten Sommer!

Carissas Eltern hatten mich eingeladen und ich hatte mir nichts mehr gewünscht, als einmal aus dem stinklangweiligen Mill Valley herauszukommen.

»Aber ihr müsst doch keinen Penny dafür bezahlen.

Für Carissas Eltern ist das echt kein Ding!«, schleudere ich meiner Mum gerade wütend entgegen.

»Deine Mutter geht nicht jede Nacht arbeiten, damit du mit diesen Neureichen in der Sonne braten kannst«, beendet mein Vater an ihrer Stelle die Diskussion.

Mein Hier-und-Jetzt-Ich lacht auf bei der Erinnerung: Am gleichen Abend hatte ich mir aus Wut die Haare abgesäbelt, die alle immer so an mir bewundert haben, und beschlossen, mir einen Sommerjob zu besorgen. Daraus sind drei Monate auf Onkel Herolds Apfelplantage geworden, die abseits der Stadt liegt und auf der ich unzählige Stunden mit schmerzenden Armen Äpfel aus den Bäumen gepflückt habe.

Am Ende kamen über 2.000 Dollar zusammen. Aber es folgte ein sehr kalter Herbst, in dem unsere Heizung ausfiel. Mein Vater war beschämt und Mum hat vor Glück geweint, als ich ihr das Geld für die Reparatur in die Hand gedrückt und mir nur einen Frisörbesuch geleistet habe, um meine ruinierten Haare zu retten.

Die letzte Szene zeigt mein Zimmer. Sonnenstrahlen brechen durch die Schlitze der Fensterläden und tanzen über meine Bettdecke, unter der ich zusammengerollt mit dem Kissen auf dem Kopf liege. Mein Handy klingelt. Schlaftrunken taste ich danach, klappe es auf und brülle: »Ja?« Dann halte ich es vom Ohr weg, klettere über mein Bett zum Fenster und öffne die Läden.

Mein Kopf wird von den Wörtern *Alison, 17 Jahre alt* verfolgt. Die Bilder werden schneller und wenige Sekunden später stehe ich schon in der Küche, meine Mutter reicht mir drei Teller.

»Oh verdammt, das war heute Morgen«, entfährt es mir und ich flüstere ihre Worte mit, an die ich mich nur zu gut erinnere: »Alison, du hast keinen Bruder. Was ist denn nur los mit dir?«

Mein ungläubiger Blick, meine Verständnislosigkeit, meine sich steigernde Wut und meine Ohnmacht werden gezeigt, während ich das Foto anstarre, auf dem Jeremy in seinem Nest aus Moos sitzen sollte.

Scheinwerferlicht reißt mich zurück aus meinen Gedanken. Jetzt bin ich wieder Mittelpunkt der Aufmerksamkeit und schon steht Wum Randy auf der Bühne und spricht mich an.

»So ein Bruder kann ganz schön nerven, was, Alison? Sollen wir ihn vielleicht lieber lassen, wo er ist?« Er lacht laut, das Publikum mit ihm.

»Wo habt ihr Mistkerle Jeremy hingebracht?«, fauche ich.

Der Moderator schüttelt enttäuscht den Kopf, der in der Zwischenzeit mit vielen kleinen Spiegelstücken bedeckt wurde, die auf seiner nachtblau eingefärbten Haut wie Sterne schimmern. »Ich dachte, du hättest mittlerweile begriffen. *Wir* haben nichts mit ihm gemacht.«

»Was soll das heißen?«

»Viele kleine Rädchen des Lebens greifen ineinander, Alison. Ein Abend bei Kerzenschein, eine berauschte Nacht in einem Strandhaus, ohne die kleine Alison, die den Abend von Tante Rose gehütet wird und neun Monate später einen Bruder vor die Nase gesetzt bekommt. Tja, vielleicht ist es auch anders gewesen. Es gibt viele Realitäten.« Er wiegt abwägend die Hand. »Wir haben sie nicht alle beleuchtet, das ist selbst uns nicht möglich, aber einige der Realitäten spielen sich nun mal ohne Jeremy ab.«

»Was muss ich tun?«, sage ich kalt. Ich bin nicht mehr bereit, tatenlos auf diesem Sessel zu sitzen.

»Du hast die Wahl, Alison. Du wirst jedes Mal die Wahl haben. Das sind die Spielregeln.«

»Jedes Mal?«, frage ich misstrauisch.

»Kommen wir erst zu deiner Entscheidung!« Mit einem Wisch zaubert Wum Randy ein Diagramm auf die Bühne. Es besteht aus vielen verzweigten Linien, die vor meinen Augen verschwimmen, während ich sie betrachte. Daneben jedoch blinken deutlich und übergroß Zahlen. Die zumindest kann ich lesen, auch wenn ich ihre Bedeutung nicht kenne.

Der Moderator zeigt auf sie. »Die Auswertung hat ergeben: 99,346 Prozent deiner dir bekannten Realität blieb bestehen. Abweichungen gibt es, aber sie sind winzig. Ein verschwundener Fleck, ein Hund statt eines Bruders ... Es hat sich also nicht sehr viel geändert. Wir brauchen deine Entscheidung, Alison: Willst du diese Realität annehmen?«

Das Publikum ruft im Takt: »Entscheidung! Entscheidung! Entscheidung!«, und klatscht dazu in die Hände.

Keine Sekunde muss ich darüber nachdenken! Es zu akzeptieren, wäre, als würde ich tatenlos zusehen, wie Jeremy ermordet wird. »Niemals!«, stoße ich aus und die Zuschauer überschlagen sich vor Begeisterung.

»Fantastisch! So kämpferisch!« Wum Randy strahlt mit seinem verspiegelten Kopf, der mich an eine Discokugel erinnert, um die Wette. »Dann werden wir uns jetzt ansehen, welches minimale Einschreiten die ineinandergreifenden Räder des Schicksals so gelenkt hat, dass Alisons Bruder Jeremy nie in ihr Leben treten wird. Bühne frei!«

Randy tritt zur Seite, das Hologramm erscheint. Wieder zeigen sie Momente meines Lebens: meine Eltern im Restaurant, bei Kerzenschein, ein Glas Rotwein vor sich, Klavierklänge ...

»Du bist kein bisschen verwelkt, meine Blume«, säuselt mein Vater beschwipst und beugt sich vor, um meine Mutter zu küssen.

Die Szene kenne ich bereits. Was soll das?

Plötzlich klingelt mein Handy. Instinktiv will ich danach greifen, aber da zieht meine Mutter es bereits aus ihrer Handtasche. Richtig, sie hat es mir einige Jahre später geschenkt, fällt mir ein.

Mum sieht Dad mit sorgenvollem Blick an.

»Du meine Güte! Es ist deine Schwester Rose. Ob es Alison gut geht?« Sie hebt ab, ohne auf Dads Antwort zu warten. »Oh, Herold, du bist es. Ich dachte, es wäre Rose. Alles in Ordnung bei euch?« Einige Sekunden fährt Mum mit dem Finger über das Weinglas, das sich leise wimmernd beklagt, dann bricht sie ab. »In Ordnung, wir kommen. Bleib bei ihr, bis wir da sind. Geht das?«

Dad sieht Mum mit hochgezogenen Brauen an.

»Rose ist von unserem Apfelbaum gefallen. Sie wollte uns mit ihrem California Apple Pie überraschen und hat sich wohl die Hüfte gebrochen«, berichtet sie hastig und greift nach ihrer Tasche. »Man hat sie ins Krankenhaus nach San Francisco gebracht. Herold ist im Moment bei Alison, aber er steht in den Startlöchern.« Mum schiebt den Stuhl an den Tisch, bereit zu gehen, doch dann hält sie kurz inne: »Schau nicht so drein, Robert. Es ist nicht unser letzter Hochzeitstag und man weiß nie, wozu manche Dinge gut sind.«

Das Bild erlischt. Wum Randy füllt im Scheinwerferlicht funkelnd den freien Platz. »Ein Kalifornischer Apfelkuchen ist also das kleine Rädchen, das alles verändert hat, Alison. Wäre Tante Rose nicht auf die Idee gekommen, ihn zu backen, wäre sie nicht vom Baum gestürzt. Deine Eltern hätten die Nacht in einem lauschigen Strandhaus verbracht und Jeremy ... na ja, ich denke, das Prinzip ist dir klar.«

Ich schlucke trocken und nicke. Ein Signalton, laut und für alle hörbar, erspart mir einen weiteren Kommentar. Ich ahne nichts Gutes.

»Das ist der Ton, auf den wir gewartet haben!«

Kaum, dass Randy die Worte ausgesprochen hat, schießt ein mannshohes Thermometer aus der Bühne, genau durch ihn hindurch.

Wum Randy tritt ungerührt zur Seite. »Sie haben mit Ihrem Cull entschieden, wie schwer es unser Küken Alison bei ihrer ersten Challenge haben wird«, sagt er zum Publikum gewandt, »und hier ist das Ergebnis!«

Eine grüne Spirale schraubt sich nervenaufreibend langsam in die Höhe und bald geht die Farbe in ein helles Gelb über.

Nicht Rot!, denke ich. Lass es stehen bleiben. Stopp!

Mein Flehen wird erhört. Die Spirale stoppt im unteren Drittel und Wum Randy sieht für einen Moment verärgert aus, hat sich aber im nächsten Augenblick schon wieder im Griff.

»Unsere Zuschauer mögen dich. Du hast viele Sympathien gewonnen, wie es aussieht. Deine Aufgabe ist dir klar?«

»Das Backen von Apfelkuchen gesetzlich verbieten lassen«, knurre ich.

Das Publikum lacht vergnügt auf, aber ich habe tatsächlich keinen Schimmer, wie ich den Sturz von Tante Rose verhindern soll.

»Wir sind gespannt, ob Alison es schaffen wird! Gleich nach der Werbeunterbrechung werden wir sehen, ob es ihr gelingt, unser kleines Einschreiten zu verhindern, und ob Jeremy wieder zu ihrem Leben gehört. Aber vorher, und ich weiß, vor allem die Ladys freuen sich auf ihn, vorher werden wir Kay bei uns auf der Showbühne begrüßen! Denn er wurde als Alisons Scout ausgewählt!«

Die Zuschauer im Publikum überschlagen sich vor Begeisterung. Aus allen Richtungen höre ich schrille Schreie, Pfiffe, Trampeln, Klatschen und dann immer lauter werdend: »Kay, Kay, Kay! Kay, Kay, Kay!«

Im Ernst? Selbst auf der Bühne lese ich dieses Wort. Meterhoch steht es leuchtend da: K A Y.

Herzen steigen plötzlich in die Luft, zerplatzen eine Armlänge von mir entfernt. Wieder kommt künstlicher Nebel auf und verhüllt die Bühne mit seinen undurchsichtigen Schwaden.

Wum Randy steht mit ausgebreiteten Armen am Rand der Plattform, als wolle er einen alten Bekannten begrüßen. Vor ihm erhebt sich jemand. Eine Gestalt, dunkel und groß.

Ich versuche, sie durch den von Licht durchzuckten Schleier genauer zu betrachten. Auch dem Publikum ist der undeutliche Schatten nicht entgangen, denn die Rufe nach diesem Kay steigern sich in wildes Gekreische.

Wer ist dieser Kay? Mein Scout ... Was meinen sie damit? Soll er mich begleiten, auf mich aufpassen, ist er ihr Handlanger? Was auch immer seine Aufgabe sein wird, ich beschließe, sie ihm so schwer wie möglich zu machen. Ich werde ihm – ich werde gottverdammt allen zeigen, dass ich sehr wohl in der Lage bin, selbst auf mich aufzupassen! Ich bin schnell. Vielleicht gelingt es mir, ihn abzuhängen. Soll er doch ...

Ich vergesse plötzlich zu atmen, kann ihn nur anstarren. Da ist ein Gefühl in mir ... ich kann es nicht einordnen. Als wäre er mir nicht fremd. Am liebsten möchte ich den herabsinkenden Nebel wegwischen, endlich sein Gesicht klar sehen. Wow ... er ist ... er ist ... absolut umwerfend!

Seine Züge sind zwar angespannt, geradezu wütend, doch wirkt alles an ihm ebenmäßig und gradlinig. Nur ein schwarzer Fleck in seinem Gesicht irritiert mich. Was auch immer es ist, es wird halb von seinem bronzefarbenen Haar verdeckt, das ihm weich über die Stirn bis auf die Brauen fällt, die wie zwei Wächter über unendlich dunklen Augen stehen. Sein Blick ist ernst und wach zugleich. Mit verengten Augen fixiert er seine

Umgebung, ohne sich zu bewegen. Klar und analytisch. Als sei er erhaben über all das. Selbst die immer noch anhaltenden Schreie im Publikum scheinen ihn nicht zu berühren.

Unwillkürlich versuche ich, sein Alter einzuschätzen. Er wirkt nicht, als würde er aufs College gehen, obwohl er 19, vielleicht 20 Jahre alt sein muss ...

Aber nein. Nie könnte ich ihn mir zwischen anderen Studenten vorstellen. In einer Bibliothek oder gar bei einer Vorlesung. Dieser Kay ist weit von den Dingen entfernt, die einen College-Studenten beschäftigen würden, das merke ich. Als hätte er ein normales Leben lange hinter sich gelassen.

Der Nebel hat sich endgültig gelegt und erst jetzt erkenne ich, wie groß er ist. Als Wum Randy seinem Gast freundschaftlich auf die Schulter klopft, muss er den Arm heben, um dessen breites Kreuz zu erreichen. Ungerührt lässt der die joviale Geste über sich ergehen.

»Herzlich willkommen zurück, mein Lieber«, meint Wum Randy in väterlichem Tonfall und versucht, Kays Blick, der immer noch auf dem Publikum ruht, auf sich zu lenken, indem er ihm die Schulter tätschelt. »Wobei haben wir dich gerade gestört? Wolltest du etwas essen? Hast du geschlafen?«

Langsam dreht sich der Mann, der mein Scout sein soll, zum Moderator um. Kays Arme scheinen entspannt, aber ich kann trotz der Distanz erkennen, wie sich seine Hände unter Randys Berührung zu Fäusten ballen. Schnell lässt dieser seinen Gast los und lacht übertrieben laut. »Oder hattest du ein kleines Stelldichein?«

»Ich sah gerade einem Mann zu, wie er an seinem eigenen Blut erstickt, nachdem ich ihm mit dem Messer die Luftröhre durchtrennt habe.« Seine Stimme ist ruhig, fast emotionslos.

Bitte was?

Prompt tritt Randy einen Schritt zurück und scheint sich einen Moment sammeln zu müssen, bevor er wieder Herr der Lage ist.

»Nun ja, also, äh ... Kay. Du kennst das Spiel. Du kennst die Regeln und du wirst sicherlich inzwischen, ähm, Erfahrungen gesammelt haben, die dich zu einem besseren Scout für unsere Kandidatin machen, als es deine Begleiterin schlussendlich für dich war.«

»Und wenn sie überlebt, wird mir der Marker entfernt und ich werde vergessen, dass es je eine andere Gegenwart gab als meine jetzige«, stellt Kay fest und tritt dabei verdammt nah an Randy heran. »Das ist der Deal, richtig?«

Überlebt? Was meint er damit? Wieso sollte ich den Versuch, Tante Rose vom Apfelpflücken abzuhalten, nicht überleben? Es geht doch um Jeremys Leben, nicht um meins!

»Ja-aa, das ist der Deal.« Randys Stimme klingt unsicher. Er geht rückwärts, macht einen großen Bogen um Kay, dann stoppt er am Rand der Bühne. »Nun gut, wir hoffen, du stehst uns später noch für ein Interview zur Verfügung, aber jetzt ist es an der Zeit, deinen Schützling kennenzulernen! Und hier ist sie! Unsere Alison!«

Ich muss meine Augen gegen das grelle Licht abschirmen, das mich in den Mittelpunkt der Aufmerksamkeit rückt, um Kay weiterhin sehen zu können. Er steht gut zehn Meter von mir entfernt und sieht zu mir herüber. Unter seinem Blick zieht es in meinem Bauch und ich werde nervös.

Weder Kay noch der Moderator noch das Publikum sagen einen Ton. Die unangenehme Spannung macht mich noch unruhiger. Auf was warten sie? Darauf, dass ich etwas sage? Ich sehe Randy fragend an. Der jedoch starrt mit in den Nacken gelegtem Kopf nach oben auf den großen Bildschirm.

Mein Blick folgt seinem. Das riesig vergrößerte Gesicht von Kay ist eingeblendet und erst jetzt sehe ich, dass der schwarze Fleck viele feine Linien sind, die seine Stirn überziehen und sich über seine Wangenknochen bis zur Nasenwurzel schwingen. Die düstere Tätowierung verleiht ihm etwas Kämpferisches, fast Barbarisches. Doch nichts davon ist in seinem Gesicht zu lesen.

Er schüttelt langsam den Kopf, wirkt ungläubig, geradezu schockiert. Seine Augen sind düster, scheinen plötzlich tiefschwarz zu sein. Blanker Hass steht in seinem Gesicht. Doch plötzlich verändert sich sein Ausdruck. Kay verzieht schmerzhaft das Gesicht, beißt sich auf die Lippe. So stark, dass feine Blutstropfen daraus hervorquellen. Sie müssen ihm Schmerzen über den Marker zufügen! Mit Sicherheit sind sie auch dazu in der Lage. Wieso tun sie das? Bestürzt sehe ich zu Randy, der teilnahmslos wirkt.

Als ich wieder auf den Bildschirm an der Decke blicke, sehe ich, wie eine Träne über Kays Gesicht läuft. Es ist nur eine, aber er wischt sie nicht weg.

Wie lang soll das noch gehen? Warum tun sie ihm das an? »Aufhören!«, keuche ich und ein Raunen geht durch die Zuschauerreihen. Sofort zeigt der Monitor mein Bild.

Nicht! Nein! Zeigt ihn, nicht mich! Kann er wirklich einer von ihnen sein? Nein! Auf keinen Fall. Nicht, wenn sie ihm derart wehtun. Genau wie ich ist er hierhin verschleppt worden.

»Ihr sollt aufhören, ihm wehzutun!«, brülle ich jetzt laut in die unbegreifliche Stille hinein, aber meine Worte zeigen keine Wirkung.

Stattdessen legt Randy verzückt die Hände aufeinander, als wolle er beten, und lächelt. »Als würde man eine alte Bekannte wiedertreffen, nicht wahr, Kay?« Er wirkt unfassbar selbstgefällig.

»Warum sie?«, presst Kay heraus, anscheinend immer noch unter den Schmerzattacken leidend.

»Nun ja ...« Der Moderator ringt mit den Händen. »Eine hübsche Kleinstadt, eine sympathische Familie, ein nettes Waldhaus ... Unsere Kandidatin ist eben eine typische Amerikanerin ihrer Zeit. Sicher, diese Faktoren treffen auch auf viele Hunderttausend andere mögliche Aspirantinnen zu«, räumt er ein, »aber unsere Spielleitung war der Meinung, unsere Wahl würde dem Ganzen etwas mehr Würze verleihen. Und wie es scheint, lag sie nicht falsch da...« Seine Worte gehen in einem markerschütternden Schrei unter, der aus Kays Kehle dringt.

Erschrocken zucke ich zusammen. Erst glaube ich, die Spielleitung muss ihre Pein gesteigert haben, aber einen Wimpernschlag später fliegt Kay, fast ohne den

Boden zu berühren, auf Randy zu und rammt ihm seine Handkante zwischen die Augen. Ein dumpfes Knacken wird über die Lautsprecher übertragen, dann liegt der Moderator auf dem Boden, Kay direkt über ihm, seine Hand auf dessen Kehlkopf gepresst. Mehrere Männer stürmen hinter der Bühne hervor, auf die beiden zu, surrende Metallstäbe abwehrbereit in den Händen.

»Du weißt, ich kann dich in einer Sekunde töten, oder?«, flüstert Kay, aber seine gedämpfte Stimme ist trotzdem im ganzen Show-Dome zu hören. Kays Gesicht schiebt sich nah an Randys herausquellende Augen, dann trifft ihn der erste Schlag und er bricht bewusstlos über Randy zusammen.

»Nebel!«, keucht der Moderator am Boden. Wie ein Wurm versucht er, sich unter Kay hervorzuwinden. Ob es ihm gelingt, sehe ich nicht, denn schon versinkt die Bühne in dichten Schwaden, aus denen nur noch seine wutentbrannte Stimme zu hören ist. »Seine Emotionen sollten herabgesenkt sein, verflucht! Das ist eine Live-Show! Was seid ihr für gottverdammte Amateure?«

»Aber ich bin mir sicher, er ist auf das Minimum eingestellt worden«, kommt ein kläglicher Erklärungsversuch von weiter hinten. »Ich verstehe das nicht ... Okay, wir checken das, dann bringen wir ihn wieder zu Bewusstsein. Sollen wir jemanden in der Zeit zurückschicken und ihm Handfesseln anlegen, bevor er auf die Bühne portiert wird?«

»Ach was! Bringt den Mistkerl aus dem Show-Dome, noch besser, aus dieser Zeit. Schickt sie los! Und stellt dieses verflixte Mikro aus!«, brüllt Randy.

Im nächsten Moment wird mein Sessel abgesenkt und mein Magen beschwert sich kribbelnd über die abrupte Fahrt nach unten. Irgendetwas ist da oben gewaltig schiefgelaufen, und auch wenn ich nicht verstehe, was sie diesem Kay angetan haben, kann ich nicht umhin, mich über seine Reaktion zu freuen. Trotz ihrer manipulierenden Wundertechnik, die sie in unseren Händen versenkt haben, waren sie ihm ausgeliefert. Er hat die Machtverhältnisse für einen verblüffend langen Moment umgekehrt und ihnen gezeigt, dass sie uns nicht in Gänze beherrschen können. Ich lächle, als mein Sessel zum Stillstand kommt.

Eine wortkarge Frau, ganz in Schwarz, begleitet mich den langen Flur entlang. Das alles ist so verwirrend. Fast wie ein Traum, aus dem man erwacht, und einen Moment lang weiß man nicht, was echt ist. Auf einmal glaube ich, schon mal von Kay geträumt zu haben. Ein vages Bild, fast nicht greifbar. Wie der Schatten eines Déjà-vus. Fühle ich mich deswegen verbunden mit ihm, so als wäre er ein guter Freund, als kenne ich ihn mein Leben lang?

Ich nehme das leise Zischen der Tür kaum wahr. Anscheinend befinde ich mich erneut in dem Raum mit der Anzeigetafel. Ivanas Wundermittel sind verschwunden, genau wie der Tisch, der wieder mit der glatten Wand verschmolzen ist. Kay ist nirgends zu sehen, ich schätze, sie haben ihn in einen anderen Raum gebracht. Vielleicht sollte ich nach ihm suchen. Es ist ohnehin niemand da, der mich davon abhalten könnte.

Viel gibt es um mich herum nicht zu entdecken. Bis auf die abgeschaltete Anzeigetafel und den Sessel ist der Raum leer. Boden, Wände und Decke sind aus ein und demselben fremdartigen Material: kein Stein oder Ziegel, nichts Bekanntes wie etwa Raufaser oder Fliesen, sondern eher ein milchiges Plastik, das matt spiegelnd das Blau meiner Jeans zurückwirft. Eine Tür gibt es nicht.

Ratlos schreite ich den Raum ab, fahre mit der Hand über die kalten Oberflächen und ertaste da, wo Ivana den Tisch ausgeklappt hat, eine feine Linie. Ich müsste direkt davorstehen, sehe sie aber nicht.

»Zscht«, macht es plötzlich und ich springe zurück. Ein Stück der Wand fehlt, ich sehe in einen nichtssagenden Flur, eine weitere Tür kann ich aber nicht entdecken. Gerade als ich mich hinauswagen will, kommt der Kerl im Ganzkörperanzug herein und die Wand schließt sich wieder.

»Hallo?«

Keine Reaktion.

»Hey, Sie! Was haben Sie mit mir vor? Was, verdammt noch mal, soll ich hier?«

Der Mann beachtet mich nicht. Mit der Hand am Ohr steht er vor der Wand, als würde er aus einem Fenster sehen. »Ja, verstanden.« Er nimmt die Hand eine Sekunde runter, um mit ihr den Monitor wiederzubeleben, und überfliegt die Werte, die dort angezeigt werden. »Die Dopaminwerte sind leicht erhöht, aber das stellt kein Problem dar. Sie kann portiert werden.«

Er dreht sich um und mustert mich schweigend, die

Hand immer noch ans Ohr gepresst. »In Ordnung«, sagt er schließlich, ballt die Hand einmal kurz zusammen und greift dann nach meiner. »Die Entzündung ist vollkommen abgeklungen«, informiert er mich. »Wir werden Sie jetzt portieren. Der Prozess ist absolut schmerzfrei, Sie werden sich zunächst etwas desorientiert fühlen. Schwindel, Übelkeit und Kribbeln sind normale Reaktionen, die nach kurzer Zeit wieder nachlassen. Alles Weitere erfahren Sie über den Marker. Bitte treten Sie zur Seite.«

»Wohin portiert? Nach Hause?«, frage ich hoffnungsvoll.

»Ihr Marker wird Ihnen die vorgesehenen Auskünfte erteilen.« Er schiebt mich zur Seite, als ich mich nicht von der Stelle rühre.

Aus dem Boden hebt sich dort, wo ich eben noch stand, ein transparenter Zylinder. Er ist an einer Seite geöffnet. Drei Menschen würden darin Platz finden, so groß ist er.

»Bitte«, sagt der Ganzkörperstrampler und weist mit der linken Hand auf den Eingang. »Sie können sich darin bewegen, es ist nicht notwendig, still zu stehen.«

»Wo ist Kay? Ich will da nicht alleine rein. «

»Wer?«

»Kay! Mein Scout.«

»Ich bin nicht befugt.« Ein angespannter Zug tritt in sein Gesicht. »Ich fordere Sie auf, sich in den Scanner zu begeben. Wir folgen einem genau definierten Zeitplan und möchten keinen unnötigen Zwang anwenden.«

Widerstrebend trete ich in den Zylinder. Mir ist klar,

dass ich nur einige Minuten gewinnen kann, sollte ich mich widersetzen, und auf keinen Fall will ich die fiesen Stäbe zu spüren bekommen so wie Kay.

Sofort schließt sich die Röhre und ein blauer Lichtspiegel zuckt zu meinen Füßen. Mein Herz fängt an zu pochen und meine Hände schwitzen. Ich habe Angst, aber um nichts in der Welt würde ich das zugeben.

»Wir beginnen jetzt.« Der Mann legt seine Hand auf den Zylinder.

»Autorisierung erfolgt«, vernehme ich dumpf eine mechanische Stimme, dann fährt der Lichtspiegel erschreckend schnell meinen Körper empor. Als er meinen Hals erreicht hat, frage ich noch: »Und, sind Sie zumindest befugt, mir zu sagen, in welchem Jahr ich mich befinde?«

»Selbstverständlich.« Der Mann lächelt zum ersten Mal. »2417.«

Seine Worte flattern mir in auseinandergerupften Silben hinterher, wie einem Sog folgend, der mich aus ihrer Welt trägt. Über vierhundert Jahre! Kann das wahr sein? Bevor ich weiter darüber nachdenken kann, setzt der Schwindel ein.

Jeremys neunten Geburtstag haben wir alle zusammen im Adventure-Land verbracht, einem Vergnügungspark, der allerdings nur Jeremy Vergnügen bereitet hat. Während er überglücklich war, endlich die notwendigen 1,40 m erreicht zu haben, die erforderlich sind, um in die aufregenden Achterbahnen zu steigen, habe ich auf irgendeiner Mauer gehockt und mich gefragt, wie mein Bruder sich freiwillig eine solche Tortur antun kann. Endlose Loopings, rasante Berg- und Talfahrten und sich überschlagende, schaumstoffgepolsterte Sitze. Später hat mein Bruder mich tatsächlich überredet, in eine Schiffsschaukel einzusteigen.

Es war grauenvoll!

Immer wenn sich der Bug in schwindelerregende Höhen geschwungen hatte, blieb die Schaukel eine Sekunde stehen und Jeremy schrie: »Guck mal! Sieh dir das an! Boaaah! Ist ja abgefahren!« Dann zog sich mein Magen zusammen und wir wurden in die gegenüberliegende Richtung geworfen. Selbst mit größter Willenskraft wäre es mir nicht möglich gewesen, dabei die Augen zu öffnen, so unerträglich war das Kribbeln in meinem Körper.

In den ersten Sekunden befürchte ich, sie hätten mich direkt in diese Schiffsschaukel portiert, aber dann höre ich eine Stimme: »Alison. Versuch, die Augen zu öffnen.«

Ich muss sie nicht öffnen, um zu wissen, wer zu mir spricht. Obwohl Kays Stimme ohne die Verstärkung eines Mikros viel wärmer klingt, liegt in ihr die gleiche Bestimmtheit wie auf der Bühne.

»Alison! Sie werden uns nicht viel Zeit gegeben haben. Öffne die Augen, setz dich auf und leg deinen Kopf auf die Knie. Das hilft. Bestimmt.«

Ich gehorche und starre auf verschwommene Grashalme, die sich über eine glitzernde Wasserfläche beugen. Wo bin ich? Oder sollte ich eher fragen, wann?

»Mir ist übel.« Ich hoffe inständig, ich muss mich

nicht vor Kay erbrechen. Er kniet direkt vor mir, und auch wenn ich nur seine sandfarbene Khakihose sehen kann, spüre ich die Wärme seines Körpers und ich wünschte, er würde mich berühren. Nur einen Moment seine Hand auf meinen Arm legen. Mir sagen, alles wird gut.

Unter meinen Haarsträhnen spähe ich nach oben, ich möchte sein Gesicht betrachten, ohne dass er es merkt, doch als ich seinem Blick begegne, erschrecke ich. Sein Ausdruck ist kalt, geradezu abweisend. Er wirkt geschäftig, so als hätte er nur einen Job zu erledigen.

»Übergib dich lieber nicht.« Seine Stimme klingt ernst, aber ohne einen Hauch von Mitgefühl. »Es ist wichtig, dass du die Flüssigkeit bei dir behältst, umso länger bleibt dir die Dehydration erspart.«

Ohne es verhindern zu können, schießt mir Schamröte ins Gesicht. Meine verworrenen Gefühle für ihn sind mir unangenehm – vor allem jetzt, da klar ist, was er von mir erwartet: nicht kotzen, schnell auf die Beine kommen, funktionieren.

»Gut, dein Gesicht zeigt wieder Farbe.« Mit einem Satz ist Kay auf den Beinen und reicht mir die Hand.

Ich sehe immer noch leicht verschwommen, erkenne aber, dass seine Hand schlank ist, gebräunt ... nein, verdreckt. Die Konturen werden plötzlich klarer und da begreife ich, das ist kein Dreck, der seine offene Handfläche zeichnet: Es sind feine Blutstropfen, die sich bis über seine Finger sprenkeln.

»Bist du okay?« Ich zwinge mich, ihm in die Augen zu sehen. »Hast du noch Schmerzen?«

»Schmerzen?« Er zieht die Brauen hoch.

»Ich dachte ... auf der Bühne. Sie haben dir doch wehgetan. Du hast geblutet, an der Lippe, als du ...« Ich gerate ins Stocken.

»Da war nichts«, antwortet er kalt. »Steh auf.«

Wütend über mich selbst, über mein offenkundiges Interesse an ihm, komme ich auf die Beine und drehe mich vorsichtig im Kreis, um mich zu orientieren. Es ist Sommer, wahrscheinlich später Vormittag, denn die Sonne brennt aus dem wolkenlosen Himmel, ohne dass die großen Bäume um uns herum lange Schatten werfen würden. Ich stehe am Rand eines flachen Baches, dessen feuchter Geruch von dem Duft gegrillten Fleisches überlagert wird.

Schnuppernd halte ich die Nase in die leichte Brise, die das Aroma einer köstlichen Grillmarinade zu mir herüberträgt. Erst jetzt bemerke ich meinen Hunger und entdecke unter den weit herabhängenden Ästen einer Trauerweide zwei Jungs flussabwärts, die auf einer Picknickdecke sitzend dabei zusehen, wie ihr Vater saftige Spareribs auf einem Grill wendet. Gleich daneben steht ein holzumfasster Mülleimer. Wespen umschwirren ihn gierig.

Etwas weiter entdecke ich Lilien, die in blaugelber Blütenpracht das geschwungene Bachbett sprenkeln. Ein Pärchen watet Händchen haltend und mit hochgekrempelten Hosenbeinen durch das Wasser und auf einer Steinmauer direkt hinter mir sitzt ein älterer Mann mit Hut und großer Hornbrille, der uns über seine Zeitung hinweg beäugt. All diese Details nehme ich überdeutlich wahr, muss sie aber wie ein Puzzle zusammensetzen, um zu verstehen, dass ich mich in einem Waldstück oder einem naturbelassenen Park befinde.

»Ein Park, Sommer, Menschen ... Wo bin ...« Plötzlich verfliegt meine Desorientiertheit, wie der Moment zwischen Schlaf und Erwachen, und ich bin vollkommen da. Das Areal erschließt sich mir jetzt als Ganzes: Nicht weit von mir steht ein großer Nadelbaum, der seine knorrigen Arme fächerartig von sich streckt, und ich weiß, Dad hätte mich gerügt, denn ich kenne den Namen des Baumes nicht, aber ich kenne ihn. Er steht vor einer Steinbrücke, die den Bach an der Stelle überspannt, wo er zu einem strudelnden Gewässer wird, durchsetzt mit großen Steinen, über die Jeremy jedes Mal hüpft, wenn Dad uns die Geschichte von Mill Valley erzählt. Denn kurz hinter der Brücke fällt das seichte Gelände rapide ab und zwischen den dicht gedrängten Redwood-Bäumen steht die Nachbildung der ersten Sägemühle, der Mill Valley seinen Namen zu verdanken hat.

Ich bin zu Hause! Nur eine knappe halbe Stunde von unserem Häuschen entfernt. Den Weg könnte ich mit geschlossenen Augen finden, so oft waren wir hier.

»Kommt dir etwas bekannt vor, Alison?«, fragt mich Kay in diesem Moment und ich zucke unwillkürlich zusammen.

»Wir sind in Mill Valley, im Old Mill Park, er ist –«

Ein Piepen schneidet mir das Wort ab, doch bevor ich meine Hand öffnen kann, spricht Kay schon die Worte aus, die auch auf seinem Marker aufleuchten.

»Verbleibende Zeit: 12 Stunden 47 Minuten 38 Sekunden, 37 Sekunden ... 36 Sekunden. Das ist eigenartig«, murmelt er mit gefurchter Stirn. »Sie geben uns eine Menge Zeit, du kennst den Ort, an dem wir uns befinden, und offensichtlich sind wir nicht sehr weit in deine Vergangenheit portiert worden.«

»Aber das ist doch gut, oder?«

»Es ist zu einfach.« Kay sieht sich wachsam um. »Okay, Alison. Wir sollten trotzdem keine Zeit verschwenden. Ich schlage vor, wir finden heraus, welches Datum wir haben, währenddessen erzählst du mir, was du über die Gegend weißt.«

»Sie haben dir nichts gesagt?«

»Sie haben mich direkt auf die Bühne geholt, als ich ...«

»Als du einem Mann die Kehle durchgeschnitten hast? Das war nicht dein Ernst, oder?« Prüfend sehe ich in Kays Gesicht.

»Ich will nicht darüber reden.« Wie ein Stoppschild hält er seine blutbeschmierte Hand hoch.

Und dann begreife ich. »Du hast tatsächlich ...«

»Ich meine es ernst, Alison. Lass uns das hinter uns bringen und mit etwas Glück sehen wir uns nie wieder. Der Mann auf der Mauer beobachtet uns die ganze Zeit und wir sollten tunlichst keine Aufmerksamkeit erregen. Komm! Jetzt!«

Bevor ich noch etwas sagen kann, bugsiert mich Kay in Richtung Brücke. Sein Druck auf meiner Schulter lässt keinen Widerspruch zu.

Die Berührung fühlt sich viel zu gut an, aber ich gebe ihm recht. Ich muss mich auf das Wesentliche konzentrieren: auf Jeremy, auf Tante Rose, auf den Apfelbaum. Während ich versuche, mit Kay Schritt zu halten, erzähle ich ihm von der alten Mühle, Mum, Dad, Jeremy und den Mammutbäumen, durch die sich der Weg zu meinem Elternhaus schlängelt.

Als wir die Brücke erreichen, hebt Kay eine zerknautschte Plastikflasche auf und ich halte inne, um einen Blick auf den Marker zu werfen. Uns bleiben noch gut 12 Stunden und 45 Minuten. Wenn wir uns beeilen, könnte ich in 20 Minuten bei Mum und Dad sein, ihnen alles erklären. Nur dies kann und darf meine Gedanken beherrschen. Nichts anderes.

Aber eine Seite von mir wünscht sich plötzlich und auf irrsinnige Weise zu scheitern, um mehr als diese ... ich starre auf den Countdown ... 12 Stunden, 44 Minuten und 28 Sekunden mit ihm zu haben. Verrückt.

Es ist das erste Mal in meinem Leben, dass mich jemand auf diese Weise beschäftigt. Ja klar, es gab ein paar nichtssagende Küsse während des letzten Sommers, den ich mit Carissa und einigen Leuten aus der Highschool am Strand verbracht habe, aber das auch nur, weil sich meine Freundin darüber amüsiert hat, ich würde mich angeblich nicht für das männliche Geschlecht interessieren. Aber so ist es nicht. Es gab bisher einfach niemanden, der interessant genug gewesen wäre, um mich in ihn zu verlieben.

Den außergewöhnlichsten Mann, den ich je in Mill Valley kennengelernt habe, war Mr Givens, der Leiter der städtischen Bibliothek. Immer wenn ich ihm ein Buch zurückbrachte, dessen abenteuerliche Geschichten ich an einen Baumstamm gelehnt verschlungen hatte, nahm er sich die Zeit, mir von echten Abenteuern seines Lebens zu berichten: Mr Givens war im Vietnamkrieg, fand seine große Liebe während der Friedensbewegung und hat zusammen mit ihr den Kilimandscharo bestiegen, er lebte zeitweise auf einer Farm in Tansania und zog nach dem Tod seiner Frau zurück in seine Heimatstadt Mill Valley. Mr Givens war 93, als er letztes Jahr starb.

Manchmal war ich überzeugt, es wäre mir nicht bestimmt, mich zu verlieben, aber als ich Mr Givens nach einem Nachmittag mit *Romeo und Julia* erklärte, Liebe sei nur etwas für romantische Bücher, lächelte er mich durch seine runzeligen Augen an und meinte: »Jede Liebe hat ihre Zeit und jede Zeit ihre Liebe. Die Zeit von Romeo und Julia ist längst vergangen, die Zeit für Alison Hill zu lieben, wird erst noch kommen.«

Alison Hill bleiben noch 12 Stunden und 40 Minuten, um sich NICHT zu verlieben, verflucht! Doch die Vorstellung, Kay danach nie wiederzusehen, finde ich unerträglich. Ich fühle mich sicher in seiner Nähe, so als würden wir uns schon ewig kennen. Es ist die Souveränität, die er ausstrahlt, seine kontrollierten Bewegungen, seine Gewissheit in den Dingen, die er sagt und tut, die mich anzieht und gleichzeitig verwirrt, wie jetzt in diesem Moment.

Während wir auf der Brücke stehen, fixiert Kay unablässig seine Umgebung. Er achtet darauf, niemanden anzusehen, hebt einen Kronkorken auf, betrachtet ihn, wirft ihn wieder weg und greift aus der Luft einen umherwehenden Zettel, der über unsere Köpfe getrieben wird.

»*Mill Valley Fall Arts Festival, September 1986.* Jetzt haben wir einen Anhaltspunkt.« Mein Scout deutet mit dem Finger auf den Zettel. »Das Papier ist mindestens einige Monate dem UV-Licht ausgesetzt gewesen. Hier, das Blatt war wahrscheinlich grün, aber die photolytische Reaktion hat ihm die Gelbfragmente entzogen und jetzt erscheint es bläulich. Das Schwarz auf dem Zettel hingegen ist noch recht kräftig. Ich schätze, er wurde vor etwa sechs Monaten, vielleicht ein wenig früher, gedruckt.«

»Aber dann muss es jetzt Frühjahr 1987 sein.«

Kay lacht kurz auf, da ich die Monate an meinen Fingern abgezählt habe. »Ja, ich schätze, es ist April. Wo hat deine Tante Rose 1987 gewohnt?«

Ich starre ihn an. »Tante Rose? In San Diego, glaube ich. Aber Jeremy ist doch nicht in den 80ern geboren. Wieso schicken sie uns in diese Zeit?«

»Alles andere wäre wohl zu leicht«, gibt Kay mir Auskunft. »Bist du dir sicher mit deiner Tante und San Diego?«

»Ziemlich. Dad erwähnte mal, sie hat dort als Tierpflegerin gearbeitet und geholfen, einen Pandabären zur Welt zu bringen, den sie nach ihr benannt haben.«

»San Diego ... Das ist unmöglich zu schaffen. Was ist mit deinen Eltern? Lebten sie schon in dem Haus mit dem Apfelbaum?«

»Ich schätze schon.« Leider muss ich mir eingestehen,

dass ich nichts über die Jugend meiner Eltern weiß. Wie alt mögen sie jetzt sein?

»Denk nach, Alison. Dein Vater ist jetzt 27 und deine Mutter 24 Jahre alt. Wo waren sie?«

Verflucht, ist der Mann ein wandelnder Taschenrechner? Ich knete meine Finger, die ich eben zu Hilfe nehmen wollte, und versuche, mich zu erinnern, da schiebt Kay mich wortlos zur Seite, sodass ein Jogger seine Bahn unbeirrt weiterlaufen kann. Er trägt einen weiten lilablauen Jogginganzug aus Ballonstoff und sein grellgelbes Stirnband wird von großen Kopfhörern fixiert, die in einen nicht weniger gelben Walkman gestöpselt sind. Im Lauf wirft er den Kopf zurück, um sich mit einem Nicken zu bedanken, und lächelt uns unter seinem dünnen Schnurrbart hindurch zu. Ich starre dem Mann nach. Alles an ihm schreit auf übertriebene Weise: »80er-Jahre«, und langsam beginne ich zu begreifen, dass ich mich tatsächlich in einer anderen Zeit befinde.

Und wie zur Bestätigung kommt eine kleine Gruppe Teenager aus der Richtung, in die der Jogger gelaufen ist, auf uns zu, mit einem lärmenden, lächerlich großen Kassettenrekorder. Der Sound klingt verzerrt und etwa 50 Meter von uns entfernt hält die Gruppe an, um eine Kassette, deren Band sich abgespult hat, aus dem Gehäuse des Monstrums zu befreien. Einer der Jungs zieht einen Stift aus seiner blassblauen Jeansjacke und steckt ihn in die Kassette, um das Band Zentimeter für Zentimeter wieder aufzuwickeln, während die anderen sich eine Zigarette anzünden und dabei zusehen.

»Die haben uns tatsächlich in die 80er portiert.« Ich deute auf die Gruppe.

Kay nickt nur kurz. Er wirkt unruhig und sieht nervös zu dem Händchen haltenden Pärchen, das fast die Brücke erreicht hat und eben aus dem tiefer werdenden Wasser steigt. Während das Mädchen ihre karottenförmige Jeans entkrempelt, kippt ihre hoch auf dem Kopf zusammengebundene Dauerwelle nach vorn und verheddert sich in ihren Papageiohrringen.

Plötzlich kommt mir eine Idee. Ich springe mit wenigen Sätzen auf den Mann zu, der seiner Freundin behilflich ist, ihre Haare von den Papageien zu trennen, und ignoriere Kays Aufschrei.

»Alison! Nein!«

Falls Mum und Dad schon in unserem Haus gewohnt haben, könnte ich sie anrufen. Unsere Telefonnummer ist nur fünfstellig, was bedeutet, dass wir sie vor ziemlich vielen Jahren zugewiesen bekommen haben müssten. Die jetzigen Nummern sind meistens acht- oder auch neunstellig. Wenn ich Dad erreichen könnte, würde uns das eine Menge Zeit sparen. Vielleicht wird er auflegen oder nicht da sein, aber einen Versuch ist es wert.

»Entschuldigung. Ich müsste ganz dringend telefonieren«, stoße ich schnell hervor, als ich den Mann erreiche, denn Kay sprintet bereits auf mich zu.

»Okay ...« Der Mann blickt mich fragend an.

»Es ist wirklich dringend!«

Verständnislos schüttelt er den Kopf.

»Euer Mobiltelefon! Bitte! Es geht auch ganz schnell.« Es ist eine Lüge, aber egal.

In dem Moment erreicht mich Kay und packt mich am Handgelenk, um mich von dem verdutzten Pärchen wegzuziehen. Sein Griff ist fest und lässt keinen Widerspruch zu. Unbeholfen stolpere ich hinter ihm her und sehe gerade noch, wie sich der Mann an die Stirn tippt und zu seiner glucksenden Freundin sagt: »Mobiltelefon! Bin ich der verdammte Präsident, oder was?«

Dann presst Kay mich gegen den Brückenpfeiler und lässt mein Handgelenk los, das rot leuchtend seine Fingerabdrücke trägt.

»Spinnst du?«, fauche ich ihn an.

»Du wirst niemanden ansprechen! Keinem Jogger im Weg stehen und, verflucht noch mal, nicht nach einem Mobiltelefon fragen, das erst in vier oder fünf Jahren in ausgewählten Läden zu kaufen sein wird!«, faucht er. »Alles, jede Kleinigkeit, kann Auswirkungen auf dein Leben im Jahr 2013 haben, Alison! Verstehst du das?«

»Aber ich habe doch nur –«

»Wir dürften gar nicht hier sein! Wenn der Jogger uns hätte umrunden müssen und dadurch zwei Sekunden später auf die Kreuzung getroffen wäre, wo ein Bus ihn angefahren hätte und er gestorben wäre, wären seine nachfolgenden Generationen ausgelöscht worden. Vielleicht ist deine beste Freundin darunter oder der Mann deiner zukünftigen Tochter. Also, sprich mit niemandem. Berühre niemanden. Stehe niemandem im Weg!«

Kay ist gerade weit genug entfernt, um mir mit beängstigendem Ernst in die Augen sehen zu können. Er blinzelt nicht und fixiert mich, bis ich gelobe, mich an seine Regeln zu halten.

»Sieh mich nicht so an, ich mach's ja nicht wieder, versprochen.«

»Das solltest du auch nicht. Nur wenn du Glück hast, wirst du nicht die Zeit haben, die Auswirkungen von alldem hier zu begreifen. Du wirst nicht lernen müssen, dich wie ein Geist zu bewegen, in der Wildnis zu überleben oder in die düstersten Abgründe der Menschheit zu blicken.«

Seine Stimme klingt beängstigend zornig, vorsichtshalber schweige ich, während wir weitergehen.

Erst als Kay im Begriff ist, einen falschen Weg einzuschlagen, sehe ich in sein verschlossenes Gesicht und frage: »Und was schlägst du vor?«

Kay blickt zur Seite, steht wie eine Statue vor der Weggabelung, die vor uns in verschiedene Richtungen strebt.

»Es ist dein Leben. Deine Show! Du triffst die Entscheidung. Im Grunde habe ich dir schon jetzt zu viel geholfen. Das werden sie nicht mögen.« Noch immer wendet er mir den Rücken zu.

»Scheiß auf sie!« Aufmerksam sehe ich durch die im Himmel gipfelnden Baumkronen nach oben, in der Erwartung, dort irgendwo einen Hubschrauber, einen Satelliten oder sonst etwas zu sehen, das meine Wut in das Jahr 2417 portieren könnte. Doch außer einer einsamen Wolke, die wirkt, als sei sie mit zwei Fingern durchkämmt worden, kann ich nichts entdecken.

»Wir gehen durch den Wald.« Entschlossen trete ich

von dem befestigten Weg auf den torfigen Boden, der mit unendlich vielen Nadeln übersät ist. Eigentlich müsste hier ein ausgetretener Pfad sein, der sich durch Farne und die gewaltigen Stämme der Mammuts hindurch zu unserem Haus schlängelt, aber ich befürchte, Jeremy und ich werden ihn erst Jahre später in den Waldboden treten. Trotzdem bin ich mir sicher, den richtigen Weg eingeschlagen zu haben.

Kay spüre ich direkt hinter mir. Er bewegt sich nahezu lautlos, nur seinen regelmäßigen Atem kann ich vernehmen. Äste knacken unter meinen immer schwerer werdenden Schritten, da der Wald bald ansteigt und so dicht wird, dass sich die Wurzeln der nahe zusammenstehenden Bäume miteinander verschlingen. Ich folge meinem Instinkt und gehe entschlossen bergauf.

Einige Minuten sagt keiner etwas. Ab und zu greift Kay über meine Schulter hinweg nach einem tief hängenden Ast und biegt ihn hoch, damit ich unbeirrt weitergehen kann. Der unwegsame Boden und Kays Nähe lassen mein Herz schneller schlagen, als mir lieb ist. Warum muss er so dicht hinter mir sein, so als wolle er dafür sorgen, dass mir nichts geschieht?

»Wieso haben sie dich mitgeschickt?«, durchbreche ich unser Schweigen. Meine Worte kommen stoßweise aus meiner trockenen Kehle.

»Was ist dein Plan?«

»Ich werde mit Dad sprechen.«

»Er wird dir nicht glauben.«

»Ich bin seine Tochter.«

»Du bist noch nicht einmal geboren!«, schnaubt Kay.

»Was willst du ihm sagen? Dass du in über 25 Jahren von Menschen aus der Zukunft entführt werden wirst, um in die Vergangenheit geschickt zu werden, damit deine Tante in 15 Jahren nicht von einem Apfelbaum fällt? Was glaubst du, was wahrscheinlicher ist? Dass er dir Glauben schenkt oder die Polizei ruft?«

»Oh, Mann! Dann fälle ich den verdammten Baum halt!«, fauche ich gereizt. Jetzt, da Kay es ausgesprochen hat, scheint mir mein Vorhaben selbst mehr als abwegig.

»Sehr gut, Alison. Das wäre eine Möglichkeit. Aber du solltest immer darauf bedacht sein, nur das Minimum zu verändern. Vielleicht hat dieser Baum mehr Tragweite, als du denkst.«

»Ja, vielleicht entsteht auf ihm eine neue Insektenart, deren DNA in 5.000 Jahren für einen überlebenswichtigen Impfstoff sorgt.«

Kay legt seine Hand auf meine Schulter und ich verlangsame meine wütenden Schritte. Als er nicht loslässt, drehe ich mich um und sehe ihn an. Das Licht der Frühlingssonne durchbricht in grellen Bündeln das dichte Blätterwerk und wirft einen glänzenden Strahl über Kays Haar, was ihn wie einen Heiligen wirken lässt. Er sieht mir ohne Ärgernis in die Augen, vielmehr betrachtet er mich nachdenklich, wobei seine Hand nach wie vor auf meiner Schulter ruht. Die Ärmel seines Khakihemdes hat er über die Ellenbogen hochgekrempelt, und obwohl er keinen Druck ausübt, treten die Muskeln seines Unterarms unter der gebräunten Haut hervor. Die Zeit scheint plötzlich stehen zu bleiben, nur ein leises Plätschern verrät mir, dass sie es nicht wirklich tut.

»Deine Lippen sind spröde, sie haben schon Risse, und deine Haut wirkt gespannt, dein Mund wird trocken sein«, stellt Kay fest und dreht mich unvermittelt so, dass ich auf eine Quelle blicke, der Ursprung des Plätscherns. »Das Wasser ist trinkbar, wir müssen es nicht abkochen, aber es ist sehr kalt. Trink langsam und so viel du kannst.«

Er hat recht. Ich habe tatsächlich Durst, und obgleich mein Magen wütend nach Essen knurrt, ist der Wunsch nach Flüssigkeit doch größer. Das Wasser quillt zwischen einigen Steinen heraus, verliert sich in einem Rinnsal, das nur zwei Schritte entfernt im Waldboden versickert, sodass ich mich hinlegen muss, um das kalte Nass mit meinen Händen aufzufangen.

»Eine Coke wäre mir jetzt deutlich lieber.« Mit geöffneten Händen schöpfe ich Schluck für Schluck in meinen Mund.

»Die Auswirkungen wären nicht kalkulierbar«, entgegnet Kay. »Du würdest unweigerlich Menschen begegnen und –«

»Dein Ernst?! Ich rede doch nur von einer Coke, das wird schon nicht den Dritten Weltkrieg auslösen!« Langsam nervt Kay! Ungelenk rolle ich mich zur Seite, mitten durch das Rinnsal, und setze mich auf. Toll! Jetzt ist auch noch mein Shirt nass und dreckig.

Kay grinst nur, pflückt einige Blätter des Farns ab, der überall wuchert, und beginnt geschickt, sie miteinander zu verflechten, während er spricht. »Du denkst zu linear. Es gibt längst einen Dritten Weltkrieg und auch einen Vierten.«

»Das hätte ich wohl mitbekommen.«

»Es gibt eine Alison Hill, die –«

»Die in einem behaglichen Holzhaus in Mill Valley lebt? Oder in einem baufälligen Schloss in Frankreich, in einem Loft in Sydney oder unter einer Autobahnbrücke am Stadtrand von New York?«, wiederhole ich Randys Worte und tippe mir an die Stirn.

»Das wollte ich zwar nicht sagen, aber genauso ist es. Jedoch sind dies keine Alternativen, Alison. Es passiert nicht entweder oder. Sobald du dich nicht mehr auf deiner Zeitlinie befindest, also dich in ihr bewegst, biegst du nicht rechts oder links ab, du springst zwischen den bereits vorhandenen Realitäten. Mit anderen Worten, eine Coladose, an die du – wie auch immer – kommst, könnte dich in eine Realität katapultieren, in der der Dritte Weltkrieg herrscht, oder sogar deine eigene Existenz auslöschen.«

Ich versuche zu begreifen, was Kay eben gesagt hat. Wo sollte denn eine andere Version von mir sein, die in einem Loft in Sydney lebt oder unter einer Brücke in New York? Was glaubt er denn, wie viele Alisons es gibt?

»Soll das bedeuten, überall auf der Welt laufen Doppelgänger von mir rum?«

»In gewisser Weise ...« Mein Scout rollt die geflochtenen Blätter zu einem Trichter, um das Quellwasser in die zerknautschte Wasserflasche zu leiten, bevor er selbst trinkt. »Nur dass es nicht lediglich eine Welt gibt, sondern unfassbar viele. Nimm es zunächst einfach als gegeben an, Alison, und versuch nicht, es zu verstehen. Seit ich …« Er stockt. »Ich beschäftige mich jetzt seit über zwei Jahren mit Zeit und Raum und habe manchmal das Gefühl, ich werde es nie ganz verstehen.«

Kay schraubt den Deckel auf die Flasche und bedeutet mir mit vorgestrecktem Arm weiterzugehen.

Jetzt, da ich getrunken habe, fällt mir der Aufstieg wesentlich leichter, nur die Gedanken wirbeln durch meinen Kopf, als seien sie von einem Strudel erfasst worden. Wenn das, was Kay sagt, stimmt, befinde ich mich nicht mehr in meiner Realität, aber sie besteht trotzdem noch, nur ohne mich, aber mit Jeremy, was bedeutet, Mum und Dad machen sich vermutlich gerade verrückt, weil ich wie vom Erdboden verschluckt bin. Aber wo ist die Alison, die in meiner jetzigen Realität lebt? Habe ich sie ersetzt? Nein, richtig, ich bin ja noch gar nicht geboren, aber befinde ich mich momentan auf der gleichen Zeitlinie, in der Jeremy existieren wird, und überhaupt, aus welcher Realität kommt Kay?

Alle gewohnten Pfeiler meines Lebens scheinen von dem Strudel mitgerissen zu werden und von einem Fluss davongetragen, einzig der erdige Geruch des Waldes ist eine Konstante, die mir Halt gibt. Unwillkürlich berühre ich die borkigen Stämme, lasse meine Fingerspitzen durch den hohen Farn gleiten, um zu spüren, dass ich immer noch in einer vertrauten Umgebung bin. Doch obwohl mein Elternhaus nur noch wenige Minuten von mir entfernt liegt, scheint es plötzlich unerreichbar, denn all das, was es ausmacht, alle Erinnerungen meiner Kindheit und an Jeremy sind plötzlich wie eine Illusion ...

Die Erkenntnis trifft mich wie ein Schlag.

*Top the Realities,* der Name der Show. Überflügel die Realitäten. Zu Fuß kann ich keine Realitäten überwinden. Aber durch Entscheidungen. Durch die richtige Entscheidung zum richtigen Zeitpunkt. Und plötzlich kommen mir 12 Stunden viel zu kurz vor, um alle Möglichkeiten und Folgen zu durchdenken. Ich habe das Gefühl, mit jedem Schritt, mit jeder zertretenen Pflanze eine Katastrophe auslösen zu können, und versuche, mich genauso bedächtig durch die Natur zu bewegen, wie Kay es mühelos tut.

»Meine Eltern werden nach mir suchen, in meiner, in der anderen Realität ...«

Mein Scout geht jetzt wieder neben mir. »Menschen verschwinden manchmal spurlos. Noch nie davon gehört? Denk mal darüber nach, wer dafür verantwortlich sein könnte.«

»Aber damit würden sie doch ihre eigene Gegenwart beeinflussen. Sie könnten ihre eigenen Vorfahren auslöschen«, entgegne ich nicht ohne Stolz, dieses Gedankenspiel durchdrungen zu haben.

»Sie nennen es Zeitanker, es ist in den Markern integriert und garantiert konsequenzfreies Reisen in der Zeit. Für sie! Ohne Marker hättest übrigens auch du dich nicht an deinen Bruder erinnern können«, fügt er hinzu und nimmt die Wasserflasche in die andere Hand, um mir mit der freien ein letztes, steiles Stück hinaufzuhelfen, bevor der Wald in eine Ebene übergeht.

Links von uns entdecke ich die unbefestigte Straße, die zu unserem Holzhaus führt, und als ich Kays Hand loslasse, schlägt mein Herz wie wild vor Aufregung, bis es jäh aussetzt, als ich seine Handinnenfläche sehe.

*11 Minuten, 13 Sekunden* leuchten dort auf. Die Stunden sind ausradiert. Ich öffne meine Hand und stöhne auf.

»Diese verdammten Schweinehunde!«, knurrt Kay, der meinem Blick gefolgt ist. »Wie ich gesagt habe, es war zu einfach. Sie treiben uns an, wahrscheinlich waren die Quoten nicht hoch genug oder jemand hat die Jury dafür bezahlt.«

»Jury? Bezahlt? Was für eine Jury denn? Die können doch nicht einfach die Regeln ändern!«

»Klar können sie das. Es ist ihre Show, und wenn sich eines in 400 Jahren nicht geändert hat, ist es, dass Geld entscheidet. Aber jetzt, Alison ...«

»Ja?« Ich schlucke hart.

»Jetzt zählt jede Sekunde. Lauf!«

Ich versuche nicht mehr zu begreifen, ich denke nicht einmal mehr. Meine Beine fliegen über die steinige Straße, zwischen den lichter werdenden Stämmen hindurch, ich achte nicht auf die Seitenstiche, die nach einer Minute einsetzen, und deute mit vorgestrecktem Arm auf ein Holzhaus mit Veranda, dem wir immer näher kommen.

»Das ist es!« Atemlos sehe ich Kay nach, der an mir vorbeischnellt und den ungepflasterten Vorplatz einige Sekunden vor mir erreicht. Als ich ihn fast eingeholt habe, gibt er mir mit einer Handbewegung zu verstehen, ich soll zurückbleiben, und drückt sich an einen Baumstamm. Jeremys Kletterbaum.

Dad hat ihm irgendwann eine Leiter gebaut, damit er die viel höheren Äste erreichen konnte, um seinen Eichhörnchen nachzujagen, was Mum regelmäßig zu Schreckensschreien veranlasst hat. Aber zu diesem Zeitpunkt lehnt nur Kay an der Rinde und späht vorsichtig um den Stamm. Dann winkt er und ich bin in wenigen Schritten bei ihm.

»Ein Mann«, erklärt er mit gedämpfter Stimme und nickt in Richtung des Nachbargrundstücks, auf dem ein aus Holzstämmen zusammengezimmertes Wochenendhaus aus den 50er-Jahren steht. In ihm haben Carissas Eltern einige Jahre gewohnt, bevor sie in das gläserne Strandhaus gezogen sind. »Er ist eben ins Haus nebenan gegangen. Es steht zwar recht weit weg, aber ...«

»Verstehe. Wie sah der Typ aus?«

»Etwa Mitte 20, rötliche Haare, Brille, Schnauzer.«

»Mr White.«

»Du kennst ihn?«

»Er ist der Dad meiner besten Freundin.«

»Umso wichtiger, dass er dich nicht sieht. Alles, was in direktem Zusammenhang mit deinem Leben steht, wird umso größere Auswirkungen auf dich haben.«

»Ich hab's begriffen! Ehrlich!«

Kritisch sieht Kay mich an.

Ein Blick auf den Marker zeigt: 8 verbleibende Minuten.

»Okay, der Baum steht auf der anderen Seite. Sieht

aus, als sei niemand zu Hause. Die Fensterläden sind zu, also ...«

»Das Haus ist leer«, bestätigt Kay und hebt ein Schild auf, das umgekippt vor der Veranda liegt. Auf einem Pfeil steht »FOR SALE« und plötzlich erinnere ich mich, dass Dad einmal erwähnt hat, sie hätten das Haus zufällig bei einem Spaziergang entdeckt und wären die einzigen Interessenten gewesen, weil sie das Zu-verkaufen-Schild umgestürzt unter Blättern und Erde hervorgezogen hatten. Niemand schien sich ernsthaft um den Verkauf bemüht zu haben. Mit dem Finger streiche ich über die Folie. Ein leichter Schmutzrand bleibt an ihm haften, aber wahrscheinlich würden Mum und Dad das Schild erst nach dem Herbst finden.

»Leg es wieder hin«, sage ich zu Kay, der es vorsichtig in den Abdruck legt, den es auf dem baumnadelüberzogenen Boden hinterlassen hat.

Ein letzter Blick auf das Schild, dann rennen wir um das Haus herum. Ein Stück Wiese öffnet sich. Mein Kinderzimmer mit der Gaube in der oberen Etage, der Apfelbaum davor. Seine Äste strecken sich noch nicht bis zum Dach, aber der Baum ist größer, als ich vermutet habe. Der Stamm lässt sich nicht brechen, und als ich an dem Baum zerre, weigert er sich, auch nur ein Stück nachzugeben.

»Was ist, wenn Tante Rose einfällt, an dem Tag von Jeremys Zeugung Fenster zu putzen, und von der Leiter fällt oder krank wird und gar nicht erst kommt?«

Kay stellt sich mit gespreizten Beinen vor den Baum, der ihn selbst um einen guten Meter überragt, geht in die Hocke und zerrt an dem Stamm. Dabei spannt sich jede Faser seines Körpers an und unter dem Hemd zeichnen sich deutlich seine durchtrainierten Muskeln ab. Die beiden obersten Knöpfe sind geöffnet und ich ertappe mich dabei, wie ich auf seine sich hebende und senkende Brust starre.

»Sie hat es in ihrer Zeitlinie nicht getan und sie wird es nicht tun«, antwortet Kay, lässt den Stamm los und blickt hoch. »Zwecklos!«

Schnell wende ich mich ab, denn jetzt, da sein Gesicht von der Anstrengung gerötet ist, erscheint er mir noch umwerfender als zuvor. Er wischt sich die Hand an der Hose ab und wirft einen Blick auf die Innenfläche.

»4 Minuten. Wir brauchen eine Säge.«

»Der Schuppen!«, rufe ich. Dad hat unendlich viele Sägen in seinem Schuppen.

Handkreissägen, Bügelsägen, Gehrungssägen, Furniersägen. Ich habe ihm meist nur mit einem Ohr zugehört, aber ich bin mir sicher, etwas Brauchbares zu finden.

Als ich jedoch den Schuppen erreiche, schaukelt die Tür nur noch in einer Angel und knarzt leise im aufkommenden Wind. Ich reiße sie auf, blicke in einen verstaubten Raum, in dem einige Bretter lagern. Eine Glasflasche liegt in der Ecke, Spinnen haben sich eingenistet, ein verrosteter Schraubenzieher steckt zwischen den Latten der Hüttenwand. Nirgendwo entdecke ich eine Säge.

Natürlich, Mum und Dad wissen noch nicht einmal, dass dieses Haus existiert!

Verdammt! Okay, was dann ... was dann? Ich reiße den Schraubenzieher aus der Wand und schnappe mir die Flasche, die ich dreimal mit dem Hals über die Bretter schlage, bevor sie zerspringt. Dann stoße ich die Tür so kräftig auf, dass sie ganz aus dem Rahmen fällt, und renne zu Kay zurück, der auf seinen Marker tippt. Über eine Minute ist vergangen. Ich drücke Kay den scharfkantigen Flaschenhals mit dem Wort »Säge« in die Hand und haue mit dem Schraubenzieher und der Kraft der Verzweiflung auf den Stamm ein, ganz so, als wolle ich jemanden ermorden. Tatsächlich muss ich an Wum Randy denken. Dabei hacke ich mit der Spitze auf die Rinde, bis Flüssigkeit austritt. Vielleicht gelingt es uns in der verbleibenden Zeit, den Baum so weit zu verletzen, dass er den Sommer nicht übersteht.

Kay hockt auf der anderen Seite und führt den Flaschenhals in kräftigen und gleichmäßigen Zügen oberhalb der Wurzeln entlang. Er scheint mehr Erfolg zu haben als ich. Dann jedoch passieren zwei Dinge auf einmal: Mr White ist etwa 100 Meter hinter uns aufgetaucht und kommt auf uns zu und ... der Marker beginnt zu piepen. Es kommt mir vor, als hätten sie uns noch mehr Zeit geraubt, denn der Countdown zeigt 90 Sekunden an, blinkt kurz auf und zählt unbeeindruckt ob unserer Situation rückwärts.

»Hey, was macht ihr da? Ich rufe die Polizei!«, schreit Mr White, während er immer näher kommt.

Es ist zwecklos. Wir werden diesen Baum nicht zu Fall bringen. Schweiß bricht aus meinen Poren und meine Hände sind auf einmal so glitschig, dass sie meinen

Hieben kaum mehr Kraft verleihen können. Tante Rose darf nicht am ... Fieberhaft rechne ich nach. Jeremy ist im Juni 2003 geboren – wird geboren werden. Egal. 9 Monate, meine Finger schnellen hoch. 9 Monate, 9 Monate! September! September 2002. Genau! Es war der Hochzeitstag. Mum und Dad haben am 30. September Hochzeitstag. Ich bin mir nicht vollkommen sicher, aber es bleibt keine Zeit mehr. Mr White hat uns erreicht und packt Kay bei den Schultern. Aus den Augenwinkeln nehme ich wahr, wie Kay blitzartig auf den Beinen ist, die Flasche fällt zu Boden, ich habe bereits »30. Sept« in den Baumstamm geritzt. Die Borke ist knorrig und macht es mir nicht leicht. Ich verzichte auf den Rest des Wortes. Noch 40 Sekunden. Ein Aufschrei. Mr White liegt auf dem Boden. Kay fixiert ihn mit einer Hand.

»Ich werde Ihnen nicht wehtun«, sagt er ruhig. »Und Sie werden nicht schreien.«

Mr White nickt, schielt zu mir herüber.

Kay lässt ihn nicht aus den Augen. Fast in Keilschrift hämmere ich Buchstabe für Buchstabe in den Stamm. Die Zahlen 2002 stechen klar heraus, das Wort Rose hingegen ist schlecht zu lesen. Aber das lässt sich jetzt nicht ändern. »Kauf Äpfel«, vollende ich die nächsten Worte. Der Platz reicht nicht. Verzweifelt ritze ich den letzten Teil meiner Botschaft in eine Wurzel, die aus dem Erdreich geplatzt ist. »Nicht pflücken!«

Das Piepen wird lauter. 15 Sekunden. 15 Sekunden, um Kay noch einmal in die Augen zu sehen. Seine Aufmerksamkeit gilt jedoch immer noch Mr White.

»In welcher Realität lebst du?«, frage ich ihn.

Er sieht auf und in seinem Blick liegt so viel Wärme und Schmerz zugleich, dass mich das überwältigende Bedürfnis überkommt, ihn zu halten, zu küssen, ihm tröstende Worte zuzuflüstern.

»In einer Realität, in der ich nie mehr lieben werde«, antwortet Kay mit belegter Stimme. »Viel Glück, Alison.«

# 4

31. August 2013, 8:02 Uhr, irgendwo

Kays Blick eingebrannt in meinem Gedächtnis, erwache ich. Diesmal ist mir nicht schwindelig, aber ich fühle mich benommen, ganz so, als hätte ich viel zu lange geschlafen, mich aber kein bisschen erholt. Dabei bin ich mir sicher, nur ein paar Minuten ausgeruht zu haben. Meine Erinnerungen an die vergangenen Stunden sind viel zu real, als dass sie einem Traum entsprungen sein könnten, und natürlich gilt mein erster halbwegs klarer Gedanke Jeremy.

Angestrengt versuche ich, die Augen zu öffnen, um zu sehen, wo ich bin und vor allen Dingen wann. Ist mein Plan aufgegangen?

Offensichtlich liege ich in einem Bett, eine leichte Daunendecke auf mir. Das Rauschen des Windes in den Baumwipfeln dringt durch ein geöffnetes Fenster. Aber es riecht salzig, keinesfalls erdig. Erst nachdem ich meine Augen wie ein Waschbär gerieben habe, löst sich der Wimpernkranz von der Haut und ich blicke verquollen in ein gleißendes Licht, das durch eine große Panoramascheibe das Zimmer flutet. Es kommt mir vertraut vor, aber zu Hause bin ich nicht.

Mit der Hand schütze ich meine Augen, kneife sie zusammen, um die glitzernde Oberfläche eines Meeres auszumachen, das in der Morgensonne von Millionen Lichtreflexen überzogen wird. Kleine Wellen spülen schaumige Flocken ans Ufer und jetzt bringe ich das Rauschen in Einklang mit dem, was es ist: Ich befinde mich in Carissas Zimmer, das Meer nur wenige Meter entfernt.

Die Einrichtung kenne ich nicht, Carissa hätte mir am Telefon davon erzählt. Ihre kalten Designermöbel sind einem Flickenteppich gewichen, auf dem eine Holzkiste steht, in der Ecke lehnt ein ausgeblichener Baumstamm, an den sie Fotos gepinnt hat, und aus einer geöffneten Runddeckeltruhe quellen Kleidungsstücke. Bis auf einen Stapel Hochglanzmagazine, die als Nachttisch dienen, ist der Raum leer. Hier passt was nicht. Wieso bin ich bei Carissa? Und wo ist sie?

Ein Blick unter die Decke zeigt mir, ich bin angezogen, trage die Jeans und das graue Shirt des Vortages, auf dem sich ein getrockneter Wasserrand abzeichnet, meine Schuhe sind noch nass, ich streife sie ab. Ich öffne meine Hand und blicke auf meine Lebenslinien, die von keinem einzigen silbernen Faden durchkreuzt werden. Das verstehe ich nicht. Mit dem Finger der anderen Hand fahre ich sanft über die Innenfläche, kann aber nichts erspüren außer meiner Haut. Sie müssen mir den Marker entfernt haben. Das bedeutet, wir haben es geschafft! Ich habe es geschafft!

Carissas Haus liegt eine gute Stunde zu Fuß von unserem entfernt. Mit klopfendem Herzen steige ich aus dem Bett. Bald bin ich zu Hause und bei dem Gedanken an meinen goldgelockten Bruder schießen mir Tränen in die

Augen. Vielleicht kann Mr White mich fahren. Ob er sich an das Mädchen erinnert, das in einen Apfelbaum geritzt hat? Kay wird er mit Sicherheit nicht vergessen haben. Als ich mir das Bild vor Augen rufe, wie mein Scout Mr White mit einer Ruhe und Leichtigkeit in Schach gehalten hat, wird mir schmerzlich bewusst, dass ich nichts über Kay weiß. Nichts, das mir helfen könnte, ihn zu finden, falls er oder sein Abbild überhaupt in meiner Realität existiert. Und ich will ihn finden, unbedingt.

Aber wenn ich mich gar nicht im Jahr 2013 befinde? In meiner Umgebung lässt nichts darauf schließen, dass es nicht auch 1973 oder 2021 sein könnte. Ich steige aus dem Bett und gehe auf die Fotos zu. Vielleicht geben sie Aufschluss. Ein melodisches Klingeln lässt mich innehalten. Auf dem Zeitschriftenstapel liegt Carissas neues iPhone, mit Perlmuttlackierung, ganz so, wie sie es mir vor gefühlten zehn Tagen beschrieben hat. Okay, nicht 1973. Ich nehme das Handy hoch, das sein Klingeln etwas lauter werdend wiederholt.

Penelopes Konterfei erscheint groß auf dem Display, daneben ein kleines Videosymbol. Ich kann Penelope nicht ausstehen, sie ist furchtbar arrogant und oberflächlich, und seit sie in einem Werbefilm für Frühstücksflocken mitgewirkt hat, reißen sich die meisten Mädchen in der Highschool um ihre Freundschaft. Ich weiß, Carissa trifft sich ab und zu mit ihr, aber nie, wenn ich dabei bin. Da mir jede Information wertvoll zu sein scheint, berühre ich Penelopes Stupsnase und der Bildschirm füllt sich mit einer verwackelten Großaufnahme ihres Gesichts.

»Alison!«, kreischt es mir entgegen. »Das war so cool letzte Nacht! Ich hab dir doch gesagt, wir greifen die Sonderedition ab, wenn wir früh genug da sind. Die anderen werden ultraneidisch sein. Wir sehen uns nachher am Strand, oki? Ich muss jetzt erst mal 'ne Runde schlafen, mein Agent sieht es nicht gern, wenn ich übernächtigt bin. Also, eine Millionen Küsschen und immer schön sauber bleiben!«

Penelopes Video zieht sich zu einem kleinen Quadrat zusammen und verschwindet. Zurück bleibt eine digitale Uhr, unter der der 31. August 2013 angezeigt wird. Es ist 8:16 Uhr und hier stimmt mehr nicht als nur Carissas neuer Einrichtungsstil.

Ich lasse das Handy fallen und bin drei Schritte später bei den Fotos. Auf keinem der Bilder ist Carissa zu sehen. Stattdessen starre ich auf mich selbst. Mein Magen zieht sich zusammen, denn ich kann mich an nichts von dem erinnern, was ich sehe: Ich mit Penelope auf dem Deck einer kleinen Jacht. Eine Coke in der Hand, liegen wir im Bikini auf dem Bauch, aufgestützt auf den Armen, und lachen über irgendetwas. Ein anderes Foto zeigt ein Lagerfeuer am Strand, um das sich Menschen gruppiert haben, deren Gesichter sich in der Dunkelheit verlieren. Bierflaschen liegen im Sand und mein Gesicht schiebt sich mit ausgestreckter Zunge überbelichtet und in Großaufnahme ins Bild. Auf einem weiteren entdecke ich den struppigen Hund. Wie hieß er gleich? Buffy, genau! Kein Herz ist auf ihn gezeichnet, dafür aber ist ein Bild von einem schlaksigen Jungen mit Herzen übersät, dazu der Name Jason. Ich kenne keinen Jason. Daneben Penelope und ich auf dem Bett in diesem Zimmer. Sie schneidet mir die Haare und ich halte anscheinend mit übertrieben verdrehten Augen die Kamera von uns weg. Unwillkürlich fasse ich an meinen Kopf. Meine Haare sind kurz und zottelig, so wie ich sie in Erinnerung habe.

Irgendetwas ist gewaltig schiefgelaufen. Denn dies ist niemals meine Realität!

Ich sinke zurück auf das Bett. Was nun? Wie komme ich in meine eigene? Ohne Marker, ohne Hilfe aus der Zukunft? Meine Eingeweide ziehen sich zu einem Klumpen zusammen und ich könnte heulen. Nur helfen wird es nicht. Es gibt nur einen Menschen, der das vielleicht könnte: Kay. Ich muss ihn finden!

Schnell schlüpfe ich in ein paar pinke Turnschuhe, die wie angegossen sitzen, dann reiße ich die Tür auf und taumle die gläsernen Stufen hinunter, die von langen Stahlseilen gehalten werden und mich in das Wohnzimmer von Mr und Mrs White führen. Auch hier ist die Front verglast, eine breite Holzveranda schließt sich dem Haus an, von der aus einige Stufen zum Strand führen. Alles wirkt ungepflegt, das Holz ist mit Grünbelag überzogen, ein Sonnenschirm liegt halb geöffnet auf der Erde, lange Gräser haben sich zwischen den Bohlen eingenistet und eine vom Meer kommende Brise treibt eine Plastikflasche über die Veranda.

In der Sonne ausgestreckt liegt der zottige Hund und sieht mich trübe an. Ich klopfe an die Scheibe, doch das Tier legt sich auf die Seite, ohne mich weiter zu beachten. Also drehe ich mich um. Im Wohnzimmer stehen bis auf zwei weiß lackierte Stühle überhaupt keine Möbel mehr, nur stapelweise Kisten mit der Aufschrift *We Move You.* Es riecht nach kaltem Zigarettenrauch, und als ich mit weit geöffneten Augen weitergehe, entdecke ich einen überquellenden Aschenbecher auf einem der Umzugskartons. Daneben eine leere Flasche Gin und einen käseverklebten Pizzakarton, auf dem sich bereits Schimmel gebildet hat. Angewidert schließe ich den Deckel und schiebe mich zwischen den Kisten hindurch in Richtung Küche, aus der ich meine, ein Klappern vernommen zu haben. Die Tür steht offen.

»Mum?«, stoße ich hervor. »Wieso ... Ich verstehe nicht ...Was machst du hier?« Ich fliege auf meine Mutter zu, die in einen türkisen Morgenmantel gehüllt am Tresen von Mrs Whites Küche lehnt. Eine Sekunde später bin ich bei ihr, umklammere sie. »Mum, ich ... hab ...« Meine Worte gehen in Schluchzen unter und ich kann die Tränen nicht mehr zurückhalten. Es kommt mir vor, als hätte ich sie seit Jahren nicht gesehen, und ich bin unendlich erleichtert, dass sie da ist, auch wenn ich nicht verstehe, warum. Jetzt wird alles gut. Doch noch während ich mein tränenbenetztes Gesicht in ihren Bademantel drücke, erkenne ich, nichts wird gut. Meine Mutter erwidert meine stürmische Umarmung nicht. Ihre Hände hängen schlaff an ihrem Körper herunter, sie fühlt sich mager an, kraftlos. Widerstrebend trete ich zurück.

Sofort greift Mum nach einer auf dem Tresen liegenden Schachtel, fingert eine Zigarette heraus und hält mir mit zittriger Hand die Packung hin. »Auch eine?«

Ich sehe sie entsetzt an. »Ich rauche nicht. Das weißt du doch. Und du auch nicht! Mum, was soll das?«

»Sicher«, erwidert sie ironisch, hustet trocken und betätigt mit dem Daumen das Feuerzeug, aus dem eine bläuliche Flamme züngelt. Die Zigarette brennt knisternd ein Stück herunter. Diesmal ist es der Rauch, der mir die Tränen ins Gesicht treibt.

»Meine Frage mag dir jetzt merkwürdig vorkommen, aber wie viele Kinder hast du?«, frage ich rundheraus und blinzle.

Meine Mutter lacht auf. »Zwei!«, antwortet sie und tippt die Zigarette auf einen leeren Joghurtbecher, sodass die Asche abfällt.

Ich schließe kurz die Augen und danke dem Himmel.

»Ein großes und ein kleines Kind. Deinen Vater und dich.« Mum legt den Kopf in den Nacken und lacht heiser.

Ich fühle, wie etwas in mir zerbricht. »Dad? Aber ... Wo ist Jeremy? Habe ich denn keinen Bruder?«

Das Lachen meiner Mutter gefriert und sie stiert mich an. Erst jetzt bemerke ich, dass ihr Blick glasig ist. »Das ist nicht witzig, Alison. Du weißt genau, wo dein Bruder ist.«

»Sag du es mir. Wo?«

»Du bist grausam«, antwortet die Frau, die nur aussieht wie meine Mutter, mir aber nicht fremder sein könnte. Jetzt nimmt sie ein Glas und lässt ihren Finger über den Rand kreisen, bis er einen heulenden Ton erzeugt. Ich lehne mich vor und rümpfe die Nase. Die klare Flüssigkeit riecht nach Schnaps, den das Abbild meiner Mutter mit wenigen Schlucken in sich hineinkippt.

»Wo ist Jeremy?«, frage ich mit Nachdruck und reiße ihr das fast leere Glas aus der Hand.

Sie lässt es widerspruchslos zu. »Mein Gott, Alison, man könnte meinen, du trinkst, nicht ich. Du benimmst dich äußerst merkwürdig.«

»Jeremy!«, schreie ich.

»Was bist du nur für ein Mensch!« Diese andere Mum verzieht angewidert die Mundwinkel. Sie sieht mich so voller Abscheu an ... Ich erkenne nichts von meiner Mum in ihr wieder. Als sie sich auch noch umdreht, eine weitere Flasche Schnaps aus dem Schrank zieht, möchte ich sie am liebsten schütteln, damit sie zu Verstand kommt. Stattdessen sehe ich wortlos zu, wie sie zum Fenster geht und auf das Meer starrt.

Ich schaue traurig auf ihre ausgemergelte Gestalt, um die der Bademantel schlottert, und ein Klicken verrät mir, dass sie sich eben eine weitere Zigarette angezündet hat. Dann wird mir etwas klar. Egal, ob sie die Mum aus meiner Realität ist oder die einer anderen, wenn ich hier festsitze, *ist* diese Frau dort drüben meine Mum.

Leise trete ich hinter sie, lege meine Hand auf ihre, die sich knöchern um die Flasche spannt. »Mum, tu das nicht«, flüstere ich. »Du musst nicht trinken. Wir finden einen Weg ... hier raus.«

»Wären wir doch nie hierher gezogen«, murmelt sie, als hätte sie mich nicht gehört, befreit sich und schraubt den Verschluss der Flasche auf.

Widerwillig trete ich zurück. Ich muss mich behutsam herantasten, denn ich spüre, sie wird sich jeden

Moment vollkommen verschließen. »Wie lange ist das noch mal her?«

»Alte Wunden soll man nicht wieder aufreißen, okay, Alison? Nach so vielen Jahren muss man die Dinge ruhen lassen, lernen, sie zu verkraften, irgendwie.« Mum schweigt eine Weile. Sie hängt ihren Gedanken nach, ich kenne diesen Ausdruck. »Ach, hätten wir unser Waldhäuschen doch nie verlassen.«

»Aber wo wohnen denn jetzt Carissa und Mr und Mrs White?«

»Wer?«, fragt Mum geistesabwesend.

»Unsere Nachbarn, sie hatten das Blockhaus neben uns im Wald.«

»Ich erinnere mich. Eine fürchterliche Sache. Ich habe die Whites nicht kennengelernt, aber jeder hat damals darüber gesprochen. Ihr Haus ist, glaube ich, ein gutes Jahr, bevor wir eingezogen sind, abgebrannt.« Mum nimmt einen Schluck aus der Flasche, dann lehnt sie sich schwer gegen die Scheibe und stiert auf das Meer. »Ich hatte immer Angst, dein Bruder würde aus den Bäumen fallen, aber dass es so enden würde, hätte ich nie gedacht. Vielleicht ist es besser, dass dein Vater in das Haus im Wald zurückgekehrt ist. Er kann den Schmerz nicht ertragen und ich kann die Augen nicht von dem Meer lassen, das deinen Bruder verschlungen hat.« Sie schluckt schwer. »Wie auch immer ... Und du willst sicher nicht mit Dad zurückziehen, Ali?«, fragt Mum abrupt und dreht sich zu mir um.

In mir dreht sich alles. »Jeremy hat gelebt?«, stöhne ich auf. »Und er ist ertrunken? Du bist eine Säuferin,

Dad zieht aus, Carissa hatte nie eine Chance und ich selbst bin zu einer oberflächlichen Partytussi geworden!«

»Tja, so ist das, Alison.« Mums Stimme ist kalt, und als sie aus der Küche wankt, hält sie die Flasche immer noch in den Händen. »Man kann die Zeit nicht zurückdrehen, um seine Entscheidungen zu korrigieren.«

Ich höre, wie sie die Treppe hinaufstolpert, eine Tür schlägt auf, ein Rumsen. Offensichtlich ist Mum irgendwo gelandet.

»Doch, verdammt! Man kann die Zeit zurückdrehen. Die Gegenwart ist nicht in Stein gemeißelt«, flüstere ich. Und irgendwie muss ich dorthin zurück. Was hat Randy mich vor ein paar Stunden noch gefragt? Ich schließe die Augen, atme tief ein und schreie, so laut ich kann: »Ich will das hier nicht!«

Sekundenlang geschieht nichts. Angespannt horche ich in mich hinein, aber weder Übelkeit noch Schwindel steigen in mir auf.

»Ich nehme diese Realität nicht an!«, kreische ich.

Meine Hand brennt als sofortige Folge dieser Worte. Ich öffne sie.

»Willkommen zu deiner zweiten Challenge, Alison Hill«, leuchtet es in grünen Lettern, dann wird mir wieder übel.

Ich erbreche mich auf den Küchenfußboden, würge, bis mir schwarz vor Augen wird, und sacke dann zusammen, hinein in mein Erbrochenes.

# 5

2417, Show-Dome

Es riecht nach Lavendel, die Luft ist frisch und warm, Vögel zwitschern und nur wenige Schritte von mir entfernt reihen sich üppige Büsche in violetter Pracht aneinander, in der ein alter Mann mit Strohhut steht, um behutsam Zweig für Zweig in einen Weidenkorb zu legen. Als ein Zitronenfalter seinen Arm streift, blickt er ihm nach und lächelt. Der Schmetterling steigt in die rosafarbenen Wolken, die sich über dem Horizont aus dem Bild schieben, das eine Seite der vier Wände einnimmt, die mich umgeben.

Neugierig streife ich mit der Hand durch den Lavendel und ertaste wenige Zentimeter hinter dem Trugbild eine glatte Wand. Ich trete zurück und lasse meinen Blick durch den Raum schweifen, der offensichtlich als Konferenzraum genutzt wird. Denn auf einem sandfarbenen Boden, der sich unter meinen Füßen auf befremdliche Weise wie Moos anfühlt, liegt ein kreisrunder Teppich und auf ihm steht ein von innen beleuchteter, ovaler Tisch, um den sich in perfekt abgestimmtem Violett fünf Stühle gruppieren.

In der Ecke befindet sich ein säulenförmiger Wasserspender, gefüllt mit grell türkisener Flüssigkeit. Mein Hals brennt durch die Magensäure, die das wenige, das ich in den letzten Stunden zu mir genommen habe, hinauskatapultiert hat, und mein Mund ist unangenehm trocken. Neben dem Wasserspender stehen ein Dutzend Becher ineinandergesteckt. Begierig ziehe ich einen heraus und halte ihn unter das Gefäß. Nichts geschieht. Als ich mit meiner Markerhand auf der Suche nach einem Schalter die Säule entlangfahre, blinken mir zwei Worte abweisend entgegen: »Keine Autorisation.«

Wütend werfe ich den Becher in das Lavendelfeld, direkt durch den Hut des Mannes hindurch, der unbeeindruckt weiterpflückt. Ich bin also zurück. Oder besser gesagt, wieder in der Zukunft.

Da ich nicht weiß, was ich sonst machen soll, schreite ich den Raum ab, berühre den eigenartigen Fußboden unter mir, lasse meine Hände über die glatten Wände gleiten, bis ich die feine Linie entdecke, die sich bei meinem letzten Besuch in dieser Zeit als Tür herausgestellt hat. Ich lege meine Hand genau wie der Techniker im Ganzkörperanzug neben die Markierung. Sofort erscheint der gleiche abweisende Schriftzug über meinen Fingern: »Keine Autorisation.«

»Hallo? Ich habe Durst! Ist da jemand?«, rufe ich laut und hämmere gegen die Wand.

Anscheinend hat man mich gehört. Denn in diesem Moment öffnet sich die Tür und ein pickliger, junger Mann schiebt ungelenk einen Wagen hinein, der mit etlichen Schachteln beladen ist.

»Ich ... äh, das ist für dich. Also, du sollst ... Ich stell das einfach hier hin«, stammelt er mit gesenktem Kopf, aber ich sehe, dass sein Gesicht knallrot ist.

»Was ist das?«

»Nur ein paar Fanartikel. Ich soll dir sagen, ähm … die musst du signieren«, presst er hervor, immer noch, ohne mich anzusehen, doch plötzlich geht ein Ruck durch seinen Körper und er hebt seinen Kopf. »Ich habe mir gedacht, vielleicht kannst du mir das hier signieren? Für Nale. Man spricht es ohne das E, einfach Nal.«

»Signieren?«, frage ich ungläubig.

Die Tür schließt sich zischend und ich ärgere mich, dass ich die Gelegenheit nicht genutzt habe, um hinauszuschlüpfen. Aber wohin hätte ich gehen sollen?

Nale hält mir eine Karte entgegen, auf der ich zu sehen bin, mein Gesicht ist genauso ausdrucksstark, wie Ivana Jass es modelliert hat. Mit perfektem Teint wende ich meinen Kopf und lächle. Im Hintergrund nur verschwommenes Grün.

»Das Bild bewegt sich!«, rufe ich verblüfft aus.

Nale sieht mich mit seinem pickeligen Gesicht erstaunt an. »Na klar. Was sollte es denn sonst tun?«

»Keine Ahnung. Nichts?«

»Toll sind aber diese Funktionen. Sie steigern zwar nicht gerade den Sammlerwert, weil man ja ständig auf der Karte herumdrückt, aber schau mal!« Nale tippt auf ein kleines Rechteck, wobei sich seine Gesichtsfarbe langsam normalisiert. »Hier kannst du eine Galerie runterladen. Bilder von deiner Kindheit bis jetzt, und hier bist du direkt im Shop. Zustellung innerhalb von 20 Minuten garantiert.«

Mein Gesicht ist von der Oberfläche verschwunden und Nale wischt in unglaublicher Geschwindigkeit über die Karte, auf der eine nicht enden wollende Anzahl von Artikeln mit meinem Konterfei erscheint: Tassen, Shirts, kleine Figuren, Stifte mit meinem Kopf als Radiergummi, Kekse in Form meines Schattenrisses ... Mir wird übel.

»Mach das weg!«, verlange ich barsch.

»Gefällt dir die Aufnahme nicht?«, fragt Nale unsicher.

»Mir gefällt nicht, dass man mich essen kann.«

»Wenn du mir das unterschreibst, verspreche ich auch, dich nicht zu essen.« Der picklige Junge lächelt schief und hält mir einen Stift hin.

Ich seufze und setze meine Unterschrift mitten über mein Gesicht, wo die Linien metallisch schimmernd hervortreten. Darunter schreibe ich deutlicher lesbar: *Für Nale, der mir ein Glas Wasser gegeben hat.*

Mit forderndem Gesichtsausdruck halte ich meinem Fan die Karte unter die Nase, der sie rasch in seine Jackentasche steckt, zur Tür schielt, aber schließlich ein Glas der bläulichen Flüssigkeit zapft. Im Gehen tut er so, als würde er davon nippen, stellt das Glas dann jedoch vor mir auf den Tisch und sagt mit Blick auf den voll beladenen Wagen: »Du musst das alles unterschreiben«, bevor er schnellen Schrittes durch die Tür verschwindet.

Bevor mich jemand davon abhalten kann, stürze ich zum Becher. Der Inhalt schmeckt nach flüssigen Gummibärchen, scheint aber trinkbar zu sein.

Schon um irgendetwas zu tun, was mich die alkoholkranke Version meiner Mutter vergessen lässt, öffne ich den ersten Karton. In ihm befindet sich eine der

Tassen, die ich bereits auf der Karte gesehen habe. Ich kritzle meinen Namen darauf.

Und wieder sehe ich diese Frau vor mir. So dünn war sie, so verloren. Ich habe sie im Stich gelassen, bin nicht in ihrer Realität geblieben. Nicht darüber nachdenken, es ist zu spät. Aus und vorbei. Nächster Karton, einfach schreiben, nicht denken ...

Nach einiger Zeit stehen über hundert beschriebene Alisons auf Tassen, Shirts und Wimpeln vor mir, die in absoluter Gleichförmigkeit den Kopf drehen und lächeln.

»Was für ein Horrorkabinett«, sage ich zu meinem Konterfei, das mich durch eine Glaskugel angrinst, reibe mir das Handgelenk und ziehe eine längliche Verpackung von dem Wagen. Ich bin müde und froh, nur noch ein Dutzend Teile von diesem Kram vor mir zu haben. Aber als ich den Inhalt auf den Tisch stelle, würde ich der Figur, die augenblicklich losläuft, am liebsten den Kopf abreißen. Unwirsch ergreife ich mein Miniatur-Ich an den Füßen und lasse es kopfüber vor meiner Nase baumeln. Es trägt ebenso wie ich eine Jeans und ein graues Shirt. Nur seine Augen leuchten in einem übertriebenen Grün. Das Püppchen schielt zu mir und sagt mit einer viel zu niedlichen Stimme: »Willst du meine Freundin sein? Ja? Toll! Dann komm mit mir. Lass uns ein Abenteuer erleben!«

Ich fange an, mich zu hassen, und bin fast froh, als die Tür aufgeht und der Techniker im Ganzkörperstrampler gefolgt von Nale hereinkommt, der so tut, als würde er mich nicht kennen.

»Folgen Sie mir«, sagt der Strampler ohne Gruß. »Sie müssen in 90 Sekunden auf der Showbühne stehen. Und du, pack ein paar davon in die Geschenktüten für die Promis in der ersten Reihe.« Seine letzten Worte gelten Nale, der angestrengt meinem Blick ausweicht.

Als wir den Raum mit dem Lavendelfeld verlassen, zeigt mein Marker 81 Sekunden und ich folge müde den eiligen Schritten des Technikers. Wir gehen durch einen langen Korridor, an dessen Wänden das verschiedenfarbige, aber sonst immer gleiche Porträt eines Mannes mit Zwirbelbart und spitzem Kinn hängt.

»Wer ist das?«

»Sam Oscar. Hier hoch, bitte«, sagt der Mann und zeigt auf eine erstaunlich unzeitgemäße Stahltreppe, die bereits Rost angesetzt hat. »Sie warten auf dem Stuhl neben der Visagistin, bis Wum Randy Sie auffordert, die Bühne zu betreten. Versuchen Sie zu fliehen oder machen andere Dummheiten, schaltet sich der Marker ein, verstanden?«

Ich nicke.

»Na los, gehen Sie schon.«

Ivana Jass' vergoldete Hand winkt mich zu sich und kaum, dass ich mich neben sie gesetzt habe, dreht sie mein Gesicht zu beiden Seiten und sieht mich prüfend an.

»Tut mir leid, Schätzchen, ich darf da leider nichts mehr machen. Sie wollen dich so, wie du bist. Mit geröteter Haut und spröden Lippen. Man soll den Verfall sehen, du verstehst schon.«

Sehe ich so furchtbar aus? Bisher hatte ich noch keine Gelegenheit, in einen Spiegel zu schauen. Im Grunde ist es mir auch vollkommen egal, wie ich wirke, es sei denn, ich würde Kay nochmals begegnen. Was ziemlich abwegig ist. Der Deal war schließlich, wenn er mein Scout wird, ist er danach raus. Doch mein Gefühl sagt mir, Randy wird sich wohl kaum an seine eigene Abmachung halten. Von meiner Position aus habe ich nur eingeschränkten Blick auf die Bühne und kann Kay nirgends ausmachen. Ich sehe jedoch die Frau aus dem Werbespot, die sich wie beim letzten Mal lachend durch die Zeit bewegt. »Ich hab's getan!«, ruft sie gerade.

Plötzlich springt Ivana auf und geht mit einer schlanken Flasche bewaffnet auf Randy zu, der eben, gefolgt von einem Assistenten, die Treppe hinaufkommt. Er wirkt verärgert, und als Ivana sein Gesicht mithilfe der Flasche bestäuben will, schiebt er sie unsanft zur Seite.

»Bekommt diesen Jungen in den Griff!«, zischt er dem Assistenten zu, dann setzt der Jingle von *Top The Realities* ein und Randy betritt mit breitem Lachen und ausgebreiteten Armen die Bühne.

»Er sieht einfach lächerlich aus«, raunt Ivana mir durch den tosenden Applaus zu. »Dieser Trend ist unmöglich, ich weiß nicht, wie ihr so etwas tragen konntet.«

»Das war vor meiner Zeit«, antworte ich, stimme ihr jedoch insgeheim zu.

Wum Randy sind plötzlich Haare gewachsen, die in blonden Strähnen über seinen Nacken fallen. Vorn trägt er sie kurz, was den dünnen Schnauzbart noch mehr betont. Um seinen Hals baumelt eine feingliedrige Goldkette, an seinen ausgebreiteten Armen leuchten neonfarbene Schweißbänder, dazu ein schultergepolsterter Blouson aus violetter Seide.

Randy heißt sein Publikum überschwänglich willkommen und begrüßt einige Gäste in der ersten Reihe per Handschlag.

»Ist Kay auch hier?«, flüstere ich Ivana zu und versuche, die Antwort in ihrem vergoldeten Gesicht abzulesen, noch bevor sie etwas sagt.

»Aber sicher, Schätzchen, auch wenn er gerade, sagen wir, etwas indisponiert ist ...«

Was bedeutet indisponiert? Ist er verletzt worden? Haben sie ihm etwas angetan? Vielleicht hat er gegen irgendwelche dämlichen Spielregeln verstoßen.

Gerade als ich Ivana, die höflich in den Applaus einstimmt, danach fragen will, vernehme ich meinen Namen. Gleichzeitig meldet sich mein Marker. »Alison Hill, auf die Bühne«, blinkt befehlend in meiner Handinnenfläche.

Dann höre ich Randy.

»Und hier ist sie nun wirklich, live und frisch aus dem Jahr 1987 portiert! Unsere Kandidatin Aaaaalison Hill!«

Ivana sieht mich mit hochgezogenen Brauen an und zischt, ohne ihr Klatschen zu unterbrechen: »Showtime, Schätzchen!«

Mein Blick fliegt zwischen ihr und der Bühne hin und her. »Was ist mit Kay?«, stoße ich hervor. »Wo ist er?«

Ivana sieht mich eindringlich an. »Nun mach schon, Mädchen! Geh auf die Bühne!«

»Ich will erst eine Antwort«, presse ich hervor.

Was ...? Oh Gott! Schmerz! Heftiger, plötzlicher Schmerz! Aaaah! Nein! Aufhören! Wieso macht ... Kann nicht denken. Meine Schläfen stechen, als hätte man einen Nagel in sie hineingetrieben. Unwillkürlich presse ich die Hände vor mein Gesicht und schlage meine Fingernägel in die Kopfhaut. Ich bin unfähig zu sprechen oder mich zu bewegen. Etwas so Grauenvolles habe ich nie zuvor gespürt! Gedanken verschwimmen, nur noch Stechen und Reißen, flammendes Brennen, Bohren, Hacken. Nichts ist mehr wichtig.

Man packt mich am Ärmel und gibt mir einen Stoß. Ich stolpere auf die lichtüberflutete Bühne, direkt in Randys Arme. Aus unsichtbaren Lautsprechern dröhnt durch den Schmerz hindurch ein Popsong aus den 80ern. Ich erkenne ihn wieder. Er ist von Michael Jackson. Das Publikum klatscht im Takt der Musik und dann plötzlich verschwindet die Pein, so abrupt, wie sie gekommen ist.

Randy lächelt mich gewinnend an: »So ein Zeitsprung lässt einen manchmal die Orientierung verlieren. Jeder von uns kennt das.« Er nimmt meine Hand.

Wütend befreie ich mich aus seinem Griff und sehe, dass mein Marker in roten Balken auf irgendwelche erhöhten Werte hinweist.

Lachen dringt aus dem Publikum zu mir. Anscheinend hat Randy etwas Witziges erzählt.

»Nicht wahr, Alison?«

Ich nicke.

Sie können mich zu allem zwingen, das ist mir jetzt

klar. Ich muss funktionieren, ihre Show muss funktionieren. So gut ich kann, ringe ich mir ein Lächeln ab, obwohl ich Randy am liebsten mit seiner Goldkette erdrosseln möchte.

»Bitte setz dich doch«, flötet der Moderator unter seinem dünnen Oberlippenbart hervor und schwingt sich in einen der drei Sessel, die um einen milchigen Tisch gruppiert sind.

Okay, aber nicht neben ihn. Ich lasse den Sessel zwischen uns frei und schiele zu Randy rüber.

Er ist mir immer noch viel zu nah. Wahrscheinlich könnte der ganze Show-Dome nicht genug Abstand zwischen uns bringen. Wie wäre es mit ein paar Jahrhunderten? Schick mich nach Hause, du Mistkerl!

Angespannt knete ich meine Hände unter der Tischplatte, die frei schwebt, keine Füße hat, dann ergreift Randy das Wort. Er hat die Beine übereinandergeschlagen und einen lässigen Plauderton angestimmt: »Was für ein Geistesblitz, Alison. Manchmal kommen einem die besten Ideen unter Druck, ich kenne das selbst. Wie bist du darauf gekommen, diese Botschaft in den letzten Sekunden in den Baum zu ritzen?«

Neben uns erscheint ein Standbild, das den Stamm, meine hineingeschnitzten Worte und meine Hand mit dem Schraubenzieher zeigt.

Randy sieht mich mit hochgezogenen Brauen an.

»Ich, äh ...«

»Wirklich sensationell, Alison. Dir war in dem Moment klar, dass der Baum die zeitbeständigste Möglichkeit war, deiner Familie diese Worte zu übermitteln.

Buchstaben, die über die Jahre mitwachsen, die nicht übersehen werden können!«

»Ich habe, ehrlich gesagt, nicht darüber nachgedacht«, antworte ich leise.

»Aber es hat dir eine Menge Sympathien eingebracht. Die Jury war begeistert, wie wir alle!«

»Jury?!«

»Aber natürlich. Was wäre eine Show ohne Jury? Und hier ist sie! Die beste Jury aller Zeiten!«

Randy ist aufgesprungen und an den Rand der Bühne getreten. Zwischen Publikum und unserer Plattform hebt sich ein Pult mit der Aufschrift *Top The Realities,* dahinter drei Sessel, auf denen drei Gestalten mit dem Rücken zu mir thronen.

»Begrüßen wir unsere wunderbare, wundersame Stilikone Nicolas Noun!«, ruft Randy und der erste Stuhl dreht sich, in virtuelle Flammen getaucht, um. Ein Mann in den Dreißigern hebt seine Hand mit zum Victoryzeichen gespreizten Fingern zum Gruß. Seine Augen sind mit dunklem Kajal umrandet, darüber schwarze, geschwungene Brauen, die ihn ungemein weiblich wirken lassen, besonders, da er seine langen Haare rechts und links zu mit Perlen durchwirkten Zöpfen geflochten hat. Er trägt einen leuchtenden roten Seidenanzug, eine schmale Krawatte unter dem aufgeknöpften Oberteil und auf dem aschblonden Haar einen Zylinder, der genau wie seine Augen ständig die Farbe wechselt. Die Stilikone genießt lächelnd den frenetischen Applaus und hebt gönnerhaft die Hand zum Gruß.

»Nicolas bewertet deinen Style und deine Kreativität«, erklärt Randy, als hätte ich mir denken können, dass ich auch noch eine Jury zu überzeugen habe. »Sehen wir uns doch kurz die Ergebnisse an: Nicolas, wird Alisons Outfit zum Trend, den wir bald im ganzen Land bewundern können?«

Die Augen der Stilikone verharren einen viel zu langen Moment auf dem Wasserfleck meines unansehnlichen, verwaschenen Shirts und gleiten dann abschätzend über die Jeans, bis hin zu den pinken Turnschuhen.

»Nun ja«, beginnt Nicolas, und noch bevor ich begreifen kann, was es genau mit dieser Jury auf sich hat, flimmern auch schon über das Pult Ziffern, die in schneller Folge eine Punktzahl von 0 bis 7 anbieten. »Ich denke, Schlicht ist das neue Pompös.«

Ich glaube, mich verhört zu haben, aber Nicolas zwinkert mir verschwörerisch zu.

»Alisons Look ist fabelhaft! Deshalb erhält sie keine Strafpunkte.«

»Aber er entspricht nicht der Mode der damaligen Zeit«, wirft Randy leicht verärgert ein.

»Er ist nahezu zeitlos«, erwidert Nicolas Noun und ich ertappe mich beim Grinsen, auch wenn ich immer noch nicht begreife, warum er das sagt.

»Null Strafpunkte für deinen zeitlosen Style von Nicolas Noun!«, ruft Randy aus und klatscht eifrig in die Hände. »Wie sieht es mit Alisons Kreativität aus, hat sie hier ebenfalls keine Strafpunkte zu erwarten?«

»Diese Frage ist wohl überflüssig«, gibt Nicolas kühl zurück und schlägt raschelnd die in bauschenden Stoff gehüllten Beine übereinander. »Die Idee mit der Botschaft im Baumstamm war absolut mirakulös! Selbstverständlich gebe ich ihr auch hier keine Strafpunkte!«

»Auch hier keine Strafpunkte!«, wiederholt Randy scheinbar freudig, in seinen Augen meine ich jedoch ein ärgerliches Funkeln zu entdecken. Nicolas hingegen wirkt höchst zufrieden und ich bin mir fast sicher, dass er den ebenfalls überkandidelten Moderator nicht ausstehen kann. Dieser hat sich demonstrativ von dem ersten Jurymitglied abgewendet und deutet mit offener Hand auf den zweiten Stuhl.

»Neben Nicolas sitzt der Gründer von *Timeship*, dem Partner für konsequenzfreies Reisen. Wer könnte sich besser mit Zeitsprüngen auskennen als Melim Ferrisen?« Randy verschlingt seine Hände ineinander, um einen asiatischen Gruß nachzuahmen, als der zweite Sessel in blauen Dampf gehüllt herumfährt.

Der Unternehmer erwidert den Gruß schmallippig, würdigt mich aber keines Blickes. Dicke Tränensäcke lassen seine Augen fast verschwinden, nur seine scharfe Habichtsnase sticht aus dem auch sonst aufgedunsenen und von roten Flecken überzogenen Gesicht hervor. Alles an dem Experten für Zeitreisen wirkt abstoßend und auf beängstigende Weise teilnahmslos. Der Unternehmer hustet, wedelt mit der Hand den künstlichen Nebel weg und greift nach einem Getränk, das er hinunterstürzt und sogleich auffordernd auf das leere Glas tippt. Der scharfe Geruch von Alkohol driftet zu mir herüber. Ich bin mir sicher, dieser Mann ist mehr an seinem Rausch als an mir interessiert, und warte mit klopfendem Herzen auf sein Urteil.

»Als Experte für Zeitreisen bewertet Melim Ferrisen deine Anpassungsfähigkeit und dein Geschick«, klärt Randy mich auf und wendet sich dem Mann zu. »Willkommen, Melim. Kommen wir direkt zu dem Ergebnis: Wie hat Alison in diesen Disziplinen punkten können?«

»Das Wichtigste bei Reisen in eine andere Zeit«, hebt der Unternehmer in belehrendem Tonfall an, »ist Unauffälligkeit! Die Kandidatin hat sich ebenso unauffällig verhalten wie ein gelb getupftes Känguru auf einem Airbike. Sie bewegt sich laut und schwerfällig, erkennt keine Gefahren und kann die Folgen ihres Handelns nicht einschätzen. Ich sehe hier Versagen auf ganzer Linie. 6 Strafpunkte ... je Disziplin!«

»6 Strafpunkte?«, echoe ich. »Und was bedeutet das?«

»12 Strafpunkte also«, fasst Randy zusammen, statt mir zu antworten.

»Das ist nicht fair! Keiner hat mir etwas von einer Jury und irgendwelchen Punkten gesagt!«, schleudere ich Randy entgegen.

»Das sind die Spielregeln«, antwortet er gelassen.

Ich schnappe nach Luft. »Spielregeln? Es geht hier um mein Leben und mir werden noch nicht einmal die Regeln erklärt?!«

»Deswegen nur 6 Strafpunkte, nicht 7.« Verächtlich verzieht Melim Ferrisen sein Gesicht.

»Aber –«

Wum Randy würgt meinen Protest mit einem scharfen Blick ab und positioniert sich hinter dem dritten Stuhl.

»Schließlich ist es mir eine besonders große Ehre, dir die Baronessa da Lucia vorzustellen, die als unsere Herzensdame die romantischen Momente genau unter die Lupe nimmt.«

Der letzte Sessel dreht sich um die eigene Achse und aus einem Meer von zerplatzenden Herzen wirft mir die Baronin etliche Kusshände zu, wobei die roten Steine auf ihren fünf oder sechs protzigen Ringen im Scheinwerferlicht funkeln. Auch um den Hals trägt sie aufwendigen Schmuck aus goldenen Ranken, die sich – ich kneife die Augen zusammen – tatsächlich bewegen. Blätter verschmelzen miteinander, kleine Blüten springen auf, spucken ein Feuerwerk aus glitzerndem Staub auf ihr talarartiges Gewand, welches in Weiß und Gold perfekt auf ihre ebenso weißen Locken abgestimmt ist, die von goldenen Haarkämmen zusammengehalten werden. Ihr Gesicht ist unnatürlich glatt. Trotzdem schätze ich, dass sie ihr letztes Lebensdrittel bereits erreicht hat.

Sobald der Applaus verebbt ist, flötet die Baronin: »Wie sehr ich mich auf euch gefreut habe! Was für ein wunderbares Paar!«

Begriffsstutzig sehe ich zu Randy. Paar? Was für ein Paar?

»Kay und Alison, Alison und Kay, die ewige Liebe!«, beantwortet Baronessa da Lucia meine stumme Frage. »Nur leider, leider konnte ich kein Knistern zwischen euch ausmachen. Fast so, als würdet ihr euch nicht kennen, meine Täubchen. Deswegen muss ich euch, sosehr ich es auch bedaure, ebenfalls 12 Strafpunkte geben. Und auch nur 12, weil ich ein viel zu großes Herz habe.«

Die 12 erscheint in diesem Moment auf dem Pult. Ich starre ungläubig auf die Baronin, die mir schon wieder Kusshände zuwirft. Was soll das heißen? Romantische Momente, Knistern und überhaupt ... Kay und ich kennen uns doch kaum. Zur Hölle! Von welcher ewigen Liebe spricht sie da?

Randy hat sich wieder zu mir gesetzt und drängt sich mit seiner nervigen Fröhlichkeit in meine sich überschlagenden Gedanken.

»Wie du bereits weißt, entscheidet fairerweise unser neutrales Publikum über den Schwierigkeitsgrad der Challenges. Sie sitzen sozusagen am Drücker, genauer gesagt am Cull. Sie entscheiden aber nur über eure Startbedingungen, mit anderen Worten, über die Ausgangsbasis. Das Voting der Jury aber beeinflusst dieses Ergebnis. Die Jury kann ihre Punktzahl während der laufenden Challenges abgeben. Nur bei keinem einzigen Strafpunkt hat die Entscheidung des Publikums Bestand. Sehen wir uns doch einmal das genaue Ergebnis des letzten Cull an!«

Randy dreht sich schwungvoll mit dem Stuhl zur Seite. Neben ihm erscheint eine balkenförmige Grafik in der Luft, die sich in Zeit und Entfernung aufteilt.

»Hier sehen wir, wie gewogen dir unser Publikum war, Alison.« Randy deutet mit ausgestrecktem Arm auf die langen Balken. »Du befandest dich lediglich einen Katzensprung von dem Apfelbaum entfernt, deren Frucht eine so tragische Rolle in deinem Leben einzunehmen scheint, und das Publikum hat entschieden, dass dir fast 13 Stunden zur Verfügung stehen.«

»Aber es waren nur 48 Minuten!«, begehre ich auf.

»Ja, denn jeder Strafpunkt der Jury kostet dich Zeit.«

Ein Raunen geht durch das Publikum.

»Wie viel Zeit?«, frage ich mit belegter Stimme.

»Das wirst du früh genug feststellen. Hoffentlich!«, sagt Randy und lächelt dabei dem Publikum zu. »Jetzt eine kurze Werbeunterbrechung und im Anschluss holoportieren wir endlich die Momente, die uns zeigen, was Alisons Zeitsprung verändert hat. Ich weiß, Sie alle brennen darauf!«

Das Diagramm verschwindet, stattdessen bläst sich die stilisierte Uhr von *Timeship* auf, dem Partner der Show, und Randy zieht mich, mit der freien Hand dem Publikum zuwinkend, von der Bühne.

Die Stühle hinter der Plattform sind leer. Er bedeutet mir, dort zu warten, eilt die Treppe hinunter und ruft im Laufen nach seinem Assistenten, der gleich herbeigewieselt kommt.

Ich bin müde und immer noch durstig und so bekomme ich nur am Rande mit, wie eine Lifetime-Insurance-Gesellschaft für eine garantierte Lebenserwartung von 130 Jahren wirbt. Aber dann vernehme ich Randys Stimme direkt unter der Metalltreppe, die auf die Bühne führt.

»Ist er bereit mitzuspielen?«, fragt er gereizt.

»Er redet nicht mal mit uns.« Die Stimme des Assistenten ist gerade noch zu hören.

»Dann lasst ihn den verdammten Marker spüren!«

»Das haben wir schon, Sir. Aber der Kandidat benimmt sich, als ob er nichts fühlt. Völlig unbeeindruckt.

Wenn wir keine neurologischen Schäden riskieren wollen, können wir nicht höher drehen.«

»Dann sagt ihm, wir werden *ihr* wehtun, sollte er sich nicht kooperativer verhalten. Und beeilt euch! Ich muss gleich wieder auf die Bühne.«

»In Ordnung. Sonst noch etwas?«

»Ja! Mach dem Mädchen klar, dass es die Sympathien des Publikums und der Jury verspielt, wenn sie sich nicht charmanter zeigt!«, vernehme ich noch Randys Stimme, die leiser werdend in den Korridoren verschwindet.

Charmanter? Die spinnen wohl! Soll ich fröhlich über meine neue Realität plaudern, mich über die Erfahrung der Zeitreise freuen, Randy Komplimente über sein 80er-Jahre-Outfit machen, die Jury lobpreisen oder mich für die 24 Strafpunkte bedanken?

Die Antwort erhalte ich schneller, als mir lieb ist, denn Ivana sitzt, ohne dass ich sie die Stahltreppe hinaufkommen gehört hätte, plötzlich neben mir und greift nach meinen Händen.

»Schätzchen, so geht das nicht«, sagt sie tadelnd und schüttelt ihr Goldköpfchen.

»Ich mache das Ganze hier nicht freiwillig«, fauche ich sie an.

»Jetzt hör mir gut zu.« Ivanas Blick wird ernst und ihre Stimme leise. »Das Publikum beginnt, sich zu langweilen. Die Quoten sind noch während der letzten Challenge gefallen, und wenn du nicht dafür sorgst, dass sie wieder steigen, wird die Spielleitung dafür sorgen!«

»Sollen sie doch. Ich werde mir mein Leben zurückholen! Das ist alles. Eure Quoten interessieren mich einen Dreck!«

Ivana sieht mich auf eine Weise an, die mir rät, sie trotz ihrem Getue und den vielen Schichten Gold ernst zu nehmen.

»Ich erkläre es dir jetzt in einfachen Worten, Alison. Also, hör zu. Dies ist die 11. Staffel. Sie haben Kay ausgegraben, damit überhaupt noch jemand seinen Holografen anschaltet, um die Show zu sehen. Aber Zeitreisen verbrauchen sich langsam, sie sind zur Normalität geworden, und du bist in unseren Augen längst tot. Im Grunde ist es jedem hier egal, in welche grausame Realität du schlussendlich zurückkehrst. Wichtig ist nur, dass das Publikum von dir fasziniert ist. Zeig ihnen, wer du bist, Alison! Sei ehrlich, aber kritisiere die Show nicht! Bleib bei dir, zeig ihnen, wie du leidest, wie verwirrt du bist, wie du liebst, kämpfst, zeig ihnen alles, was du bist! Ansonsten ...«

»Ansonsten was?«, frage ich mit schwindendem Trotz.

»Ansonsten werden sie auf ihre Weise den Challenges mehr Würze verleihen und das wird dir nicht gefallen.«

»Aber die Jury kann doch jederzeit eingreifen, wenn ...«

Ivana lacht hell auf und erstickt damit meine Worte. »Die Jury? Denen bist du herzlich egal, auch wenn Wum es anders darstellt. Das sind alles abgehalfterte Promis, die ihr Geld verspielt, versoffen oder sonst wie verschwendet haben und einzig an den 10.000 Cash-Points interessiert sind, die ihrem Marker nach der Show gutgeschrieben werden.«

»Aber ... Was können sie denn machen?«

»Dich hungern lassen oder verdursten, dich in irgendeinem Gebirge aussetzen oder in einem Dschungel voller giftiger Tiere. Die Möglichkeiten sind vielfältig. So! Mehr darf ich dir nicht sagen und mehr kann ich nicht für dich tun. Du musst gleich auf die Bühne«, zischt Ivana leise und steht auf, um Randys Gesicht zu pudern, der sich eben mit zufriedenem Lächeln die Treppe hinaufschwingt.

Mein Marker weist mich gleichmütig piepend auf verbleibende 90 Sekunden hin, bevor ich die Bühne wieder zu betreten habe, und ich starre auf den letzten Werbespot, der mir ebenso surreal erscheint wie alles andere.

Ein Junge in Jeremys Alter streift glücklich an der Hand eines Mannes, der dem Anschein nach seinen Vater darstellen soll, durch hohe Gräser, die am Rand eines glasklaren Sees stehen. Tannen spiegeln sich verzerrt im Wasser. Sie säumen am anderen Ufer den Fuß einer Bergkette, die steil aufsteigend an dem mit Schäfchenwolken überzogenen Himmel kratzt. Hier und da das Zwitschern von Vögeln.

»Ich freue mich jedes Jahr auf unsere gemeinsame Zeit«, sagt der Mann und Lachfalten zeigen sich unter den dichten Augenbrauen auf dem sonst so faltenfreien Gesicht. »Jetzt bist du schon fast elf Jahre alt, Tim. Wie die Zeit vergeht ...«

»Und du bist wirklich 132, Ururgroßvater?«, vergewissert sich der Junge und sieht den Mann aus großen haselnussbraunen Augen an.

»Ich habe eben rechtzeitig in mich investiert!« Mit

der Leichtigkeit eines Rehs überspringt er mannshohes Schilfgras, hält plötzlich inne und zeigt mit dem Finger in die Ferne. »Sieh nur! Ein Adler, Tim!«

»Wo?«, fragt der Junge und schirmt seine Augen ab.

»Beinahe auf dem Gipfel des Berges. Und wie es scheint, hat er drei kleine Räuber zu versorgen«, erwidert der Mann schmunzelnd, wobei sein rechtes Auge in den Fokus der Szene rückt. Unter dichten schwarzen Wimpern leuchtet eine strahlend grüne Iris, die unter feinen, sich drehenden Ringen etwas zu fokussieren scheint. Die Wimpern schließen sich in Zeitlupe, und als sie den Blick auf das Auge wieder freigeben, spiegelt sich im Schwarz der Pupille der Adler auf einem Felsvorsprung.

»Ich sehe nichts!«, beklagt sich der Junge, der nun enttäuscht zu dem Mann hochsieht.

»Weil du kein Cyberimplantat von Int-Tech trägst, kleiner Tim. Damit kann ich bis zu 35 Meilen scharf sehen, Objekte 50-fach vergrößern und bei Nacht die Restlichtverstärkung oder das Infrarot nutzen«, doziert der Mann, während das holografische Bild den Adler heranzoomt, ihn bis zum Federkiel vergrößert, bei Nacht in grünliches Licht taucht und ein Wärmebild von ihm projiziert. »Und das Beste daran ist, dass die Int-Tech-Implantate jetzt mitwachsend erhältlich sind. Verrate mich nicht, kleiner Tim. Aber deine Ururgroßmutter und ich schenken sie dir zum elften Geburtstag. Sie können sogar die Farbe wechseln.«

»Oh danke! Das ist so toll!«, ruft der Junge aus und wirft sich in die Arme des Mannes, der ihm die Schultern tätschelt und mit ruhiger Zuversicht antwortet: »Wir investieren nur in deine Zukunft.«

Ein letzter Zoom in das Cyber-Auge, in dessen Mitte jetzt das Logo von Int-Tech steht, dann setzt der Jingle von *Top The Realities* ein und mein Marker fordert mich auf, die Bühne zu betreten.

Ivanas Ermahnung im Kopf beobachte ich das Publikum genauer, während ich neben Randy zu der Sitzgruppe gehe. Der Applaus verrät unübertroffene Begeisterung, aber als ich meinen Blick über die ersten Reihen der Zuschauer schweifen lasse, sehe ich im besten Fall verhaltenes Klatschen, meist jedoch in Gespräche vertiefte Menschen, die uns keines Blickes würdigen. Anscheinend kommen die steilen Pfiffe und begeisterten Rufe aus unsichtbaren Lautsprechern, und als sich ein dicklicher Mann mit einer Zeitung unter dem Arm mitten durch eine Gruppe junger Mädchen in der dritten Reihe schiebt, die Transparente mit dem herzübersäten Wort KAY hochhalten, wird mir klar, dass die vielen Ränge im Zuschauerraum von Holografien besetzt sind.

Niemand interessiert sich dafür, ob ich mein Leben wiedergewinne, wird mir schlagartig klar. Niemand wird sich für mich einsetzen, es wird keine Gerechtigkeit, keine Spielregeln geben, vielleicht setzen sie die Show ab und lassen mich in irgendeiner Vergangenheit hängen!

Der dickliche Mann in der dritten Reihe entfaltet seine Zeitung und sein Kopf verschwindet hinter dem Papier. Randy fordert mich auf, Platz zu nehmen, und die Jury schiebt sich, aus der Versenkung gehoben, zwischen mich und das gelangweilte Publikum.

»Ich bin hier!«, höre ich mich plötzlich schreien und meine ganze Wut und Abscheu diesen gleichgültigen Menschen gegenüber brechen durch den tauben Selbstschutz, der mich dies bisher alles hat durchstehen lassen.

Einige Köpfe heben sich.

»Ich bin hier!«, schreie ich wieder. »Ich bin keine verdammte Holografie! Ich lebe und ich werde mir mein Leben zurückholen! Ich werde dafür bluten und Schmerzen ertragen, dursten, hungern und wenn es sein muss sogar töten!«

Ich habe sie erreicht. Alle Blicke sind auf mich gerichtet, der dickliche Mann hat seine Zeitung sinken lassen und Randy strahlt mich an.

»Applaus für unsere Kandidatin, die darauf brennt, die nächste Challenge zu bestreiten!«, kommentiert er meinen Ausbruch und bietet mir gleichzeitig mit offener Hand den Platz neben sich an.

Als ich mich setze, verebbt der Beifall, Randy wendet sich vom Publikum ab und mir zu. »Ich bin erstaunt, Alison. Hast du nicht Angst vor dem, was dich erwartet?«

»Ich weiß nicht, was mich erwartet, und natürlich habe ich Angst«, antworte ich, im Geiste Ivana dankend, die mich ermahnt hat, ehrlich zu sein. »Aber das ist nicht wichtig. Ich werde alles tun, um ...« Ich muss schlucken, als mir klar wird, dass die Worte, die ich mir nur für die Show zurechtgelegt habe, nicht weniger und nicht mehr als die Wahrheit widerspiegeln. »Ich werde alles tun, um nach Hause zu kommen«, sage ich heiser.

»Du hast dein Zuhause bei deiner kurzen Stippvisite ins Jahr 2013 verändert vorgefunden, und obwohl 97,834 Prozent deines gewohnten Umfeldes vorhanden waren, wolltest du deine Realität nicht annehmen, wie wir alle gehört und gesehen haben. Was hat dich dazu bewogen, sie abzulehnen?«

Ich sehe ihn für ein paar Sekunden erstaunt an. Was für eine idiotische Frage! Ist es denn nicht offensichtlich, warum ich nicht dortbleiben wollte?

Wum Randy zieht die Augenbrauen hoch. Seine Arme ruhen mit offenen Handflächen auf der Sessellehne, seine Beine sind locker übereinandergeschlagen, er wirkt gelöst, doch in seinem Gesicht lese ich Anspannung. Auch für ihn steht hier verdammt viel auf dem Spiel, wird mir bewusst. Vielleicht ist dies seine letzte Chance, vielleicht stirbt seine Karriere mit dieser Show. Ein wunder Punkt, den ich mir im Geiste notiere. Möglicherweise kann ich mir diese Schwäche zunutze machen. Noch weiß ich jedoch nicht, wie, und bleibe bei meiner Strategie: ehrlich sein, die Zuschauer für mich gewinnen. Randys Auge zuckt nervös, als ich endlich antworte.

»Wie hätte ich diese Realität annehmen können?«, gebe ich leise zurück, obwohl ich schreien möchte: Ihr Schweinehunde habt mir mein Leben gestohlen! Aber dann bewegen sich meine Lippen von alleine. Ich weiß, was ich zu sagen habe: »Meine Mutter eine Alkoholikerin, mein Bruder tot, ein Haus, in dem Carissa wohnen sollte … Ich erinnere mich nicht daran, je in diesem Zimmer geschlafen zu haben, und dann die Fotos … Diese Fotos, wer sind die Leute darauf? Ich erinnere mich nicht an gemeinsame Zeiten mit ihnen, nicht daran, wie Jeremy gestorben ist, ich erinnere mich noch nicht einmal an diesen verdammten Hund! Nichts davon gehört zu meinem Leben! In meinem Leben knarzt jede Diele unseres alten Holzhauses, es riecht nach Wald, Erde und Sägespänen, nicht nach Salz und Meer. Ich vermisse den Lärm, den mein Bruder veranstaltet, wenn er durchs Haus tobt, Dad, der ständig vor sich hin brummelt, es sei denn, er baut etwas aus Holz, wie die Küche für Mum. Meine Mutter … Aber das war nicht Mum, die auf das Meer gestarrt hat, morgens schon betrunken, so … so kalt und abweisend! Meine Mutter ist liebevoll und warmherzig, sie hält die Familie zusammen und nennt mich Bunny, nicht Ali oder Alison!« Tränen fließen über mein Gesicht, die ich nicht wegwische. »Ich will doch nur nach Hause … Lasst mich nach Hause«, wimmere ich und Randy reicht mir ein Papiertaschentuch. Durch meine rot geweinten Augen sehe ich, wie Nicolas Noun bestürzt zu mir herüberschaut. Der Rest der Jury, wie auch Randy, wirken allenfalls interessiert.

»Du warst wirklich nahe dran, Alison. Deine Idee mit dem Baumstamm war gut, nur ist sie falsch verstanden worden«, sagt Randy ohne Mitleid.

»Was ist schiefgelaufen?«, schniefe ich und am Himmel des Show-Domes wird mein verweintes Gesicht übergroß widergespiegelt.

»Nun, genau das werden wir uns jetzt ansehen. Haben wir die Szenen schon herausgefiltert?«

Ein Mann, ganz in Schwarz gekleidet, steht am Rand der Bühne und nickt zur Bestätigung.

Unsere Sitzgruppe fährt zur Seite, bunte Lichtstrahlen brechen durch die Plattform und zunächst wird der Moment wiederholt, in dem ich verbissen die Buchstaben in die Rinde haue, Kay im Hintergrund, eine Hand auf Mr Whites Brust, die andere um den Flaschenhals geklammert.

Im unteren Drittel läuft ein Ticker über die Holografie: *Von welchem Interpreten war der Titel* Bad, *der die Charts im Jahre 1987 anführte? Nutzen Sie Ihren Marker und gewinnen Sie einen von achtzig historischen Walkmans mit dem dazugehörigen Musikmedium [Kassette]. Nur ein Cash-Point pro Cull«*, überfliege ich den Aufruf, dann verfängt sich mein Blick in der unteren Ecke der Projektion, wo das Logo von *Top The Realities* flimmert. Daneben werden Daten in Form eines vereinfachten Kalenders angezeigt, auf dem zu lesen ist: *Challenge 1, 13. Mai 1987, 13:27 Uhr, verbleibende Zeit 0 Tage, 0 Stunden, 5, 4, 3, 2 Sekunden.*

Ich halte den Atem an. In diesem Augenblick lösen Kay und ich uns in Luft auf, wir werden nicht transparenter oder flimmern, wir verschwinden einfach. Zurück bleiben ein kreidebleicher Mr White und ein zu Boden fallender Flaschenhals. Das Bild erstarrt für einen Moment, nur die Zahlenkolonnen neben dem Logo rennen weiter ... *13. Mai 1987, 13:28, 13:29 ... 14:57 ... 19:46 ... 22:16 Uhr.*

Die Holografie zeigt Mr White vor seiner Blockhütte in einem Schaukelstuhl, in dem er unablässig hin und her wippt und in die nachtschwarze Ferne starrt. Neben ihm flackert eine Öllampe, um die herum mehrere Bierflaschen im trüben Lichtschein auszumachen sind. Mr White öffnet mit den Zähnen eine weitere, leert sie in einem Zug und stellt sie zu den anderen. Dabei dreht er die zerbrochene Flasche an ihrem Hals, mit deren Hilfe Kay versucht hat, den Baumstamm zu fällen.

Die Uhr springt eine Minute weiter und Carissas Vater erhebt sich unbeholfen aus dem Schaukelstuhl, wirft den Flaschenhals in die Nacht und stößt das Mückengitter der Verandatür auf, um durch sie der Projektion zu entschwinden.

Die Zahlen gewinnen an Fahrt, nach kurzer Zeit erlischt die Öllampe, der Mond schiebt sich durch die Bäume, und als um 05:59 Uhr die Sonne aufgeht, erscheint auf der Bühne die Großaufnahme eines Holzstapels. Licht und Schatten fliegen darüber, Gräser zucken am Rand, ein Käfer schwirrt durchs Bild.

Ich halte die Darbietung schon für ein Missgeschick der Spielleitung, als ich ein blitzendes Licht zwischen den Stämmen entdecke ... Die Uhr benennt die Mittagszeit des 14. Mai 1987 und mir ist im gleichen Moment klar, was schiefgelaufen ist. Ich höre mich aufstöhnen, dann steigt auch schon eine dünne Rauchfahne aus dem Holz auf, zwischen dessen losen Scheiten der achtlos weggeworfene Flaschenhals steckt.

Ich presse die Hand vor meinen Mund und flüstere: »Es ist meine Schuld.«

Meine Stimme wird durch den Show-Dome getragen, und während der inzwischen lichterloh brennende Stapel seine Flammen nach dem Blockhaus ausstreckt, kommentiert Randy meine Erkenntnis: »Spaßeshalber haben wir uns diesen Moment in unzähligen Realitäten angesehen und tatsächlich war eine zum Brennglas gewordene, zerbrochene Flasche keine vom Schicksal vorgesehene Variante.«

»Aber ... Mr White ... und Carissas Mum. Carissa!«

Inzwischen steht das Haus in Flammen, die Uhr rast dem Abend entgegen. Endlich quält sich die Feuerwehr den Waldweg entlang.

Randy deutet auf die Projektion. »Mr White hat den Rauch eingeatmet, bevor ihn die Flammen erreicht haben. Er ist im Schlaf aus dieser Realität geschieden. Mrs White hingegen, das heißt Ms Delmnow, wohnt zu jenem Zeitpunkt noch in Chicago und wird Mr White nie in dem Schnellrestaurant kennenlernen, in dem sie während ihrer Reise im Herbst 1987 einen Kaffee und einen Caesar Salad bestellen wird«, erklärt Wum Randy gelassen.

Virtuelle Rauchschwaden füllen die Bühne, und als der kleine Kalender am unteren Rand den 30. September 2002 anzeigt, wächst dort, wo das Blockhaus stehen sollte, hohes Gras. Es ist 15:39 Uhr und Mum kommt aus unserer Haustür, welche die Projektion jetzt in den Mittelpunkt der Aufmerksamkeit stellt. Der Tag von Jeremys Zeugung!

»Robert? Wo bist du? Rose kommt bald«, ruft Mum, während sie das Haus umrundet und einige Meter von meinem Vater entfernt stehen bleibt, der in einer verdreckten Latzhose im Gras kniet. »Du meine Güte! Nicht schon wieder dieser Apfelbaum! Wann sägst du dieses Gerippe endlich ab ... Und außerdem, solltest du nicht zumindest zu unserem zehnten Hochzeitstag etwas anderes anziehen? Robert?«

»Heute ist der 30. September«, antwortet mein Vater gedankenverloren und fährt mit dem Finger über den Stamm, der in einer kahlen Krone mündet.

Ich stelle verdutzt fest, dass unser Plan aufgegangen sein muss, denn tatsächlich hängt kein Blatt an den morschen und windschiefen Ästen. Aber was ist dann schiefgelaufen?

Mein Vater erhebt sich und sieht Mum fest in die Augen. »Ich mach's!«

»Du bist doch vom Affen gebissen! Deine Erbschaft zu verschwenden, wegen ein paar Zahlen, die irgendwelche Kinder in den Baum geritzt haben! Außerdem wollen wir los. Robert! Deine Schwester ...«

»Ist schon da«, flötet meine Tante und biegt mit einer großen Schachtel in der Hand um das Haus. »Alles Gute zum Zehnjährigen, meine Lieben! Ich habe euch einen Apfelkuchen gebacken, nach unserem Familienrezept mit Zimt und Walnussstückchen. Herold hat die Äpfel heute Morgen noch schnell gepflückt. Die besten der ganzen Plantage! Ich soll euch herzlich grüßen und ausrichten, dass ihr selbst ein paar Bäume pflanzen sollt. Nebenbei bemerkt: Susan, wann sägt dein Mann endlich dieses traurige Exemplar ab?«

Meine Mutter verdreht die Augen, nimmt Tante Rose

die Schachtel aus der Hand und öffnet den Deckel. »Oh Rose, wie lieb von dir, aber leider haben wir keine Zeit mehr, ihn zu genießen. Wir sind ohnehin schon spät dran. Robert ist noch nicht mal umgezogen und jetzt fängt er wieder mit diesem Omen an …«

»Heute ist der 30. September 2002«, beharrt Dad, »und dort steht, ich soll genau heute Apple kaufen. Ihr könnt mich ruhig für verrückt erklären, aber das ist ein Zeichen! Vielleicht verlieren wir ein paar Tausend Dollar, aber vielleicht machen wir auch ein kleines Vermögen. Nichts davon wird unser Glück zerstören«, sagt Dad und klopft sich die Hose ab.

»Hauptsache, du ziehst dich um!«, erwidert meine Mutter im Gehen und eilt, gefolgt von Tante Rose, um das Haus. »Er ist stur wie ein Esel.«

»Das sind alle Hills!« Tante Rose lacht. »Wo ist überhaupt Alison?«

»Sie malt ein Bild in ihrem Zimmer. Esst ihr doch den Apfelkuchen. Sie wird sich freuen!«, höre ich Mum noch sagen, dann bewegen sich die Zahlen auf dem Kalender.

Randy nutzt die Pause und tritt vor die verschwimmende Holografie. »15 Jahre hat deine Botschaft überdauert, zumindest Teile davon, und sie haben eine aberwitzige Wendung in deinem Leben bewirkt, die so nie vorgesehen war«, erklärt Randy und zaubert mit einem Wisch seiner Hand eine Großaufnahme des verwitterten Stamms in die Luft.

Die Borke ist augenscheinlich an einigen Stellen abgeplatzt, nur wenige Buchstaben haben die Jahre überdauert und selbst sie heben sich kaum von der silbergrauen Rinde ab. »30 Sept 2002, kauf Ap el«, ist alles, was von meiner Botschaft übrig geblieben ist.

»Dein Vater erbte im Sommer 1999 ein kleines Vermögen von deinem Großvater Stuart ...«

»Ich erinnere mich, das war das Jahr, als Dad uns stolz seinen neuen senfgelben Pick-up präsentiert hat ...«

»Davon habt ihr einen Pick-up gekauft«, sagt Randy wie zur Bestätigung und fügt erklärend für das Publikum hinzu: »Ein mineralölbetriebenes Fortbewegungsmittel, das von Hand gesteuert werden musste.« Dann fährt er fort: »Von dem verbliebenen Geld aber erwarb dein Vater an seinem zehnten Hochzeitstag annähernd 3.000 Aktien der Firma Apple, die – ja, man könnte sagen, die Vorläufer unserer Marker herstellten, und er verbrachte eine ungestörte Hochzeitsnacht mit deiner Mutter. Jeremy wurde neun Monate später geboren, die dir bekannte Realität, liebe Alison, verlief zumindest bis zum Dezember des Jahres 2010 beinahe so, wie du sie in Erinnerung hast. Inzwischen verdreihundertfachte sich jedoch der Wert dieser irrwitzigen Geldanlage und als deine Eltern beschlossen, die Aktien zu verkaufen, konnten sie ... ähm ... konnten sie ein Vermögen ihr Eigen nennen.« Nervös wirft Randy einen Blick zum Bühnenrand.

Auch ich entdecke Kay im gleichen Moment. Er steht mit verschränkten Armen im Halbdunkel und sieht zu mir herüber. Unruhig rutsche ich in meinem Sessel hin und her. Am liebsten würde ich aufspringen, doch Randy hat sich wieder gefangen und redet bereits in seinem unnachahmlichen Singsang weiter.

»Deiner Mutter kam kurz darauf zu Ohren, dass ein herrliches Haus am Strand zu verkaufen sei, und nachdem eure Familie im Frühling des nächsten Jahres wenige Meilen weiter an das Meer zog, nutzte dein Vater euer Holzhaus, um sich dort mit einer kleinen Möbelmanufaktur selbstständig zu machen.«

Während Wum Randy ein Leben, an das ich mich nicht erinnere, zusammenfasst, fliegen die holografischen, so lebensechten Bilder über die Bühne: Umzugskartons stapeln sich, ein Schlüssel dreht sich in der Haustür, fremde Menschen gehen ein und aus, wieder der Wald, mein Dad steht mit einem Hobel in der Hand über einen Stuhl gebeugt, ich sehe mich selbst am Strand mit dem struppigen Hund, das Meer ...

Dunkle Wolken blähen sich wie aus dem Nichts am Himmel auf, das Wasser wirkt nachtschwarz, nur an den Spitzen der aufgewühlten Wellen zucken ab und zu weiße Schaumkronen. Die Projektion führt mich über einen Steg, der immer wieder von Wellen überspült wird, weit aufs Meer hinaus. Ich erkenne den Ort. Carissa und ich sind in den Sommermonaten oft vom Ende des Stegs in das kühle Nass gesprungen.

Aber jetzt zeigt der Kalender den 10. November 2011 und das Meer wirkt bedrohlich. Klatschend werfen sich die Wellen gegen das Holz und nur das Pfeifen des Windes übertönt die tosende See. Die Holografie führt mich weg von dem Steg, weiter auf das offene Meer hinaus, etwas wird über den Ozean getragen ... Es ist ein Schriftzug ... *Jeremy Hill, geboren am 17. Juni 2003, 8 Jahre alt.* Die hellgelben Worte stehen einen Moment in einer sich brechenden Welle, dann sehe ich, was ich bereits wusste: Der Schriftzug zieht meinen Blick eine unendliche Weile in die düstere Tiefe, bis plötzlich helle Locken auftauchen, die weich nach oben fließen. Bleiche Haut, weit geöffnete, panikerfüllte Augen. Luftblasen steigen hoch.

Ich springe auf, höre mich schreien, spüre plötzlich Hände auf meinen Schultern, die mich in den Sessel zurückdrücken, sich nicht abschütteln lassen. Ich muss zu meinem Bruder!

»Scht, Alison. Nicht ... Du kannst nichts tun. Es ist schon geschehen.«

Kay flüstert mir die Worte ins Ohr, ohne seine Hände von meiner Schulter zu nehmen. Ich winde mich unter seinem Druck verzweifelt hin und her, strecke meine Arme zu meinem Bruder, der tiefer und tiefer sinkt.

»Es ist nicht deine Realität, Alison. Du wirst nie wieder dorthin zurückkehren. Sieh nicht hin. Sieh zu mir.«

Doch ich kann meinen Blick nicht von meinem Bruder lösen und starre auf das immer dunkler werdende Wasser, das Jeremy erbarmungslos verschlingt. Erst als unter seinem Geburtsdatum ein Kreuz erscheint, sehe ich langsam zu Kay hoch.

»Warum?«, bringe ich erstickt hervor, meine Stimme jedoch schallt laut durch den Show-Dome, wo sie irgendwo an der Kuppel zerbricht.

»Es dreht sich alles um den Apfelbaum, genauer gesagt um den Apfelkuchen!«, ruft Randy aus und tänzelt freudestrahlend zu mir. »Dies ist also deine zweite Chance, deine zweite Challenge, Alison. Henry, unser technischer Leiter, wird euch jetzt hinunterbegleiten, um euch erneut in deine Vergangenheit zu schicken. Wir alle können es kaum erwarten, das Dream-Team wieder in Aktion zu sehen! Überzeugt die Jury, Leute, begeistert das Publikum, betört ganz Amerika! Denn dies ist eure Showtime!«

»Okay, dann zurück in die Vergangenheit!«, sage ich zu Kay und bin schon auf dem Weg zum Bühnenrand, wo der Ganzkörperstrampler namens Henry auf mich wartet. »Diesmal werde ich den Apfelbaum sofort absägen!«, knurre ich grimmig und überlege eben, wo ein brauchbareres Werkzeug zu finden sein wird, als Randy laut auflacht. Mit zusammengekniffenen Augen fahre ich herum und stolpere dabei fast über meine Füße.

»Aber, Alison, wir schicken dich doch nicht wieder in das Jahr 1987. Diese Chance hast du vertan, Liebes.«

Mein Mund klappt auf. »Nicht? Aber ... wann dann?«

»Unser Computer hat berechnet ...«, antwortet Randy und macht eine Kunstpause, in der sich wieder etliche holografische Zeitlinien formatieren, »dass die nächste Möglichkeit, deine Realität wiederherzustellen, genau der 3. ... nein, ich würde zu viel verraten! Das wirst du schon rausfinden.«

Wum Randy fällt in dröhnendes Lachen, das mich und Kay noch den Gang runter verfolgt, als wir schweigend hinter Henry hergehen. Kay wird angewiesen, einen Raum mit der Nummer vier zu betreten, ich tripple nervös an den unterschiedlich farbigen Porträts des Mannes mit dem Zwirbelbart vorbei, bis Henry mir die Tür zu Raum Nummer sechs öffnet. Ich kenne ihn bereits.

Die Tafel an der Wand erhellt sich in dem Moment, da Henry die Tür schließt. Der Techniker betrachtet die zahlreichen Werte, die zumeist im gelben Bereich liegen, und nickt zufrieden. »Sie sind stabil genug, um portiert zu werden. Bitte betreten Sie den Zylinder.«

»In welche Zeit werden Sie mich bringen?«, frage ich mit wild klopfendem Herzen durch die sich schließende Glastür und hämmere gegen die Scheibe, da Henry nicht antwortet. »Hey! In welche Zeit werde ich portiert?«, brülle ich, so laut ich vermag.

»Ich höre Sie über meinen Marker. Sie können in normaler Lautstärke mit mir kommunizieren, und wie Sie bereits wissen, bin ich nicht befugt, Ihnen Auskünfte zu erteilen.« Henrys Lippen pressen sich zu einer schmalen Linie zusammen, und als der blaue Spiegel, der zügig meinen Körper hochfährt, meine Nase erreicht, werfe ich ihm einen letzten hasserfüllten Blick zu.

# 6

Irgendwann, Mill Valley

Mir ist wieder übel, jedoch lässt der Schwindel schneller nach als beim letzten Zeitsprung, sodass ich es wage, den Kopf zu heben.

Kay steht bereits auf den Beinen und reicht mir die Hand.

»Moment noch«, murmle ich und hefte meinen Blick an einen abgenutzten Pflasterstein, der offensichtlich Teil eines Bürgersteiges ist, bis ich sicher bin, mich nicht schon wieder übergeben zu müssen.

»Alison, die Leute schauen schon zu uns herüber. Komm hoch.«

Als ich mich von Kays kühler Hand in die Höhe ziehen lasse, sehe ich, was er meint. Wir befinden uns auf einer überschaubaren Einkaufsstraße, die jedoch so überfüllt ist wie San Francisco zur Feierabendzeit, dabei scheint es noch recht früh am Morgen zu sein. Die Sonne ist noch nicht über die dicht gedrängten Fassaden zahlloser Geschäfte geklettert, die Luft aber ist warm und stickig. In meine Lunge drängt sich der beißende Geruch von Abgasen, der von altertümlichen Fahrzeugen ausgespuckt wird. Hupend stauen sie sich auf der Straße. Zwischen ihnen wieseln Kinder umher, ein Esel ist vor einen Karren gespannt …

»Hey!« Ich springe zur Seite. Das Vieh quetscht sich doch glatt samt Karren zwischen mir und der Autokolonne hindurch. »Das ist ein Bürgersteig! Kein verdammter Eselsteig!«

Kay wirft mir einen mahnenden Blick zu. Ich zucke mit den Schultern. Hier ist es wirklich unmöglich, jemandem aus dem Weg zu gehen! Tatsächlich stehen nur zwei Meter entfernt drei Frauen Mitte dreißig und tuscheln hinter vorgehaltenen Händen, den Blick auf uns geheftet. Alle tragen einen eng anliegenden Hut, der an eine Glockenblume erinnert.

Sofort versuche ich, die Mode einer Zeit zuzuordnen, aber die fließenden Stoffe, die knielangen, gerade geschnittenen Röcke und die in gleichem Pastell gehaltenen, mit Glasperlen bestickten Oberteile sagen mir nichts. Verstohlen werfe ich einen Blick auf den Marker. *Verbleibende Zeit: 3 Tage, 23 Stunden und 58 Minuten* ist die einzige Information, die er preisgibt.

»Fast 4 Tage«, zische ich Kay zu, der kopfschüttelnd die Straße hinunterblickt. Ich meine, in seinem Blick Verzweiflung zu lesen. »Es hätte schlimmer kommen können, oder? Der Wilde Westen zum Beispiel. Was meinst du, in welcher Zeit wir gelandet sind?«

Da Kay nicht antwortet, wage ich es, mich selbst umzusehen, obwohl uns alle Vorbeigehenden abschätzende Blicke zuwerfen.

Zwischen den sich langsam vorwärtsschiebenden Wagen zirkeln auf schmucklosen Fahrrädern junge Männer, zumeist mit Schiebermütze, kurzen Hosen und knielangen Strümpfen bekleidet.

Peng! Ein Knall! Ich zucke zusammen. Du meine Güte! Was war das denn jetzt? Es knallt und knattert noch ein zweites Mal.

Ein kleiner Junge an der Hand seiner Großmutter, deutet auf ein klobiges Motorrad und lacht laut, als er meinen verängstigten Ausdruck sieht. Mit einem leichten Schlag auf den Hinterkopf bringt die Frau das Kind zum Schweigen und der Kleine tappt mit gesenktem Haupt weiter. Anders als die sonstigen weiblichen Passanten steckt seine Großmutter in einem bodenlangen Rüschenkleid, das an ihrem im Gedränge entschwindenden Rücken durch ein Korsett zusammengehalten wird.

Mehrere Männer in Arbeitskleidung bringen Wimpel und Fahnen in den amerikanischen Farben an den Markisen, Hausfronten und Straßenlaternen an. In regelmäßigen Abständen spannen sich von einer Straßenseite zur anderen blau-weiß-rote Papierstreifen, gegen die zwei Jungs in Jeremys Alter lachend und hüpfend schlagen. Es ist nicht zu übersehen: Überall werden Vorbereitungen für ein Fest getroffen. Auch in einem nicht weit entfernten Straßencafé hängen farbige Girlanden, unter denen einige Damen vor ihren Mokkatässchen sitzend Zigaretten paffen.

Aus einem Geschäft dringt blechern eine schmalzige Melodie zu uns. Ein feister Ladenbesitzer mit zurückgegeltem, dünnem Haar und Hosenträgern schiebt ein handbemaltes Werbeschild auf die Straße. *Eiscreme nur 8 Cent und eisgekühlte Coca Cola nur 5 Cent,* lese ich. Meine Kehle ist unangenehm trocken und mein Magen beklagt sich knurrend darüber, dass ich nicht einmal acht Cent für Eiscreme besitze. Mir kommt meine Umgebung seltsam bekannt vor, doch für den Moment kann ich nur an die Cola denken, die ich hinter dem Schaufenster in einer roten Metallbox auf dem Tresen vermute. »Ich habe Durst.«

Kay legt seine Hand auf meine Schulter und schiebt mich mit Nachdruck die Straße herunter. »Nicht jetzt. Lass uns gehen. Es sind zu viele Menschen hier. Das gefällt mir nicht. Wir werden ohnehin schon beobachtet.«

»Nur fünf Cent für eine Cola? Ich schätze, wir sind in den 40er-Jahren«, raune ich Kay zu und gehe mit Absicht etwas langsamer, damit er seine Hand nicht von meiner Schulter nimmt. Er sieht trotz der Strapazen umwerfend aus und ich bin mir sicher, dass die drei Ladys uns seinetwegen beäugen.

»Knickerbocker, Glockenhüte, Coca Cola für fünf Cent, Zigarettenspitzen, kniehohe Radios und dort hinten ein Ford T Roadster ... Wir sind in den späten 20er-Jahren gelandet, sicher nicht in den 40ern.«

»Woher ... Wieso weißt du das alles?«

Sein maßlos arroganter Tonfall ärgert mich.

»Ich hatte genug Zeit.«

Und in diesem Moment erkenne ich es wieder: Vor uns überragt ein Kino die anderen Gebäude. Die strenge Fassade, graue, aneinandergeschmiegte Stelen, die abweisend in den Himmel ragen. Okay, der Vorbau ist anders, ein Baldachin überspannt die doppelflügelige Eingangstür; statt plakativer Leuchtbuchstaben zeigen bunt gemalte Poster in Holzrahmen das Programm, aber ich bin mir sicher: Wir sind wieder in Mill Valley, mitten im Zentrum auf der Throckmorton Avenue, und für einen kurzen Moment verliere ich mich in der Idee, dies alles sei nur ein Film und ich könnte Carissa anrufen, sie fragen, ob sie mit mir heute Abend einen verrückten Science Fiction in ebendiesem Kino ansehen will ...

Doch in diesem Augenblick zerreißt der helle Singsang der drei Damen meine Fantasie. Sie drängen sich zwischen uns.

Unverschämt! Ich sehe nur ihre Rücken, aber bemerke wohl, wie eine der Ladys kokett an einer exakt inszenierten Haarsträhne spielt, die unter ihrem lavendelfarbenen Hut hervorlugt, als sie Kay anspricht: »Meine Freundinnen und ich haben uns eben gefragt, ob Sie der Zauberer sind, der heute Abend vor der Premiere auftritt«, flötet sie, was ihre Begleiterinnen zum Kichern bringt.

»Der Premiere?«, antwortet Kay mit hochgezogenen Brauen.

»Die Sunny-Side-Up-Premiere!« Die Frau lacht hell, deutet mit ihrem behandschuhten Finger auf ein Plakat, das die grob gemalten, lachenden Köpfe eines Paares zeigt. »Wir haben jetzt Tonfilm in Mill Valley! Finden Sie das nicht ebenfalls furchtbar aufregend?«

»Eine unglaubliche Errungenschaft, da kann ich Ihnen nur beipflichten. Haben Sie denn heute Abend das Vergnügen, der Premiere beizuwohnen?«, erwidert Kay galant und mir fällt die Kinnlade runter. Was ist mit nicht einmischen? Und was mit niemandem im Weg stehen, niemanden ansprechen, sich unsichtbar verhalten? Offensichtlich scheint Kay diese Regeln unter dem gezierten Charme der ihn umschwirrenden Grazien vergessen zu haben.

»Wir hatten das Glück, einen Logenplatz zu ergattern. Der Bürgermeister selbst war so gütig, uns die Karten zukommen zu lassen. Aber befriedigen Sie meine Neugierde. Sind Sie nun der Illusionist? Sie schienen vollkommen aus dem Nichts aufgetaucht zu sein. Ein wirklich famoser Trick. Wie haben Sie das nur gemacht?«

»Ein Zauberer verrät niemals seine Tricks«, antwortet Kay ausweichend, worauf die Frau lachend ihren Kopf in den Nacken wirft, ihre zierliche Hand ausstreckt und flötet: »Kate Wineyard. Eine von nun an begeisterte Anhängerin Ihrer Kunst!«

Ich kann nicht glauben, dass der spröde, wortkarge, bestimmende Kay sich auf diese Schmeichelei hin leicht verbeugt und einen Handkuss andeutet, und dränge mich demonstrativ zwischen die Damen, um Kay wütend funkelnd in die Augen zu sehen.

»Wir sollten unseren Auftritt vorbereiten.« Ich trete dabei so nah an Kay heran, dass ich Kate Wineyard zurückzwinge.

Diese jedoch lässt sich nicht beirren. »Meine Freundinnen meinen, Sie kämen ihnen bekannt vor. Sind Sie Bürger von Mill Valley?«

Neugierige Sumpfnelke!

»Das ist ausgeschlossen, meine Damen«, sagt Kay und lächelt den Glockenhut über meine Schulter hinweg an.

»Sosehr ich mich darüber gefreut hätte, bereits Ihre Bekanntschaft gemacht zu haben, so unwahrscheinlich erscheint mir doch diese Möglichkeit. Wir kommen von außerhalb.«

»Ja, das tun wir und da müssen wir auch jetzt wieder hin!«, fahre ich zwischen das Geplänkel und diesmal bin ich es, die Kay bestimmt an der Hand greift.

»Bis heute Abend! Verzaubern Sie uns«, haucht Kate Wineyard und wendet sich wieder ihren Begleiterinnen zu, während ich mit grimmigem Blick versuche, Kay von hier wegzuziehen.

Als er nicht nachgibt, fahre ich herum. »Spinnst du? Was sollte das? Und überhaupt, wie redest du, was ist das für eine affektierte Ausdrucksweise?«

Kay macht sich behutsam los und der Schalk blitzt aus seinen Augen. »Mir scheint fast, du bist eifersüchtig, Alison Hill.«

Ich schnappe nach Luft. Das ist ja wohl die Höhe. »Eifersüchtig?« Meine Stimme überschlägt sich kieksend, obwohl sie wütend klingen soll. Ich werde rot.

Kay grinst und biegt ohne weitere Worte an der Ecke des Kinos in eine schmale Sackgasse ein. Sie wirkt trotz der Sonne düster und stinkt nach vergammelten Essensresten. Ich muss allerlei Kisten mit leeren Flaschen und ein halbes Dutzend Müllsäcke umrunden, aus denen sich ein rot gescheckter Kater bedient, bis ich zu Kay aufschließe. Er ist am Hinterausgang des Kinos stehen geblieben und sieht mich ernst durch seine unendlich dunklen Augen an. Ich bin immer noch wütend, will mich wegdrehen, aber mein Scout hält seine Hände rechts und links von mir gegen die Mauer gestützt, sodass ich nicht entwischen kann.

»Alison, pass auf ... Das war das Unauffälligste, was ich in dieser Situation hätte machen können. Sich unsichtbar zu verhalten, bedeutet auch, sich anzupassen. Es wäre unangenehm aufgefallen, wenn ich die Frauen ohne Antwort hätte stehen lassen. Sieh mal, die Straßen sind voller Menschen ... Ich schlage vor, wir entfernen uns so schnell wie möglich vom Stadtzentrum, um weitere Begegnungen zu vermeiden.«

»Mit den Klamotten fallen wir überall auf.«

»Ja, das stimmt. Doch mit Glück finden wir einen Vorgarten, in dem etwas Brauchbares zum Trocknen aufgehängt ist, was uns zeitgemäßer aussehen lässt als jetzt in Jeans und T-Shirt.«

»Ach, Wäsche klauen könnte nicht den Dritten Weltkrieg auslösen, aber eine Cola schon?«

»Zugegeben, es ist riskant. Aber wir sind viel zu auffällig. Allein deine pinken Turnschuhe können mehr durcheinanderbringen als eine gestohlene Bluse.«

»Erst die Cola!«

»Erst die Kleidung! Danach kümmern wir uns um unseren Flüssigkeitshaushalt und du erzählst mir, was du über deine Vorfahren in diesem Jahrzehnt weißt. Aber jetzt, Alison, müssen wir hier verschwinden.«

Kay entlässt mich gerade rechtzeitig aus seinen Armen, denn in diesem Augenblick schwingt die Hintertür des Kinos auf und schlägt dort, wo ich eben stand, an die Wand. Erschrocken fahre ich herum und sehe, wie ein beleibter Mann eine weitere Flaschenkiste mit seinem Fuß auf die Straße schiebt. Schweißflecken zeichnen sich auf seinem groben Leinenhemd ab und zwischen seinen Lippen klemmt eine Zigarre, die er mit der Zunge in den Mundwinkel drückt, während er uns von Kopf bis Fuß mustert.

»Okay, lass uns abhauen«, zische ich Kay zu. »Der Mann starrt uns an.«

Kay nickt, aber kaum, dass wir die Einkaufsstraße erreicht haben, brüllt der Kerl uns nach. »Komm Se hier durch! Vorn is noch geschlossen! Sind aber reichlich früh dran, Se beide, aber besser als zu spät!«, ruft er im Gehen die Häuserschlucht hinunter und haut Kay auf die Schulter, kaum, dass er uns erreicht hat. »Die Ladys ham Se ja bereits verzaubert, aber bewahrn Se sich den Rest für die Show abends auf.« Er lacht rau. Es klingt nach einem grunzenden Schwein, das Schluckauf hat.

»Wir sind keine –«

»Seien Sie unbesorgt, das Publikum wird begeistert sein«, fällt Kay mir ins Wort.

»Das will ich wohl meinen! Ihr Ruf eilt Se ja voraus«, antwortet der Mann und zieht seine Hand aus der Hosentasche, um sie Kay entgegenzustrecken. »Jimmy Walden. Eigentümer des ersten Tonfilm-Theaters im ganzen County! Und Se sind Phillippe Gusti?«

»Ganz zu Ihren Diensten.« Kay schüttelt die kräftige Pranke des Kinobetreibers. »Meine Assistentin Susanna.«

Jimmy Walden lupft seinen Hut und stiert auf den Fleck, der immer noch auf meinem Shirt zu sehen ist.

»Junge Dame ... Wenn ich mir 'ne Frage erlauben darf, is das Ihr Kostüm fürn Abend?«

Ich nicke knapp und sehe Hilfe suchend zu Kay hoch.

»Wir gehen mit der Zeit«, steht mein Scout mir bei. »In San Francisco tragen bereits die meisten jungen Damen Hosen.«

Jimmy Walden grunzt unzufrieden. »Ham Se nischt andres? Wasn bisschen mehr funkelt? Is ja immerhin 'ne Zaubershow und keine Modenschau!«

Kay schüttelt den Kopf. »Tut mir leid. Wir waren aber eben im Begriff, uns die Innenstadt anzusehen. Vielleicht finden wir noch etwas Glamouröseres für meine Assistentin. Wenn Sie uns also entschuldigen würden ...«

»In Mill Valley? Na, das glaub ich nu nich!« Unser Gegenüber kratzt sich nachdenklich am Kinn.

Nervös werfe ich einen Blick in meine hohle Hand. Kay hat recht. Wir sind derartig auffällig, dass unsere erste Priorität andere Kleidung sein muss, sofern wir nicht dauernd angesprochen werden wollen. Gut 30 Minuten sind bereits verstrichen und ich hoffe inständig, die Jury lässt uns die verbleibenden knapp 4 Tage. Bisher jedoch scheinen wir alles richtig zu machen.

»Das ist sehr freundlich von Ihnen ... Wir werden sicherlich etwas Passendes finden«, sagt Kay eben.

»Was finden?«

»Al... Susanna, Mr Walden hat uns gerade angeboten, seinen Kostümfundus zu durchstöbern«, erklärt Kay.

Während wir das Kino durch den Hintereingang betreten, unterhalten sich die Männer, als wären sie gute Bekannte.

»Mir war nicht bewusst, dass das Kino ebenfalls als Theater genutzt wird.« Kay sieht sich mit großen Augen um, während wir einen mit flackernden Glühbirnen beleuchteten Korridor hinuntergehen.

»Aber natürlich! Oder meinen Se, vom Film allein könnt ein Betreiber wie ich überlebn? Solche goldenen Zeiten werden wohl nie kommen. Allein die ganzen Ausgaben! Die Umrüstung auf Ton hat mich ein kleines Vermögen gekostet und ständig is was kaputt!«

Er stößt eine Tür auf, die uns den Blick auf an die Wand gestapelte, monströse Filmrollen freigibt. Ein blasser Junge hängt über den Enden zweier Bänder und betrachtet sie mit der Lupe. Als er uns endlich bemerkt, gleitet ihm das Band aus der Hand und er flucht leise. »Noch fünf Flicken, Chef. Machen Sie sich keine Sorgen, wird alles zusammengestückelt bis heute Abend. Das krieg ich schon hin.«

»Das will ich doch hoffen! Wir sind ausverkauft, Junge!« Jimmy Walden hustet Zigarrenqualm in den kleinen Raum. »Übrigens, das hier is der Zauberer und seine Kleine, die dürfn sich was ausm Kostümfundus leihn. Brauchst also nich zusammenzuschrecken und alles fallen lassen, wenn du die beiden siehst, hörste, Joe?«

Der Junge streckt seinen Hals, um einen zweiten Blick auf Kay zu werfen, aber der hat sich in eine dunklere Ecke den Gang hinunter zurückgezogen.

Joe blinzelt. »Ehrlich? Ich hab gedacht, der würde zum alten Hill gehörn. Sein Fahrer oder so ... Bis auf die Bemalung im Gesicht sieht er dem Burschen vom Hill zumindest verflucht ähnlich. Entschuldigen Sie den gottlosen Ausdruck, Lady.«

Der letzte Satz galt mir, da ich unwillkürlich zusammengezuckt bin.

»Über welchen Hill sprechen Sie, bitte?« Mein Herz hämmert wild gegen meine Rippen.

»Seine Familie kenn ich nich«, antwortet Jimmy Walden auch schon statt des Jungen. »Aber ich schätze, Joe meint Hamilton Hill von der Plantage, oder, Joe?«

Der Junge nickt eifrig.

Ich kann mein Glück kaum fassen, obwohl mir der Name Hamilton nichts sagt, mein Großvater hieß Stuart, und wenn Dad mal von Urgroßvater gesprochen hat, nannte er ihn Abe.

Schnell versuche ich, die Generationen zu überschlagen. Wenn mein Vater 1960 geboren ist, könnte mein Großvater 25 bei dessen Geburt gewesen sein und dessen Vater ebenso. Also weitere 50 Jahre zurück ... 1910, 1910, 1910 versuche ich, die Zahl in meinem Kopf festzuhalten. Jemand, der 1910 auf die Welt kam, würde Ende der 20er-Jahre nicht als »alter Hill« bezeichnet werden. Also nochmals 50 Jahre, zwei Generationen. Vater, Großvater, Urgroßvater, das sind drei Generationen, zwei dazu ... Ururgroßvater also. Könnte das sein?

Inzwischen bin ich müde und so durstig, dass ich mich nur schwer konzentrieren kann, außerdem pochen meine Schläfen und meine Augen brennen von dem Zigarrenqualm, der durch den Korridor zu mir wabert.

Ohne dass ich es bemerkt habe, hat Jimmy Walden die Tür geschlossen und steht einige Meter weiter, mit Kay in ein Gespräch vertieft, wobei ich nur Jimmys Gesicht hinter der roten Glut des Stummels sehen kann.

Ein ungutes Gefühl beschleicht mich. Kay benimmt sich eigenartig, so kenne ich ihn nicht – mal davon abgesehen, dass ich ihn im Grunde überhaupt nicht kenne. Seit wir in diesem Jahrzehnt angekommen sind, führt er sich auf, als ob wir alle Zeit der Welt hätten, dabei redet er so merkwürdig und scheint mit jedem sofort gut Freund zu sein.

Mir wird klar, Kay ist meinen Fragen bisher ausgewichen. Aber sollte es nicht seine verdammte Aufgabe sein, mir als mein Scout zu helfen? Mir alles zu erzählen, was nützlich sein könnte? Warum lässt er mich so hängen?

Ich bin wütend! Wütend darüber, dass es unter allen Menschen in allen Zeiten ausgerechnet mich getroffen hat! Wütend auf Wum Randy, der mich wie eine Laborratte vorführt, und wütend auf Kay, der eben herzhaft über etwas lacht, das der Kinobetreiber ihm erzählt hat, als wären sie alte Freunde.

Mit zusammengebissenen Zähnen schließe ich trotzdem zu den Männern auf.

»Ich würde mich jetzt gern umziehen. Und es wäre überaus freundlich, wenn ich etwas trinken könnte«, sage ich, so höflich ich kann, da meine Zunge staubtrocken ist.

Jimmy Walden weist auf eine weitere Tür hinter meinem Rücken. »Die Garderobe ist gleich hinter Se, da finden Se auch nen nettes Wässerchen. Aber übertreiben Ses nich!«

Erst als wir den Kinobetreiber um die Ecke verschwinden sehen, schließe ich die Tür und funkle Kay an, der mit verschränkten Armen vor einer langen Kleiderstange steht und mich ruhig ansieht.

»Wir müssen reden.«

»Wir reden doch schon.«

»Ich habe Fragen.«

»Ja?«

»Oh Gott! Moment, da ist Wasser! Ich dachte schon, ich müsste mitten in einer Stadt verdursten!«

Auf einem Holztisch, der mit vielen Tiegeln und Schwämmchen bedeckt vor einen fleckigen Spiegel geschoben wurde, steht tatsächlich eine verkorkte Flasche, daneben zwei Gläser und ein abgegriffenes Kartenspiel. Mit den Zähnen ziehe ich gierig den Korken aus dem Flaschenhals und lasse die Flüssigkeit in meinen Mund laufen. Sie ist warm und brennt sofort auf meiner Zunge.

»Das ist ja Alkohol!«, pruste ich und speie den Fusel über meine Hose. »Verflucht! Ich dachte, in den 20ern herrscht Prohibition!«

Kay nimmt feixend ein Glas vom Tisch, geht zu einem emaillierten Waschbecken an der Wand und lässt es mit trübem Wasser volllaufen. »In dieser Zeit ist es leichter, an hochprozentigen Schnaps als an ein Glas klares, reines Wasser zu kommen. Es wäre besser, es abzukochen ...«

Kritisch sieht Kay mir dabei zu, wie ich die metallisch

schmeckende Brühe dem Fusel hinterherschütte und ein zweites Glas aus dem Hahn zapfe.

»Ich habe Fragen«, wiederhole ich und gähne herzhaft. Jetzt, da mein Durst vorerst gestillt ist, spüre ich meine unendliche Erschöpfung. Hier in der Garderobe ist es mollig warm, das Licht trübe und ich möchte mich nur noch zusammenrollen und schlafen. »Erzähl mir etwas über dich. Wer bist du?« Ich lasse mich die Wand herab auf den Boden sinken.

»Nicht jetzt, Alison. Wir werden noch genug Zeit zum Reden haben. Jetzt sollten wir unser Glück nutzen und diese Kostüme durchstöbern. Komm schon, steh auf!«

»Ich will nicht.«

»In Ordnung, aber sieh mal! Wie steht mir dieser Hut?« Mit einem verschmitzten Lachen setzt Kay sich einen Dreispitz auf und ahmt mit in die Seite gestütztem Arm einen Piraten in einem Schwertkampf nach.

Ohne es zu wollen, muss ich lachen. »Wenn wir auf einem Dreimaster oder Piratenschiff wären, noch mal ungefähr tausend Jahre zurück in der Vergangenheit, wärst du damit bestimmt perfekt gekleidet!«

»Den Dreispitz«, Kay tänzelt um seinen imaginären Gegner herum, »trug man vom 17. bis zum 18. Jahrhundert, die Piraterie hatte jedoch zwischen dem 16. und 17. Jahrhundert ihren Höhepunkt. Der Dreimaster allerdings wurde bereits im 15. Jahrhundert populär. Passend gekleidet wäre ich wohl eher als französischer Offizier um 1715.« Kay steckt sein unsichtbares Schwert zurück in die ebenso unsichtbare Scheide.

Ich kann nicht anders, als ihn zu bewundern. Er wirkt

selbst mit diesem lächerlichen Hut unfassbar männlich, wobei seine Bewegungen so geschmeidig sind, als hätte er schon etliche Kämpfe mit einem Schwert ausgetragen. Dann aber legt Kay den Dreispitz zurück auf ein Regalbrett, wobei sein bronzefarbenes Haar weich zurück über seine Stirn fällt. Mit dem Finger fährt er an einer Reihe weiterer Hüte und anderer Kopfbedeckungen entlang und sieht mich abwartend an. So als wolle er sagen: Komm schon, du bist dran!

Sein Blick macht mich nervös und prompt gerät mein Herzschlag aus dem Rhythmus. Ich möchte Kay nahe sein, viel näher, als ich unter diesen Umständen sollte, doch ich habe Angst, dass mein Scout sich dann wieder verschließt. Ich habe das bestimmte Gefühl, ich darf eine imaginäre Linie nicht überschreiten. Als wenn alles nicht schon kompliziert genug wäre.

Gedankenverloren knabbere ich an meiner Unterlippe. »Woher weißt du das alles? Das mit dem Dreispitz und den Piraten?«, frage ich vorsichtig.

Sofort verschließt sich Kays Gesicht und er wendet sich ruckartig den Kostümen, Kleidern, Mänteln und Tüchern zu, die staubig und dicht gedrängt an der Stange hängen.

Wow! War schon diese Frage zu viel?

Ich vergrabe meinen Kopf in meiner Armbeuge und sehe Kay mit ärgerlich gefurchter Stirn dabei zu, wie er, mir den Rücken zugewandt, einen haselnussbraunen Pullunder, ein Tuch und einen hellen Hut mit braunem Band über der Krempe aus dem Wirrwarr von Kleidern zieht. Wortlos krempelt er die Ärmel seines Khakihemdes herunter und verwandelt sich in wenigen Augenblicken in einen Gentleman der 20er-Jahre.

»Du bist dran. Mach schon!«, fordert Kay, als er fertig ist.

Wütend knurrend stehe ich auf und durchsuche, ohne Kay eines weiteren Blickes zu würdigen, die Kostüme. Ab und zu sieht ein Stück alltagstauglich aus. Eine mausgraue Bluse, na ja. Eine schwarze Hose, glattes Gewebe, nicht schlecht, aber viel zu lang, leider. Und bitte was ist das? So viel Stoff, eine Lage über der anderen ... Oh! Ein Ballkleid, wie es scheint. Wunderschön, aber ziemlich auffällig, also auch nicht. Aber das hier vielleicht? Ein rosafarbenes Trägerkleidchen mit Fransen und Pailletten. Es hängt zwischen einer Mönchskutte und einem Kettenhemd. Ich ziehe es heraus.

Kay lehnt mit angewinkeltem Bein vor einem hoch liegenden Fenster, durch das nur die Ziegelsteinmauer der anderen Straßenseite zu sehen ist, und schüttelt leicht den Kopf. »Entzückend, aber zu auffällig.«

Ärgerlich stopfe ich das Kleid wieder zurück. »Irgendwas muss ich doch anziehen. Und hier sind nur Kostüme und dieser Zottel!«, maule ich und zerre einen verfilzten Pelz von der Stange, wobei etwas aus seidig weißem Strick zu Boden gleitet. Es entpuppt sich als kurzärmliges Kleid mit moosgrünem Kragen, ebenso farblich abgesetztem Saum und gerade geschnitten. Selbst 80 Jahre später wäre ich damit perfekt gekleidet. Zeitlose Eleganz. Die Stilikone Nicolas Noun klatscht sicherlich gerade begeistert in die Hände.

»Probiere es an!«

»Dreh dich um!«

»Mir wäre nichts anderes in den Sinn gekommen.« Kay wendet mir den Rücken zu, den Blick auf die Backsteinmauer gerichtet, während ich schnell in das Kleid schlüpfe.

Es sitzt perfekt. Nur die pinken Turnschuhe sehen etwas merkwürdig dazu aus. Irgendwo müssen doch ... Ich schlüpfe aus den Schuhen und umrunde den Kleiderständer. Tatsächlich, auf der anderen Seite finde ich ein Regal voller Stiefel, Pumps, Sandalen, Ballerinas, Straßen- und sogar Schnabelschuhe. Ein zierliches Paar mit Riemchen fällt mir ins Auge. Sie sind etwas zu groß, passen aber so perfekt zu dem Kleid, dass ich sie trotzdem wähle.

Zurück vor dem Spiegel, drehe ich mich im Kreis, nehme einen Kamm vom Tisch und fahre mir kurz durch die Haare.

»Darf ich mich umdrehen?«

»Warte noch ...«

Plötzlich ist alle Wut auf Kay verflogen. Auf dem Tisch, zwischen zwei Tiegeln, finde ich eine perlenbesetzte Haarnadel, mit der ich meine schwarzen Ponyfransen hinter dem Ohr befestige, und streiche mir zum Schluss noch einen Hauch Rouge auf die Wangen. »Jetzt!«

Kay dreht sich grinsend um. Doch augenblicklich weicht sein verschmitztes Lächeln und auf seinem Gesicht zeichnet sich ein so klares Entsetzen ab, dass ich unwillkürlich hinter mich sehe. Aber dort entdecke ich nur die verschlossene Metalltür und einen Hocker.

»Alles in Ordnung?«

»Nein, ja ... es ist nur ... es ist so lange her, seit ich ... du bist ...« Kay starrt mich aus weit geöffneten Augen an und für einen Moment ist es, als könne ich in seine Seele blicken, die sich mit unstillbarer Sehnsucht quält.

»Was ist so lange her?«

»Du ...«

»Ich? Kay, was verheimlichst du mir?«, frage ich leise.

»Du siehst umwerfend aus, Alison. Das ist alles.«

Ich gehe einen Schritt auf ihn zu. »Du bist mein Scout, Kay, aber ich verstehe die Bedeutung davon nicht. Ich weiß nichts über dich und eben ...«, ich stocke, »eben, als du dich umgedreht hast, sahst du aus, als hättest du einen Geist gesehen. Was bedeutet das alles?« Ich bin nur noch zwei Schritte von ihm entfernt.

Kay blinzelt und senkt seinen Blick. Nervös spielen seine Finger an dem Saum des Pullunders und sein Blick ist auf den glänzenden Holzboden geheftet. Noch jedoch steht die Tür zu seinem Inneren einen Spaltbreit offen. Mit hämmerndem Herzen wage ich mich weiter vor, strecke die Fingerspitzen meiner herabhängenden Hand behutsam vor, berühre dabei seine. Kay zuckt zusammen. »Nicht«, flüstert er, aber es klingt wenig überzeugend.

»Kay, wer bist du?«

Langsam hebt mein Scout seinen Kopf, seine fast schwarzen Augen glitzern feucht, als er meine Hand greift und mich an sich zieht. Seine Lippen öffnen sich, streifen die meinen, fahren über meine Wange, gleiten über meinen Hals, Zähne zupfen an meinem Ohrläppchen …

Im ersten Moment versteife ich mich irritiert, fast schon verärgert über seinen abrupten Sinneswandel. Starr versuche ich zu verstehen, was über Kay gekommen ist. In den wenigen Stunden, die wir gemeinsam verbracht haben, hat er mir bestenfalls knappe Anweisungen erteilt, mich angetrieben, mich belehrt, und kaum dass ich ein Kleid trage, fällt er über mich her?

Kay hält immer noch meine Hand umklammert und ich biege die Finger gerade, um seinem Griff zu entkommen, denn wenn ich mich jetzt nicht löse, werde ich seinen immer fordernder werdenden Liebkosungen nicht länger standhalten können. Auch mein Scout scheint meinen schwindenden Widerstand zu spüren. Seine freie Hand greift in meinen Nacken, er presst mich an sich, findet meinen Mund. Meine Lippen öffnen sich, ohne dass mein Verstand es ihnen erlaubt hätte, unwillkürlich gehe ich auf die Zehenspitzen, strecke mich, ergebe mich seinem Drängen, und eine unendliche Weile verschmelzen wir so selbstverständlich miteinander, als ob wir uns bereits eine Ewigkeit kennen würden. Alles andere ist unwichtig. Ich will nicht denken, nur spüren, den Moment festhalten, ihn nie enden lassen. Aber ein gleichtönendes Piepen drängt sich zwischen uns. Es wird nicht lauter, macht sich jedoch beharrlich bemerkbar.

Kay wendet stöhnend sein Gesicht ab. Ich stehe nach wie vor auf Zehenspitzen und versuche, seinen Mund zu erreichen, doch als ich sehe, wie sich sein Gesicht wieder verschließt, wanke ich benommen zurück.

Kay schluckt hart. »Es tut mir leid, ich wollte das nicht. Ich sollte das nicht. Es ist unverzeihlich«, murmelt er und dreht sich zum Fenster.

Es piept weiter.

Verwirrt und aufgewühlt weiß ich nicht, wie ich auf Kay reagieren soll. Eine Seite von mir will auf seinen breiten Rücken eintrommeln, ihn anschreien, ihm klarmachen, dass ich nicht sein Spielball bin, die andere will ihn umdrehen und sein makelloses Gesicht berühren.

Ich tue nichts von beidem. Stattdessen schaue ich auf den verdammten Marker, der mich beständig piepend aus diesem Traum gerissen hat. Ein in eckigen Linien umrissenes Herz pulsiert rot auf meinen Lebenslinien, daneben drei Worte: *Plus 60 Minuten.* Bevor ich begreife, was es damit auf sich hat, erlischt die Botschaft und statt ihrer wird wieder die verbleibende Zeit angezeigt. *4 Tage, 0 Stunden, 2 Minuten.*

Plötzlich sehe ich die in virtuellen Herzen versinkende Baronin vor meinem geistigen Auge, rufe mir ihre Worte in Erinnerung: »Alison und Kay, die ewige Liebe. Doch leider konnte ich kein Knistern zwischen euch ausmachen. 12 Strafpunkte, und das auch nur, weil ich ein viel zu großes Herz habe.«

Und endlich verstehe ich! Die Zuschauer, die Jury, sie wollen Kay und mich als Paar sehen, sie haben uns ausgewählt, damit wir uns ineinander verlieben, damit wir noch mehr leiden als ohnehin schon, damit wir zerbrechen, wenn wir auch uns verlieren, irgendwann, wenn all dies ausgestanden ist, damit die Quoten stimmen, damit die Show nicht stirbt.

»Ist es das, was ihr wollt?«, schreie ich und drehe mich im Kreis, in der Hoffnung, irgendwo eine Kamera oder ein Mikrofon auszumachen, das meine Stimme in die Zukunft trägt. Natürlich kann ich nichts entdecken, brülle trotzdem meine ganze Enttäuschung, meine Verzweiflung und Hilflosigkeit heraus. »Ein Liebespaar wollt ihr, ja? Heiße Küsse, romantische Momente, echte Gefühle für eine Stunde Extrazeit? Das könnt ihr haben! Da sind meine Gefühle!« Mit meinen Fäusten trommle ich auf Kay ein, der sich umgedreht hat und ungerührt meine Attacke über sich ergehen lässt. »Hier habt ihr echte Gefühle!« Ich treffe Kay auf die Brust. »Vollidiot! Heuchler!«, schleudere ich ihm entgegen, knalle meine Faust gegen seine Rippen. »Abgebrühter, manipulativer Mistkerl! Das hast du ja wunderbar inszeniert. Und was springt für dich dabei raus?«

»Es tut mir leid«, murmelt Kay.

Ich sinke erschöpft gegen seine Brust. Er lässt es zu, mehr aber auch nicht.

»Wer, verdammt noch mal, bist du?«

»Wir werden später noch Zeit haben ...«

»Du hast uns eben eine Stunde mehr Zeit verschafft. Wir reden jetzt! Ich werde diesen Raum nicht ohne Antworten verlassen. Ich bin hungrig, ich bin müde, ich bin erschöpft und ich schätze, es gibt ohnehin keine Chance auf ein Happy End, oder?«

Kay schiebt mich langsam von sich. »Es wird schwierig ...«

»Eine halbe Stunde. Mehr will ich doch nicht. Das bist du mir schuldig!«

»10 Minuten. Und ich kann dir nicht versprechen, alle Fragen zu beantworten.«

»20 Minuten und drei Joker«, fordere ich, nehme die obersten drei Spielkarten von dem Stapel auf dem Tisch, die unterschiedliche Variationen einer mittelalterlichen Figur zeigen, und strecke sie Kay entgegen. »Drei Joker!«

»Teufel noch mal! Du wirst nicht nachgeben, oder, Alison?«

Ich schüttle den Kopf und unterdrücke ein Lächeln, das er nicht verdient hätte.

Seufzend nimmt Kay die Spielkarten, zieht den Hocker neben der Tür zu mir und setzt sich selbst auf die Tischkante. Mit Blick auf seinen Marker wiederholt er: »20 Minuten und drei Joker. Die Zeit läuft.«

Ich schlucke trocken. Meine Gedanken überschlagen sich bei dem Versuch, alle Fragen, die sich seit Jeremys Auslöschung angesammelt haben, zu sortieren. Es gelingt mir nicht. Egal! Ich werde trotzdem jede Sekunde der 20 Minuten nutzen, obwohl nur eine Frage den Raum in meinem Kopf einnimmt. *Wieso hast du mich geküsst?*

»Wie alt bist du?«, frage ich stattdessen.

»21«, antwortet Kay. »Zumindest glaube ich das.«

»Wieso glaubst du das?«

»Die Sprünge durch die Zeit haben meine lineare Sichtweise etwas durcheinandergebracht.«

»In welche Zeiten bist du gesprungen und was ist dort

passiert und was bedeutet lineare Sichtweise?«, sprudelt es jetzt aus mir heraus.

»2010, 1727, 1852, 1853, 1127, in eine Zeit, die etwa 3.000 Jahre vor unserer Zeitrechnung liegt, immer wieder in das Jahr 2415 und 2417, 1987 und, wie es aussieht, 1928 oder 1929. Vor zwei Jahren haben sie mich das erste Mal geholt. Und lineare Sichtweise bedeutet, dass unendlich viel mehr existiert, als du dir vorstellen kannst, als jeder Mensch sich vorstellen kann.«

Fragend ziehe ich meine Brauen hoch.

»Du musst versuchen, deinen Geist von der Annahme zu lösen, dass es einen Anfangs- und einen Endpunkt gibt, zwischen denen sich das, was man in Geschichtsbüchern nachlesen kann, abgespielt hat.«

»Aber ... was soll sich denn sonst abgespielt haben?«

Kay reibt sich ermüdet die Augen, bevor er seinen Kopf in die aufgestützten Hände legt und seufzt.

»Bei meinem ersten Zeitsprung in das Jahr 2415 hatte ich das Glück, Sam Oscar zu treffen. Du hast von ihm gehört?«

»Der Name kommt mir bekannt vor.«

»In dem langen Flur unter der Showbühne hängt ein Porträt in unterschiedlichen Farben von ihm, er hat diesen Zwirbelbart, wie John K. Banks ...«

»Ach der. Die Bilder habe ich gesehen, aber wer ist Sam Oscar? Und John K. Banks? Hab ich noch nie gehört ...«

»John K. Banks ist der 26. Präsident der Vereinigten Staaten von Amerika.«

»Der 26. Präsident war mit Sicherheit nicht ein Kerl

namens Banks, es war Theodore Roosevelt, Amtszeit von 1901 bis 1909. Letzten Sommer musste ich ein Referat über ihn halten und bin mir absolut sicher«, trumpfe ich auf.

»Gut aufgepasst«, lobt Kay und lacht. »Auch ich kenne Roosevelt als den 26. Präsidenten. Genauso ist es aber ein John K. Banks gewesen, der von 1901 bis 1905 amtierte. Das ist das, was ich dir zu erklären versuche ...«

»Kay, bitte! Ich versteh gar nichts.«

»Nimm einfach mal an, so gut wie jeder Mensch ist zu seiner Zeit Präsident der Vereinigten Staaten gewesen, also selbstverständlich auch ein John K. Banks und auch du, in Ordnung?«

Ich sehe Kay an, als ob er übergeschnappt wäre.

»Nimm es einfach an und hör zu.« Kay sieht forschend in mein Gesicht. »Sam Oscar ist die entscheidende Figur in diesem Spiel. Er wurde mir bei meinem ersten Zeitsprung in das 25. Jahrhundert als der führende Wissenschaftler der Quantenphysik vorgestellt und hat den ersten Meilenstein auf dem Gebiet der Zeitreisen gelegt. Gleichzeitig hat er die Zeitsprünge während der ersten Staffel von *Top The Realities* begleitet und überwacht. Im Laufe der ersten Show stieg Oscar jedoch aus, da das Fernsehformat seiner Ansicht nach die ethischen Regeln verletzte. Irgendwann ging das Gerücht um, er würde Propaganda gegen seine eigene Erfindung machen: den Zeitanker. Dann ist er wohl verschwunden. Wahrscheinlich in eine andere Zeit. Wie auch immer ... Oscar machte sich die Mühe, mir die Zusammenhänge zu erklären, und auch wenn ich zu jenem Zeitpunkt nicht annähernd verstand, was er meinte, hatte ich doch mehrere Jahre Zeit, darüber nachzudenken und zu verstehen.«

Kay wiegt den Kopf, als könne er immer noch nicht glauben, was er damals erfahren hat. »Die Shows der ersten Staffeln waren, sagen wir: weniger menschenverachtend als die jetzigen, zumindest zunächst. Tja, und Sam Oscar versuchte, dem Publikum und mir beizubringen, welche Auswirkungen Zeitreisen haben können, sogar kleinste Veränderungen, und dass dadurch unendlich viele Realitäten erschaffen werden, die leicht verschoben nebeneinander existieren.«

»Also, wenn es wirklich eine Alison Hill gibt, die unter einer Brücke am Stadtrand von New York lebt oder in einem Loft in Sydney mit Blick auf die Oper«, wiederhole ich Randys knappen Erklärungsansatz, »löse ich mich dann auf, wenn ich mir selbst begegne?«

Kay lacht hell. »Du löst dich nicht auf. Du wirst dich noch nicht einmal wahrnehmen können, dabei bist du alleine in dieser Garderobe unzählbar oft vorhanden. Oscar hat es mir so erklärt: Jedes Mal wenn du eine Entscheidung triffst, spaltet sich quasi eine Realität von dir ab, die eine andere Entscheidung trifft. Deine Wahl ist auf dieses entzückende Kleid gefallen, eine andere Alison sucht vielleicht immer noch nach etwas Passendem oder würde das Fransenkleid tragen oder wäre nie hier reingegangen. Alles Möglichkeiten. Die Möglichkeiten sind so mannigfach, dass es keine Zahl dafür gibt, sie spielen sich parallel zueinander ab, ein Quäntchen verschoben, sodass du sie nicht bemerkst.

Aber je länger wir uns in einer anderen Zeit bewegen, je mehr wir auffallen, je mehr wir in die Geschichte eingreifen ...«

»... desto weiter entferne ich mich von meiner eigenen Realität«, vollende ich Kays Satz und die Tragweite dieser Erkenntnis trifft mich wie ein Schlag. Eine Minute lasse ich schweigend verstreichen, starre aus dem Fenster zu der Ziegelsteinmauer, die im gleichen Moment eine Betonwand sein könnte oder ein Holztor oder ein Wasserfall.

»Ich habe nicht die geringste Chance, in meine Realität zurückzufinden, oder?«, frage ich schließlich.

»Es ist wie ein Irrgarten ...« Kay seufzt. »Aber du bist noch verdammt nah dran an dem, was dir bekannt vorkommt.«

»Wie schlimm kann es werden?«

»Schlimm. Ich war in einer Welt gefangen, die so unvorstellbar grausam ist, dass ...« Kay verstummt und fährt dann fort: »Ich werde wohl nie mehr nach Hause zurückkehren.«

»Wie ist sie, deine Welt? Was passiert dort?«, frage ich nach einer Weile.

Schweigend schiebt Kay einen Joker zu mir herüber.

»So schlimm?«

Kay bleibt stumm.

»Hast du wirklich jemandem dabei zugesehen, wie er an seinem Blut erstickt ist?«

»Dieser Mann hatte nichts mit Menschsein zu tun!«, erwidert Kay so heftig, dass ich zusammenzucke. »Wenn es darum geht, den Rest Moral und Ethik und Mitmenschlichkeit zu schützen, der geblieben ist, würde ich es jederzeit wieder tun. Noch 3 Minuten, Alison, stell andere Fragen.«

Ich atme tief durch. »Schon gut, einverstanden. Wenn du dir so sicher bist, nicht mehr in deine Welt zurückzufinden, wieso bist du dann hier?«

»Meine Aufgabe ist es, dich zu schützen und zu führen. Die Show wäre schnell beendet, wenn du bei deinem zweiten oder dritten Zeitsprung von einem Bären zerrissen werden würdest oder verdurstest, an Infektionen stirbst oder schlicht aufgeknüpft wirst, weil du zu andersartig wirkst. Das ist alles. Das ist mein Job.«

»Von einem Bären zerrissen oder verdursten? Mitten in der Stadt?«

»Dies war nicht immer eine Stadt und du bist noch nicht am Ende deiner Reise.«

»Wann ist die Reise zu Ende?«

»Sobald du deine neue Realität annimmst.«

»Was springt für dich dabei heraus?«

»Ich werde vergessen. Der Marker wird mir entfernt werden.«

»Aber ist es nicht möglich, den Marker herauszuschneiden, sie könnten dich dann nicht mehr finden.«

»Nur wenn du den Tod vorziehst. Er ist mit deinem neuronalen Netz verbunden.«

»Bist du dir sicher?«

»Ich war dabei, als mein Scout es versucht hat. Ich denke, sie wusste, was passieren würde, aber sie konnte das Ganze nicht noch einmal durchstehen.«

»Sie? Eine Frau?«, frage ich erstaunt.

Kay antwortet nicht, anscheinend hängt er seinen Gedanken nach, wobei seine Augen noch dunkler zu werden scheinen, als sie ohnehin schon sind. Da ich mir sicher bin, da kommt noch was, lasse ich wertvolle Sekunden verstreichen, bis er mit gequältem Ausdruck fortfährt: »Ohne Marker werde ich mich nicht mehr daran erinnern, dass es je eine andere Realität gegeben hat als die, in der ich gefangen bin. Denn die Erinnerung an etwas, das du nie wieder erreichen wirst, obwohl es gleich neben dir existiert, ist schlimmer, als einen geliebten Menschen sterben zu sehen.«

»Wen hast du verloren? Wen haben sie dir genommen?«, frage ich leise, doch statt einer Antwort wird ein weiterer Joker zu mir herübergeschoben.

»Noch 30 Sekunden.«

Kays Miene ist wieder zu einer steinernen Maske geworden. Ich sehe an ihm vorbei zur Ziegelsteinmauer. Vielleicht wird mein Scout mir verraten, wen sie ihm genommen haben, sobald all das hier ausgestanden ist. Das heißt, sofern ... Oh, mein Gott! Was ist, wenn ... Ich räuspere mich, meine Stimme ist nur ein Krächzen. »Falls wir es schaffen ... Ich meine, in das Jahr 2013 zurückzukehren, das ich kenne ... Wirst du dann auch dort sein? Ist es möglich, dich dort zu finden oder zumindest eine Kopie von dir, die andere Entscheidungen getroffen hat?«

»Das halte ich für ausgeschlossen.«

»Aber ... wenn es keine Zukunft für uns gibt, wieso hast du mich dann geküsst?«

Langsam schiebt Kay die letzte Karte zu mir. Und als

ich nach ihr greife, legt er seine Hand für einen Augenblick auf meine.

»Es tut mir leid, Alison.«

# 7

## Zwischen 1927 und 1930, Mill Valley

Neu eingekleidet gehen wir durch die Katakomben des Kinos, verlassen es durch den Hinterausgang und treten wieder ins Freie. In die enge Gasse fällt jetzt ungehindert das Licht der Sonne, so hoch steht sie schon. Ich danke dem Himmel für das luftige Kleid, das ich trage, denn bis auf eine leichte Brise ist es trotz der frühen Tageszeit bereits unerträglich warm. Die Abfallsäcke stinken in der zwischen den Häusern gefangenen Hitze; selbst die Katze hat die Nase voll und liegt zusammengekugelt am Ende der Sackgasse vor eben der Ziegelsteinmauer, die wir aus der Garderobe heraus gesehen haben.

Bevor wir auf die dicht bevölkerte Einkaufsstraße treten, berichte ich Kay von Hamilton Hill und meiner Vermutung, dass er mein Ururgroßvater sein muss.

»Der Kinobetreiber sprach vom alten Hamilton von der Plantage«, erkläre ich Kay, »und soweit ich mich erinnere, hat mein Großvater mir mal erzählt, Onkel Herolds Plantage ist schon sehr lange im Familienbesitz. Es ist also gut möglich, dass es sie auch schon in dieser Zeit gab und meinem Ururgroßvater gehörte.«

»Dann sollte das unser erstes Ziel sein: die Plantage!«

»Nicht der Apfelbaum in unserem Garten?«

»Alison, Ende der 20er gab es weder einen Apfelbaum

noch euer Haus. Wenn du also nicht vorhast, allen fruchtbaren Boden abzutragen, auf dem in den nächsten 50 Jahren ein Apfelkern keimen könnte, schlage ich vor, wir statten deinem Ururgroßvater einen Besuch ab.«

»Aber die Plantage liegt in Sebastopol, das sind fast 60 Meilen!«, stöhne ich. »Zu Fuß werden wir das kaum in 4 Tagen schaffen.«

»In Sebastopol?«, fragt Kay erstaunt.

»Natürlich.«

»Das verstehe ich nicht.«

»Wieso? Warte, nein! Du hast recht!«

»Was ist dir eingefallen?«

»Ich hab mich geirrt! Am 3. Juli 1929 wütete nämlich ein großer Brand in Mill Valley. Das Feuer fraß sich bis ins Zentrum, wobei es fast die Innenstadt in Schutt und Asche legte, hätte der Wind nicht im letzten Augenblick gedreht.« Ich fasse in schnellen Worten zusammen, was in Mill Valleys Grundschulen jedes Kind lernt. »Die Plantage wurde dabei vollkommen vernichtet und erst viele Jahre später in Sebastopol wieder aufgebaut. Falls heute also vor dem 3. Juli 1929 ist, müssen wir Hamiltons Plantage oben auf dem Berg suchen, höchstens ein paar Meilen entfernt.«

»Ein Brand am 3. Juli 1929? Bist du dir sicher?« Alle Farbe weicht aus Kays Gesicht. Seine Miene spiegelt ein Wechselbad der Gefühle, das ich nicht verstehe, bis sie sich wieder verschließt, und langsam bin ich es leid, Kay jede Information aus der Nase zu ziehen.

»Ich bin mir absolut sicher.« Meine Stimme klingt

gereizt. »Mein Großvater hat es mir erzählt. Wie durch ein Wunder ist niemand außer seiner Tante ums Leben gekommen. Nach ihr bin ich übrigens benannt. Ziemlich traurig, was?«

Kay antwortet nicht, sondern sieht mich nach wie vor entgeistert an.

»Du wirst mir nicht sagen, warum du mich so anstarrst, oder?«

»Gehen wir. Wir müssen herausfinden, welches Datum heute ist.«

Wenig später sind wir in dem Menschengewirr der Throckmorton Avenue untergetaucht. Wir gehen zügig, aber nicht zu schnell, um unauffällig zu bleiben. Doch trotz unseres gemäßigten Schritts und der neuen Garderobe zieht Kay die Blicke der Frauen auf sich. Kichernd und tuschelnd ziehen sie an uns vorbei. Vielleicht liegt es auch an seiner Gesichtstätowierung, deren Geheimnis ich noch nicht gelüftet habe. Sollen sie ihn doch ansehen, er gehört sowieso nicht in diese Zeit. Genauso wenig wie ich.

Seit Kay von dem Brand erfahren hat, haben wir kaum ein Wort miteinander gewechselt. Mein Scout ist wieder so unnahbar und kühl wie bei unserem ersten Zusammentreffen. Also gehe ich schweigend neben ihm her.

Ab und zu erkenne ich einige Häuserfassaden wieder, sie drängen sich nicht durch die leuchtenden Werbeschilder auf, wie sie es fast 100 Jahre in der Zukunft tun werden, aber dann entdecke ich einen kleinen Supermarkt. Er ist vollgestopft mit Dosen, großen Gurkenfässern, von der Decke hängenden Schinken, gestapelten

Holzkisten voll Obst und Gemüse. Im Jahre 2013 wird dort ein Hutgeschäft sein.

Am liebsten würde ich einen Schinken von der Decke reißen und kräftig hineinbeißen. Aber der Supermarkt ist noch geschlossen, ein Schild weist auf die Eröffnung für den kommenden Tag hin, so oder so, ich habe ohnehin kein Geld. Mit zusammengebissenen Zähnen gehe ich weiter. Die nächsten Häuser müssen die kommenden Epochen nicht überlebt haben, denn ich erkenne weder das Gebäude, aus dem die feuchtheißen Dämpfe einer Wäscherei quellen, noch die Apotheke mit ihren dunklen Holzregalen und etlichen Schubladen und Fächern, bestückt mit Hunderten von fein beschriebenen Keramiktöpfchen und verkorkten Gläsern.

Plötzlich fliegt mit einem Knall die Ladentür auf, schlägt scheppernd gegen die Wand. Eine grauhaarige Frau im weißen Kittel eilt mit schnellen Schritten aus der Pharmazie und reißt einen Zettel, der an ihrer Schaufensterscheibe klebt, mit einem Ruck herunter. Sie betrachtet ihn kurz, knüllt ihn zusammen und wirft ihn sichtlich verärgert auf die befahrene Straße, direkt neben mich. Mit schnellem Griff rette ich den Zettel vor einem knatternden Truck mit offener Ladefläche, der dies mit quäkender Hupe quittiert. Vielleicht finde ich ein Datum. »Warte.« Ich zupfe Kay an seinem Pullunder.

Doch der Zettel entpuppt sich als Werbung für eine Frauengruppe, die mit Aufklärung in Frauen- und Hygienefragen wirbt. Dieses Ansinnen scheint selbst für eine Apotheke etwas zu fortschrittlich zu sein.

»Kein Datum«, antworte ich auf Kays stumme Frage.

Sichtlich nervös sieht er sich um. »Gut, dann weiter.«

Obwohl ich mir bewusst bin, dass die Tatsache, sich zwischen unzähligen Passanten zu bewegen, mich noch weiter von meiner Realität entfernen könnte, finde ich Kays Verhalten eigenartig. Er scheint sich plötzlich zwischen den vielen Menschen mehr als unwohl zu fühlen, obwohl er doch vorhin alle Zeit der Welt hatte, mit den drei Grazien zu flirten.

Ich eile ihm leise fluchend hinterher, umrunde dabei eine Traube Jungs, die mit ihren Nasen an einer Fensterscheibe kleben und ein riesiges Radio im Holzgehäuse bestaunen, aus dem blechern eine Schnulze plärrt. Aber wo ist Kay? Verdammt! Dieser egoistische ... Ich schlucke einen hässlichen Fluch hinunter und sehe mich zähneknirschend um. Nirgends entdecke ich meinen Scout. Also stapfe ich wütend weiter, schlängle mich zwischen Passanten hindurch, erreiche knapp hundert Meter weiter eine Kreuzung. Auch da keine Spur von ihm.

Aber ... Was ist das? Mein Herz macht einen kleinen, glücklichen Hopser, als ich das Gebäude entdecke. Mein absolutes Lieblingsgeschäft in Mill Valley, ein Buchladen mit Café. Wie viele Stunden werde ich dort verbringen, in Büchern schmökern ... Ich liebe es, dabei in aufgeschäumter Milch ertränkten Espresso zu schlürfen. Wann immer es das Wetter zulässt, sitze ich draußen unter den schattenspendenden Sonnenschirmen, die Füße auf einen Blumenkübel gestreckt, bis die letzte Seite gelesen ist.

Jetzt jedoch wird mein Lieblingsplatz von Gleisen durchkreuzt, das Gebäude ist ein Bahnhof, vor dem eine monströse pechschwarze Dampflok schnauft. Unzählige Passagiere steigen eben gut gelaunt aus den Waggons, manche mit Picknickkörben und -decken in der Hand, andere mit Wanderstock unter dem Arm oder einer Kamera, die mehr einer Ziehharmonika ähnelt. Wahrscheinlich wollen sie zu dem Straßenfest, das sich auch hier durch blau-weiß-rote Fahnen und Wimpel ankündigt. Sie alle tragen Hüte und erst nach einer Weile entdecke ich Kay wieder, der nur durch seine Größe heraussticht. Auch er hält mit abgeschirmten Augen nach mir Ausschau. Unsere Blicke treffen sich und Kay zeigt von Weitem auf ein niedriges Holzhaus, vor dessen lang gestreckten blassgelben Markisen einige Autos parken.

»Hättest du nicht auf mich warten können?«, fauche ich, als ich ihn schließlich erreiche.

»Sieh dir das an.« Kay meint einen gespreizten Holzaufsteller, der mit einer Girlande umwickelt ist, wieder in den Farben der Vereinigten Staaten.

*»The Old Mill Tavern«*, lese ich laut. *»Schinken-Sandwiches mit Fassgurken für 5 Cent.* Haben wir denn 5 Cent?« Mein Hunger raubt mir zunehmend die Energie und ich würde furchtbar gern etwas essen, bevor wir den Berg hinaufsteigen, um nach Ururgroßvaters Plantage zu suchen.

Kay verdreht die Augen. »Lies weiter!«

*»... Fassgurken für 5 Cent. Nur morgen am Unabhängigkeitstag!«*

»Der 4. Juli!«

»Ich weiß, wann der Unabhängigkeitstag ist«, zische ich leise, da eine Frau, wenig älter als ich und mit Schürze bekleidet, aus dem Inneren der Taverne zu uns sieht. »Dann muss heute der 3. Juli sein. Du meine Güte! Das ist der Tag des Brandes! Zumindest 1929 ist er das. Lass uns reingehen und einfach fragen, in welchem Jahr wir uns befinden.«

»Und jede Menge Strafpunkte von der Jury kassieren. Auffälliger könnten wir uns nicht verhalten!«

»Dann wird uns eben eine halbe Stunde abgezogen, was soll's, aber wenn heute tatsächlich der 3. Juli 1929 ist, wird hier bald alles in Flammen stehen. Ich denke, das Risiko müssen wir eingehen!«

»Besser nicht, Alison.«

Ich lasse Kay stehen und betrete die schummrige Taverne. Jetzt, am späten Vormittag, ist sie noch ohne Gäste. Die Frau mit Schürze poliert stumm ein Glas und betrachtet mich dabei mit gefurchter Stirn über den Tresen hinweg. Ihre kupferfarbenen Haare sind zu einem kurzen Bob geschnitten; ihr Gesicht, mit Sommersprossen übersät, wirkt trotz ihres nachdenklichen Gesichtsausdrucks niedlich und passt nicht in die düstere Taverne. Ich merke, dass ich etwas sagen muss, doch noch während ich nach den richtigen Worten suche, legt die Frau das Geschirrtuch zur Seite, umrundet den Tresen und geht lächelnd auf mich zu.

»Mrs Hill, wie freundlich, uns einen Besuch abzustatten«, begrüßt sie mich mit heller Stimme.

Aus Reflex greife ich die dargebotene Hand, bringe

jedoch kein Wort heraus. Wie kann sie meinen Namen kennen? Das kann nicht sein. Mehr noch, es ist unmöglich! Meine Gedanken überschlagen sich, versuchen, eine Erklärung zu finden. Vielleicht habe ich mich verhört oder ich wurde, ohne es zu merken, in meine Zeit zurückportiert.

Rasch lasse ich meinen Blick durch die Taverne gleiten: ein abgetretener dunkler Holzfußboden, gegen die Tische gelehnte Stühle, mit moosgrünem Samt bezogen. Mehrere Geweihe an der fleckigen Tapete und der ausgestopfte Kopf eines Ebers, ein vertäfelter Tresen, auf ihm bauchige Gläser, gefüllt mit Bonbons, Gurken und eingelegten Eiern. Eine altertümliche, mächtige Kasse schimmert kupferfarben im trüben Licht der schwarz angelaufenen Glühbirnen. In den Regalen hinter dem Tresen stehen Säfte, Soda, Limonade und eine Reihe zierlicher Glasflaschen mit der Aufschrift *Coca Cola*. Nichts weist darauf hin, dass ich die 20er-Jahre verlassen habe.

»Fühlen Sie sich nicht wohl, Mrs Hill?«, fragt mein Gegenüber, deren Hand ich immer noch halte, mit besorgter Miene.

Ich merke, dass ich nicht länger schweigend in die Gegend starren kann. »Es ist nur die Hitze. Ich habe etwas Abkühlung gesucht«, antworte ich endlich und tatsächlich ist meine Hand schweißnass.

»Ein ungewöhnlich heißer Tag. Kann ich Ihnen eine Erfrischung anbieten?«

»Ich, ähm ... habe kein Geld dabei, danke.«

»Ich bitte Sie! Das geht aufs Haus. Meine Mutter hat

wunderbare Limonade zubereitet, mit jeder Menge Zitronen und unanständig viel Zucker. Kommen Sie!«

Während mir die Unbekannte ein hohes Glas mit hellgelber Flüssigkeit vollgießt, blicke ich durch die gewölbten Butzenfenster Hilfe suchend zu Kay, der an einem der parkenden Wagen lehnt und vorwurfsvoll den Kopf schüttelt. Ich halte meinen Zeigefinger hoch, wobei meine Lippen die Worte »eine Minute noch« formen. Es wird Zeit, dass ich die wesentlichen Fragen stelle.

»Woher kennen wir uns doch gleich?«

Die Frau lacht glockenhell und schiebt mir das Glas über den Tresen zu. »Ich bin Helen, Helen Hudges! Ich bin mit Ihrer Schwester Mildred befreundet!«

»Meine Schwester Mildred?« Jetzt bin ich endgültig verwirrt.

»Wissen Sie nicht mehr? Wir beide haben uns doch bei der Parade vor 3 Jahren zur Feier des 150. Unabhängigkeitstages kennengelernt. Sie waren mit Ihrem jüngeren Bruder ... wie hieß er gleich ... Howard, natürlich, und Mildred dort und im Gedränge habe ich unverzeihlicher Weise ein Glas Soda über das neue Kleid Ihrer Schwester geschüttet.«

Um Zeit zu gewinnen, nippe ich an der Limonade, die fürchterlich süß schmeckt, mir aber immerhin etwas Kraft zurückgibt. Inzwischen bin ich mir sicher, dass die Frau, dass Helen mich verwechseln muss, vielleicht gibt es eine verschobene Realität, in der ich einen Bruder namens Howard und eine Schwester namens Mildred habe, doch ganz sicher nicht in dieser Zeit. Deshalb bleibt die Frage, wieso mich Helen mit Mrs Hill angesprochen hat. Sollte ich jemand ähneln, der auch noch den gleichen Nachnamen trägt? Überaus unwahrscheinlich.

»Ist das Ihr Frischvermählter?«, fragt Helen und nickt in Richtung der Butzenfenster.

Ich verschlucke mich fast an der Limonade.

»Ihre Schwester hat mir erzählt, dass Sie in den Hafen der Ehe gesteuert sind, aber nicht, dass Ihr Gatte so überaus attraktiv aussieht«, kichert Helen. »Verzeihen Sie meine Bemerkung, aber er ist auffallend. Wieso kommt er nicht herein?«

»Wir haben noch etwas zu erledigen«, antworte ich vage und gleite von dem Barhocker. »Vielen Dank für die Limo und bis dann.«

»Die Limo?«

»Die Limonade, vielen Dank für die Limonade«, verbessere ich mich und gehe Richtung Ausgang.

»Bitte! Warten Sie einen Augenblick, Mrs Hill!«

Als ich mich umdrehe, sehe ich eben noch, wie Kay mich ungeduldig heranwinkt. Hinter dem Rücken wedle ich beschwichtigend mit der Hand. Neben Helen steht plötzlich ein Mann in mittleren Jahren, mit gescheiteltem Haar, glatt und strähnig, einer Krawatte und Weste, über die ebenfalls eine Schürze gespannt ist, und betrachtet mich abschätzend durch glasige Augen. Er schwitzt stark und ist mir auf Anhieb unsympathisch, irgendetwas an ihm wirkt verschlagen, und ich wünschte, ich hätte die Taverne einfach verlassen und Helens Bitte ignoriert.

»Mrs Hill, wenn ich Ihnen meinen Vater vorstellen

darf? Louis Hudges. Du meine Güte, dabei fällt mir ein, dass Sie ja gar nicht mehr Ihren Mädchennamen tragen. Mrs …«

»Johnson.« Der erste Name, der mir durch den Kopf schießt.

»Überaus angenehm«, ergreift Mr Hudges mit schwerer Zunge das Wort und deutet eine Verbeugung an, wobei er Schwierigkeiten hat, das Gleichgewicht zu halten. »Wie Sie vielleicht wissen, bin ich ein guter Geschäftspartner Ihres Großvaters. Ein erstaunlich rüstiger Mann für sein Alter. Ich bin sogar einer seiner besten Kunden, jedenfalls bis jetzt, wenn ich mir diese Anmerkung erlauben darf.«

»Dürfen Sie«, sage ich knapp.

»Meine Tochter meinte, Ihr Gemahl würde sich nicht hereinwagen. Wenn es Ihre Zeit erlaubt, würde ich ihn gern kennenlernen.« Mr Hudges stiert mir ungehemmt auf die Brust.

»Tut es nicht. Wir haben es leider eilig«, erwidere ich, auch wenn es unhöflich ist, aber die Situation gefällt mir immer weniger.

»Ich bestehe darauf«, drängt Helens Vater und hält mich am Handgelenk fest. Sekunden später steht Kay in der Tür. »Ist alles in Ordnung bei dir, Alison?«

»Alles okay«, sage ich knapp.

Kay tritt mit schnellen Schritten an Helens Vater heran und packt ihn am Arm. »Sie vergessen sich, Sir! Ich würde Ihnen nur ungern vor den Augen Ihrer Tochter wehtun. Lösen Sie Ihre Hand. Jetzt!«

»Schon gut! Machen Sie keinen Aufstand deswegen,

es war nicht so gemeint, Mr Johnson.« Sofort lässt Louis Hudges mich frei.

»Wir gehen jetzt«, sagt Kay bestimmt, tippt vor Helen kurz an seinen Hut und bietet mir seinen Arm, den ich umständlich ergreife.

Als wir die Tür bereits erreicht haben, schwingt sie auf und Kay wäre fast mit einem alten Mann zusammengestoßen, der schwer auf seinen Gehstock gestützt im Türrahmen stehen bleibt, um sich umzusehen. Über seine gesamte rechte Gesichtshälfte zieht sich eine wulstige Narbe, die seinen Mundwinkel schlitzt. Der Mann tut mir leid.

Er nickt Helens Vater zu. »Louis ...«

»Geh schon mal nach hinten, Alvin. Ist noch keiner da, aber Helen bringt dir gleich einen Drink«, begrüßt ihn der Wirt und wendet sich dann wieder uns zu. »Und Sie, Mr Johnson, richten Sie dem alten Hill aus, wenn er bei der nächsten Ladung wieder so ein gepanschtes Zeug abfüllt, such ich mir einen anderen Lieferanten.« Anscheinend fühlt sich Hudges durch die Anwesenheit eines Gastes sicherer. »Da hat ja ein Bier mehr Umdrehungen, nicht wahr, Alvin?«

Der Alte ist ein paar Schritte weitergeschlurft, zieht die Nase hoch und spuckt auf den Boden. »Das ist meine Meinung zu dem Hill-Clan und deren Schnaps!«

Er erinnert mich an eine Schlange, denn ein Zischen begleitet jedes seiner Worte, was anscheinend seiner Narbe geschuldet ist. Ich sehe Kay an. »Lass uns von hier verschwinden.«

Mit zügigen Schritten gehe ich an Kays Arm die Straße runter. Es scheint noch wärmer geworden zu sein, die leichte Brise des Morgens hat sich inzwischen in einen kräftigen Wind verwandelt, der Blätter und abgebrochene Zweiglein die gepflasterte Straße hinuntertreibt, auf der wir Richtung Norden gehen. Zumindest glaube ich, dass es Norden ist.

Schweigend denke ich über das Geschehene nach, darüber, dass mein Ururgroßvater offenbar illegal Schnaps brennt, diesen an schmuddelige Tavernen liefert und dabei sogar betrügt. Davon habe ich nie gehört! Egal, ob es als Familiengeheimnis totgeschwiegen wurde oder einfach über die Jahre in Vergessenheit geraten ist, es passt nicht in mein Bild von einem alten Mann in seinem Schaukelstuhl, vor seinem doppelstöckigen Holzhaus, inmitten seiner Apfelplantage.

Auf einmal merke ich, dass ich die Orientierung verloren habe. Nichts erinnert mehr an die Straßen von 2013 und dort, wo ich einen Supermarkt vermute, stehen einige weiß gestrichene Holzhäuser inmitten einer Gruppe hoher Bäume. Da, wo ich meine, ein Elektronikgeschäft in Erinnerung zu haben, wuchern dornige Büsche. Die Geschäftsstraße haben wir anscheinend hinter uns gelassen, denn jetzt zeigen sich lediglich versprengte Häuser, ab und an ein parkendes Auto, und als wir um eine Kurve biegen, steht eine Kuh am Wegesrand, die Nase in einem Büschel Gras versenkt.

Die letzten Minuten haben Kay und ich kaum miteinander gesprochen. Er wirkt aufs Äußerste angespannt und ich versuche zu verstehen, wie Ururgroßvater Hamiltons Plantage mit Jeremy zusammenhängt. Meinem Instinkt folgend, führe ich Kay die immer schlechter werdenden Straßen bergauf, Richtung Plantage. Immer noch liegt meine Hand auf Kays Unterarm und ich genieße die Berührung, wobei ich hoffe, auch er mag es, mir nah zu sein, und lässt meine Hand nicht nur dort, um die Form zu wahren.

»Das war verrückt«, breche ich das Schweigen.

»Du warst verrückt, da reinzugehen.«

»Die Frau kannte meinen Namen. Sie hat mich mit Mrs Hill angesprochen! Ich denke, sie muss mich verwechselt haben.« In wenigen Sätzen berichte ich meinem Scout von der anderen Mrs Hill, ihren Geschwistern, Mildred und Howard, dem Soda auf Mildreds Kleid während der Parade zum 150. Unabhängigkeitstag.

Abrupt entzieht Kay mir den Arm. »Wann war das?«

»Ähm, eben in der Taverne ...«

»Der 150. Unabhängigkeitstag! Wann war der?«

»Ach so. Ich glaube, sie sagte vor 3 Jahren.« Da wird mir klar, worauf Kays Frage abzielt. »Die Unabhängigkeitserklärung wurde am 4. Juli 1776 unterzeichnet. 150 Jahre später war der ...«

»War der 4. Juli 1926 und morgen wird der 4. Juli 1929 sein!« Plötzlich schlägt Kay mit geballter Faust auf die breite Motorhaube eines Fahrzeuges, das rechts am Wegesrand steht.

»Hey! Spinnst du?«

Er antwortet mir nicht, dreht sich wild im Kreis, das Gesicht vor Wut verzerrt.

»Alison hatte recht! Nur durch euch hat er sie gefunden!«, brüllt er. »Ihr seid für den Brand verantwortlich!

Sie ist bei lebendigem Leib verbrannt! Habt ihr auch das gezeigt? Wie das Feuer ihren Körper auffrisst? Hat es euch amüsiert?«

Kay ist wie von Sinnen, ich verstehe nicht, wovon er spricht. Wen meint er? Womit habe ich recht? Wer wird verbrennen?

»Kay!« Jetzt schreie ich und mein Blick fliegt zwischen dem verbeulten Wagen und dem Haus am Ende der Auffahrt hin und her. Doch nur einige Wäschestücke, zwischen zwei Bäumen aufgehängt, blähen sich im Wind. Sonst ist es ruhig. Als ich mich wieder umdrehe, sehe ich Kay zusammengesunken auf dem buckligen Pflaster, seinen Kopf auf die geballten Fäuste gelegt, sein Körper bebend vor Zorn, oder Verzweiflung, oder Gram.

»Kay ...«, sage ich leise, um ihn nicht zu verschrecken, und lege meine Fingerspitzen auf seine Schulter.

»Gib mir einen Moment«, erwidert er erstickt und ich erkenne, dass es stummes Schluchzen ist, das seinen Körper schüttelt.

Behutsam streiche ich über seinen Rücken, bis er ruhiger wird und schließlich aufsteht. Seine Augen sind gerötet, aber wieder voller Entschlossenheit. »Du musst mir alles über den Brand erzählen. Wann brach er aus und wo, welche Gebiete hat er erfasst und wie wurde er gelöscht?«

Ich schüttle leicht den Kopf. »Es tut mir leid, aber das weiß ich nicht mehr. Wir haben sicherlich in der Schule darüber gesprochen, bloß ... das ist lange her ...«

»Du musst dich erinnern!«

»Verdammt, Kay! Ich habe dir alles gesagt, was ich darüber weiß: Am 3. Juli 1929 wurde die Apfelplantage meiner Vorfahren von dem Feuer in Schutt und Asche gelegt, das sich bis in das Zentrum von Mill Valley fraß, und hätte der Wind nicht gedreht, wäre auch die Innenstadt zerstört worden.«

»War es hier? Hat es hier gebrannt, in der Ralston Avenue?«

»Sind wir auf der Ralston? Woher weißt du das?« Ungeduldig suche ich in Kays steinern gewordener Maske nach der Wahrheit.

Mein Scout deutet den gewundenen Weg zurück, den wir gerade hinaufgestiegen sind. »Vor etwa einer Meile sind wir an einem Schild mit der Aufschrift Ralston Avenue vorbeigekommen und ich möchte nicht, dass wir in die Flammen geraten, deswegen wäre es hilfreich zu wissen, wo genau es brennen wird. Das ist alles.«

»Echt jetzt? Das ist alles? Du hast herumgeschrien, als sei bei dir eine Sicherung durchgebrannt.«

»Ja, das ist alles.« Er schiebt das Kinn vor.

Ich glaube ihm nicht, merke jedoch, dass es keinen Sinn hat, Kay weiter zu bedrängen.

Ich wünschte, ich hätte Zeit, seine Geheimnisse zu ergründen, mich ihm langsam zu nähern, um zu verstehen, warum er sich immer wieder verschließt. Ich würde gerne seine Hand nehmen und sie nicht mehr loslassen.

Stattdessen sehe ich auf meinen Marker. Er hat sich nicht mehr gemeldet, seitdem wir das Kino verlassen haben, und ich will sichergehen, dass er funktioniert.

Stoisch blinkt mir die Zeit entgegen, es sind erst knapp 3 Stunden vergangen, doch es kommt mir wie Tage vor.

Ich massiere mir erschöpft die Schläfen.

Seit wir in dieser Zeit gelandet sind, ist es, als würde sie mich in sich hineinziehen, mir keinen Moment gönnen, die Zusammenhänge zu begreifen. Wie in einem Sog aus unbegreiflichen Zufällen folgen wir dem verworrenen Strudel meiner Familiengeschichte: Erst der Kinobetreiber ... Ich suche nach seinem Namen. Jimmy Walden, genau, dem wir zeitgemäße Kleidung zu verdanken haben, und das gleich nach unserer Ankunft. Dann sein Gehilfe Joe, der mir von Hamilton Hill berichtet. Die Taverne, in der mich Helen mit offenen Armen empfängt und in der ich – obwohl oder gerade weil sie mich verwechselt hat – wieder auf den Namen Hill treffe, erfahre, dass meine Vorfahren illegal Schnaps brennen. Fast kommt mir all das inszeniert vor, wüsste ich nicht genau, dass ich die Entscheidung getroffen habe, in die Katakomben des Kinos abzutauchen, die Throckmorton Avenue hinunterzugehen, in der Taverne nach dem Datum zu fragen. Doch habe ich das wirklich? Oder bin ich nur Kay gefolgt? Ich rufe mir meinen Scout vor der Taverne in Erinnerung, wie er mich heranwinkt, auf das Schild deutet, das irgendetwas für 5 Cent auspreist. Aber es war meine Entscheidung, die Taverne zu betreten, oder?

Der Rückblick entschwindet meiner krampfhaften Bemühung, ihn Revue passieren zu lassen. Ich bin schon wieder durstig, die Hitze wird langsam unerträglich und ich kann mich nicht weiter konzentrieren.

»Was machen wir jetzt?«

Kay betrachtet nachdenklich ein zweistöckiges Holzhaus hinter uns. »Du hast gesagt, die Plantage von Hamilton wird bei dem Feuer zerstört werden, das sich dann Richtung Zentrum frisst. Es wird also irgendwo auf dem Berg vor uns entflammen und dann von dem Wind heruntergetragen werden, der im Moment von Osten kommt, bis er umschlägt.«

»Kommt er von Osten?«

»Sieh genau hin: das Tuch.« Kay meint damit anscheinend das flatternde Geschirrtuch an einer zwischen den Bäumen gespannten Leine. Es schlägt talwärts.

»Der Wind kommt von Osten«, bekräftigt Kay. »Die Sonne steht fast am Zenit, es muss etwa 12 Uhr am Mittag sein. Wenn der Brand am 3. Juli 1929, also heute, ausbricht, bleiben uns nur noch wenige Stunden, um den Brandherd zu finden. Wenn wir das Feuer verhindern wollen, müssen wir uns beeilen.«

»Und wie soll das Jeremy zurückbringen? Ich kann einfach keinen Zusammenhang zwischen dem Brand, der Apfelplantage und Tante Rose sehen, die in etwa 75 Jahren von dem Baum hinter unserem Haus fallen wird. Da ist kein roter Faden! Außer den Äpfeln vielleicht«, füge ich mehr ironisch hinzu, doch plötzlich fallen mir Wum Randys Worte wieder ein: *Du befandest dich lediglich einen Katzensprung von dem Apfelbaum entfernt, deren Frucht eine so tragische Rolle in deinem Leben einzunehmen scheint.*

»Dass wir gerade an den Tag des Brandes portiert wurden, kann kein Zufall sein. Es muss einen Zusammenhang geben, Alison. Denk nach!«, fordert Kay barsch, berührt im nächsten Moment jedoch leicht meinen Arm, als wolle er seinen scharfen Ton mildern.

Die kleine Geste reicht, mich vollkommen aus der Fassung zu bringen, den Rest meiner geistigen Kapazität mit dem Wunsch zu besetzen, wieder und wieder in seine Arme gezogen zu werden. Äpfel, Küsse, Küsse, Äpfel, Apfelbaum, Apfelkuchen, Küsse ... wabern die Worte durch mein Gehirn.

»Was passierte, nachdem die Plantage abgebrannt war?« Kay sieht mich durchdringend an, seine Hand liegt immer noch auf meiner nackten Haut, dort wo der Ärmel meines Kleides endet. Nicht gerade hilfreich.

»Ich weiß es nicht genau, nur dass sie in Sebastopol wieder aufgebaut wurde und dort bis heute Apfelmost fabriziert wird.«

»Apfelmost, kein Apfelschnaps also.«

Ich schüttle den Kopf. »Nein, ich habe letztes Jahr auf der Plantage gearbeitet, da hätte ich mitbekommen, wenn Onkel Herold etwas anderes als Most hergestellt hätte.«

»Nichts sonst?«

»Nicht wirklich. Na ja, ähm ... außer Kuchen natürlich.«

»Kuchen?«

»Ach, das ist eigentlich unwichtig, aber Tante Rose hat irgendwann aus einem Schuppen ein wunderbares, kleines Café gemacht, da haben sie die Besucher quasi überrannt. Sie alle wollten ihren Apfelkuchen nach alter Tradition.«

»Nach welcher Tradition?«

»Oh mein Gott!« Ich atme scharf ein, kaue einen Moment auf meinem Fingerknöchel, um alles zu überdenken, aber tatsächlich: Das könnte der rote Faden sein ...

»Jetzt weiß ich es«, flüstere ich und ein Schauer läuft über meinen Arm, ob er von Kays Berührung oder der Erkenntnis herrührt, ist egal. Plötzlich bekommt alles einen Zusammenhang, einen Sinn. »So könnte es passieren: Ururururgroßvater destilliert irgendwo auf dem Berg in den Wäldern Apfelschnaps, illegal, während der Prohibition. Das Feuer bricht innerhalb der nächsten Stunden aus, zerstört die Plantage, auf der ausgerechnet heute – warum auch immer – niemand ist, außer meiner Urgroßtante natürlich, nach der ich benannt bin. Nur sie wird den Brand nicht überleben ...«

Mich fröstelt trotz der Hitze bei dem Gedanken, dass meine Vorfahrin in diesem Moment auf der Plantage sitzt, vielleicht im Schatten eines Baumes, ohne den leisesten Schimmer zu haben, dass dies ihre letzten Stunden sein werden.

»Weiter«, flüstert Kay.

»Morgen wird Hamilton begreifen, dass er seine Familie ohne die Plantage auf verbranntem Land nicht mehr ernähren kann. Er wird nach Sebastopol gehen, neues Land kaufen, wieder von vorn beginnen, einige Jahre warten, bis die ersten Apfelbäume tragen. Inzwischen ist das Prohibitionsgesetz abgeschafft, wahrscheinlich lohnt sich das Geschäft nicht mehr. Zumindest produziert die Familie ab dem Zeitpunkt nur Most und Apfelkuchen. Apfelkuchen, wie Tante Rose es auch

75 Jahre später tut, nach alter Familientradition, mit Walnüssen.«

Kay sieht mich durch weit geöffnete Augen an. »Also, du meinst ... wäre die Plantage nicht abgebrannt, hätte Hamilton Hill weiter Apfelschnaps hergestellt und dieser wäre zur Familientradition geworden, nicht der Kuchen?«

Ich nicke aufgeregt.

»Deine Tante wäre mit Sicherheit nicht auf die Idee gekommen, auf den Apfelbaum hinter eurem Haus zu steigen, um von dessen Früchten ihrer sechsjährigen Enkelin einen Schnaps zu brennen, sie wäre nie gestürzt, hätte sich nie die Hüfte gebrochen ...«

»Es klingt zwar weit hergeholt«, gebe ich schulterzuckend zu, »aber es ist der einzige rote Faden, den ich sehe. Wahrscheinlich ist es so, wie du gesagt hast: Wir müssen den Brand verhindern. Das heißt ...«

»Ja?«

»Würde das nicht noch mehr durcheinanderbringen? Wenn wir den Brand verhindern und damit etliche Leben retten?«

Kay seufzt tief. »Wir können nur das Beste hoffen und das Naheliegendste versuchen.«

»Ich weiß nicht ...«

Kay zerstreut meine Bedenken nicht, sondern sieht die Straße hinauf. Wir stehen immer noch vor der Einfahrt neben dem Auto, höchstens am Fuß des Berges, der fast 800 Meter hoch ist, und ich habe keine Idee, wie wir die Plantage vor den Flammen schützen sollen, aber plötzlich ist mir klar: Die großzügig bemessenen

4 Tage haben keinerlei Relevanz. Es hätten auch 2 Jahre sein können oder 10. Uns bleiben aber nur noch ein paar Stunden, um meine Realität zu ändern. »Sobald die Flammen die Plantage erreicht haben, ist Jeremys Schicksal besiegelt«, sage ich laut.

Im gleichen Moment ertönt das vertraute Piepen. Kay und ich blicken gleichzeitig auf unsere Marker. Sie zeigen in zackiger Grafik zwei Hände, die Beifall klatschen. Wir haben den Zusammenhang gefunden!

»Und wie viel Zeit bleibt uns wirklich?«, rufe ich aus.

Es dauert einige Sekunden, in denen die Hände tonlos weiter klatschen, dann leuchtet die übliche Anzeige auf ...

*Verbleibende Zeit: 0 Tage, 1 Stunde, 2 Minuten.*

Im Geiste höre ich Randys höhnisches Lachen.

»Mist! Das schaffen wir nie! Wir brauchen mindestens eine Stunde, um überhaupt in die Berge zu kommen ...«

»Nur zu Fuß.« Kay wirft einen schnellen Blick die Straße hinunter, fixiert mit verengten Augen das Haus, dann öffnet er den Verschlag des Wagens, der nicht abgesperrt ist, noch nicht einmal ein Schloss besitzt.

»Aber wenn uns jemand sieht!«, protestiere ich.

»Wir haben keine Zeit, darüber nachzudenken. Pass einfach auf, dass es nicht dazu kommt!«

Kay schwingt sich auf die steile Sitzbank für den Fahrer. Nervös sehe ich von ihm zu dem still liegenden Haus, die Straße rauf und runter und wieder zurück zu Kay. Der Schlüssel steckt, als hätte er auf uns gewartet, Kay dreht ihn, nichts passiert. Er macht sich an einem kleinen Hebel zu schaffen, zieht einen Knopf heraus, schiebt ihn wieder hinein. Verdammt! Warum springt das Auto nicht an?

Plötzlich schiebt sich unendlich langsam ein großer Schatten um die Kurve. Ein weiterer Wagen? Nein, entscheide ich, nicht ohne Motorengeräusch. Mit klopfendem Herzen beobachte ich, wie der Schatten anwächst, sehe kurz zu Kay, er tritt auf einen breiten Schalter im Fußraum. Endlich! Der Motor springt an, wenn auch mehr schlecht als recht, hustet sprotzend grauen Qualm aus dem Auspuff.

Schnell springe ich auf die Beifahrerseite, Kay dreht an irgendeinem Hebel, den ich noch nie bei einem Auto gesehen habe, aber es bewirkt, dass der Motor jetzt runder läuft, er löst die Handbremse und endlich tuckert unser monströses Gefährt los.

Als wir den Berg hinauffahren, sehe ich in den Rückspiegel und da steht er, der zur Gestalt gewordene Schatten: Groß und schwarz-weiß, mit Gras im Maul, starrt er uns mit blödem Ausdruck hinterher.

Ich werfe lachend den Kopf nach hinten. »Wir haben's geschafft! Wir sind einer Kuh entkommen!«

Kay grinst, wirft einen etwas zu langen Blick auf meine nackten Beine und in der nächsten Rechtskurve lasse ich mich über die Sitzbank zu ihm gleiten. Zum Glück gibt es keine Anschnallgurte.

Unser geklautes Gefährt schiebt sich knurrend, stotternd und schaukelnd die sich windende Straße hoch. Kay schaltet einen Gang runter, öffnet das Fahrerfenster und legt den Arm um meine Schultern, so als wäre es selbstverständlich, als würden keine Geheimnisse zwischen uns stehen, als hätten wir alle Zeit der Welt.

Schon nach wenigen Minuten wird die Straße schlechter. Das bucklige Pflaster ist einer ausgefahrenen Piste gewichen, übersät von Schlaglöchern, denen Kay geschickt ausweicht, mit einer Hand am Steuer, mit der anderen hält er mich fest, und trotzdem werden wir kräftig durchgeschüttelt. Der Weg ist inzwischen so schmal geworden, dass ein entgegenkommendes Fahrzeug nicht an uns vorbeikäme. Aber weit und breit ist keins zu sehen.

Mit jeder Kurve fällt die Straße steiler neben uns ab. Nur dornige Büsche trennen uns von dem darunterliegenden Dschungel aus dicht stehenden, knorrigen Stämmen und dunklen Tannen, aus wucherndem Farn, moosbedeckten Steinen und leise plätschernden Bächen. All dies soll bald in Flammen stehen? Ich kann es nicht glauben und halte die Nase in den Fahrtwind, der wie ein heißer Föhn durch das Fenster bläst.

Die Luft riecht nach warmer Erde und Tannenzapfen. Nichts deutet auf einen Brand hin und ich fühle mich so sicher in Kays Arm, dass ich mich trotz der drohenden Gefahr meiner Erschöpfung hingebe und die Lider schließe. Langsam lasse ich meinen Kopf auf seine Schulter sinken. Er riecht so gut! Wie der süßlich herbe Geruch eines Kiefernzapfens, wie trockene Baumrinde, wie ... verkohlte Äste!

Ich nehme es zuerst wahr, wahrscheinlich, weil ich die Augen geschlossen hatte, jetzt aber sind sie weit aufgerissen, meine Nasenflügel blähen sich und mein

Herz schlägt wild gegen die Brust, verjagt jegliche Müdigkeit. Der Marker meldet sich. Irgendein blöder Wert ist in die Höhe geschossen. Ich sehe meinen Scout von der Seite an, sein ebenmäßiges, konzentriertes Gesicht, und könnte laut fluchen, weil ich weiß, gleich wird er seinen Arm von meiner Schulter nehmen.

»Kay ...«

»Alison ...«, antwortet er lächelnd.

»Es hat angefangen!«

# 8

3. Juli 1929, Mount Tamalpais

Der mächtige Wagen tuckert unerträglich langsam den Berg hinauf, und obwohl Kay das Gaspedal durchdrückt, schätze ich unsere Geschwindigkeit auf nicht mehr als 20 Meilen. Einen Tacho gibt es nicht.

Jetzt weichen wir keinen Schlaglöchern mehr aus, Kay nimmt die spitzen Kurven, ohne vom Gas zu gehen, immer in Richtung der Rauchsäule, den Brandgeruch in der Nase.

»Wie lange werden wir noch brauchen?«, will ich wissen.

»5, vielleicht 6 Minuten, bis wir in der Nähe sind.«

»Meinst du, das Feuer hat sich schon ausgebreitet?«, frage ich sorgenvoll.

Kay hat inzwischen das Fenster geschlossen, denn der beißende Geruch treibt uns die Tränen in die Augen, und jedes Mal wenn sich der Abhang rechts von mir auftut, heften sich unzählige schwarze Flocken an die Scheibe. Ich habe keine Ahnung, wie wir atmen sollen, wenn das Feuer direkt vor uns lodert. Ich wende meinen Blick von der verrußten Scheibe ab und sehe Kay abwartend an.

Er beantwortet meine Frage nicht. Im höchsten Maße angespannt, die verengten Augen stur auf die Fahrbahn gerichtet, nimmt er Kurve für Kurve, bis wir abrupt in einen unscheinbaren Stichweg abbiegen und bremsen.

»Steig aus!«, fordert er mich auf.

»Aber ... ich sehe das Feuer nicht. Hier ist nichts!«

»Komm schon, Alison. Los!«

Kays Tonfall lässt keinen Widerspruch zu und ich öffne die Tür. Ein unerträglich heißer Föhn schlägt mir entgegen, gefüllt mit Rußpartikeln und so wenig Sauerstoff, dass ich scharf die Luft einziehe, um das überlebenswichtige Element in meine Lungen zu pumpen. Sofort erstickt ein Hustenanfall den Versuch weiterzuatmen.

Kay bietet mir wortlos das Tuch aus dem Kostümfundus an. Ich presse es mir vor den Mund, lasse mich an die Hand nehmen, stolpere mit tränenden Augen hinter ihm her, obwohl mein Instinkt mir rät, in Richtung Tal zu fliehen. Mit jedem verräucherten Luftzug wird mein Gehirn träger, fällt mir das Laufen schwerer, wird meine Willenskraft schwächer. Jetzt kann ich nachvollziehen, warum Menschen, die sich inmitten eines Feuers befinden, nicht einmal mehr zur Tür finden und nur wenige Schritte vor dem Ausgang orientierungslos zusammenbrechen.

Doch einen Augenblick später schlägt der Wind um, und als das Atmen leichter wird, kann ich meine Augen weiter öffnen, obwohl sie noch tränen. Blinzelnd folge ich Kays Blick nach unten. Wir stehen über einem Wasserfall, der einem Haufen bemooster Steine entspringt. Kay zieht seinen Pullunder aus und schleudert ihn ins Gebüsch. Einen verständnislosen Moment lang denke ich, er will baden, aber dann wird mir klar, was er vorhat: Wahrscheinlich ist die tief liegende Quelle die letzte Möglichkeit, unsere Kleidung in Wasser zu tränken, um der Hitze des Feuers so lange wie möglich zu trotzen.

»Verdammt hoch«, krächze ich, atme noch einmal tief durch und lasse mich ein Stück bergab gleiten, um das Nass zu erreichen. Der Boden ist rutschig. Mit den Füßen suche ich auf einem umgestürzten Baumstamm Halt, unter meinem Gewicht jedoch stürzt er in die Tiefe, knallt etliche Meter unter mir gegen einen Mammutbaum. Oh Gott! Ich blicke ihm nach in den grauenvollen Abgrund, eine Hand um einen Birkenast gekrallt, die Füße zwei Meter hoch über dem nächsten Plateau baumelnd, auf dem sich das Wasser sammelt, um kurz dahinter die nächste Kaskade herunterzustürzen.

»Scheiße!« Fluchend versuche ich, nach dem Vorsprung zu tasten, aber die Angst versteinert meinen Körper. Er will mir einfach nicht gehorchen, ist in eine Starre verfallen. Nur der kalte Schweiß rinnt mir trotz der Hitze über den Rücken, bricht aus allen Poren, auch aus meinen Händen, die gefährlich schlüpfrig werden, und dem nicht genug, meldet sich auch noch der Marker. Wahrscheinlich zeigt er erhöhte Stresswerte an, aber ich denke nicht daran, den Birkenast loszulassen, um nachzusehen.

Endlich gleitet Kay neben mir den Abhang herunter. Seine Hände greifen geschickt in vorspringende Steine und im nächsten Augenblick steht er unter mir im Wasser, streckt die Arme aus und ruft: »Ich fang dich auf!

Versuch, dich langsam über das Moos gleiten zu lassen!«

»Ich kann nicht!«

Es klingt jämmerlich. Plötzlich habe ich das Gefühl, wieder in der Baumkrone zu sitzen, sechs Jahre alt und starr vor Angst, unfähig, mich zu bewegen, mich auf den rettenden Ast gleiten zu lassen, bis mein Vater eine Leiter holt und mich befreit. Aber hier gibt es keine Leiter und ich bin nicht mehr sechs!

»Lass los, Alison! Ich werde dich auffangen! Ganz bestimmt! Es sieht nur von dort oben so hoch aus, ich kann deine Füße fast berühren, siehst du?« Kay hält die Arme immer noch ausgestreckt, die Beine gespreizt im Wasser stehend. »Ich werde dich auffangen! Versprochen. Mach schon!«

Ich lasse los. Meine Rippen prallen schmerzhaft gegen einen Stein, dann bin ich in Kays Armen, noch bevor ich den Boden berühre, hat er mich aus der Luft gegriffen, lässt mich hinunter und schöpft Wasser über meine Haare und meinen Körper. Ich presse mich an die Steinwand, lasse mir das unerwartet kalte Nass über den Rücken laufen und sehe Kay bibbernd dabei zu, wie er sein bronzefarbenes Haar mit dunklem Schlamm bedeckt. Vielleicht sind dies unsere letzten Minuten zusammen. Vielleicht schaffen wir es nicht ...

Inzwischen dringt das laute Knacken brechender Bäume zu uns, es wird erschreckend schnell lauter, und als unsere Kleidung endlich zu Kays Zufriedenheit getränkt ist, er mir seine verschlungenen Hände zur Räuberleiter anbietet, hat es sich in ein wahres Getöse verwandelt. Nie hätte ich vermutet, dass Feuer so laut sein kann. Inzwischen bin ich mir fast sicher, wir werden zu spät kommen.

Kay hebt mich in die Lüfte, ich greife wieder den Birkenast, und noch bevor ich mich hochziehen kann, hat er die glitschige Wand erklommen und packt mich am Arm. Einen Moment später stehe ich tropfnass vor ihm. Wieder berühren seine Lippen mein Gesicht, legen sich auf meinen Mund, nicht so bedingungslos leidenschaftlich wie in dem Kino, sondern lang und zart, fast ohne sich zu öffnen. Es gleicht einem Abschiedskuss.

»Wir werden uns wiedersehen«, flüstert Kay jedoch und löst sich von mir.

»Was hast du vor?«

»Dort geht es zur Plantage, etwa eine halbe Meile den Weg herunter«, antwortet er und deutet den ausgefahrenen Sandweg entlang. »Ich werde mit dem Wagen versuchen, so weit wie möglich in den Wald zu kommen, du gehst nicht mit mir. Unter keinen Umständen!«

»Aber ... das Feuer! Du wirst es nicht allein schaffen«, protestiere ich.

»Ich weiß. Doch darum geht es nicht mehr.«

»Was? Worum dann?«

»Bitte, Alison, wir haben keine Zeit für Erklärungen! Du musst zur Plantage und dafür sorgen, dass sie vorbereitet sind. Sie sollen alle Eimer und Gefäße, meinetwegen Stiefel und Kochtöpfe mit Wasser füllen, die Erde rund um das Haus befeuchten, trockenes Gras rausreißen! Du hast nur noch 23 Minuten!«

Ich halte Kays Hand fest, natürlich kann ich ihn nicht wirklich daran hindern, aber er muss verrückt sein, wenn er sich dem Feuer weiter nähern will. Wie zur Bestätigung bricht plötzlich eine Gruppe Rehe aus dem Wald. Die Tiere stürmen die Böschung herunter, ungebremst über Äste hinweg, stürzen mit knallenden Hufen an uns vorbei, den Abhang herunter. Vögel steigen im gleichen Moment aus den Baumkronen, fliehen mit panischen Lauten talwärts, sogar einige Schlangen winden sich aus dem Dickicht; es ist, als ob die Arche angelegt hätte, um die letzten Tiere vor dem Untergang zu retten.

Und dann schlagen auch schon die ersten Flammen über den Berggipfel, nicht mehr als ein paar Hundert Meter entfernt. Verzweifelt klammere ich meine Finger um Kays Hand.

»Du bist wahnsinnig! Das Feuer wird dich töten! Bitte, Kay, das ist Irrsinn! Lass uns abhauen und wir versuchen es beim nächsten Zeitsprung noch mal!«, flehe ich ihn an und schon heule ich wieder. Die Tränen quellen einfach heraus, ich kann es nicht ändern, denn ich weiß, er wird verflucht noch mal gehen.

Schon streift Kay mich ab und schiebt mich eine Armlänge von sich. »Ich habe nicht vor, das Feuer zu löschen. Das wäre inzwischen wohl ziemlich sinnlos. Nein! Ich will den Dreckskerl finden, der es gelegt hat. Noch bevor er es auch auf der anderen Seite der Plantage entfacht, verstehst du?«

Ich schüttle den Kopf.

»Der Brandstifter wird es wahrscheinlich an einer

Stelle entzünden, wo die Flammen vom Ostwind über die Plantage getrieben werden.«

»Wieso sollte jemand Feuer legen? Wie kommst du darauf?«, frage ich verwirrt, während meine zusammengekniffenen Augen zu den Flammen wandern, die jetzt tatsächlich in die entgegengesetzte Richtung von uns schlagen.

Kay stößt verärgert die Luft aus. »Verdammt, dass du nie einfach machen kannst, was man dir sagt!«, schnaubt er, gibt sich jedoch geschlagen. »Pass auf, die erste Rauchsäule, die wir gesehen haben, liegt etwa eine Meile westlich von uns und bei der Windrichtung kann sich das Feuer unmöglich nach Osten ausgebreitet haben. Das bedeutet: Es sind mindestens zwei Brandherde, was kein Zufall sein kann. Ich bin mir sicher, irgendjemand streift hier durch die Wälder und legt das Feuer, und wenn ich ihn finde, werde ich ihn ...«

Kay hält inne, beißt sich auf die Lippe und starrt einen Moment zu der roten Glut am Berggipfel. Als er sich wieder zu mir dreht, steht flammender Hass in seinem Gesicht, selbst die feinen Linien der Tätowierung haben sich zu einem wütenden Schrei zusammengezogen.

Er dreht mich von sich weg, hält von hinten meine Schultern wie in einem Schraubstock und wiederholt in herausgepressten Worten seine Anweisungen: »Lauf jetzt zum Haus! Sag ihnen, was ich dir gesagt habe, und sobald du von dort aus Feuer siehst, rennst du talabwärts in die entgegengesetzte Richtung. Bleib nicht stehen, dreh dich nicht um und suche nicht nach mir. Hast du verstanden?«

Ich nicke beklommen.

»Ich weiß, dass wir uns wiedersehen werden!« Er gibt mir einen leichten Schubs nach vorn.

Ich sehe mich nicht um, renne den Weg entlang, weg von dem Feuer, weg von Kay, immer in Richtung der Plantage. Eine meiner Rippen sticht, sobald ich mit dem linken Bein aufkomme. Ich ignoriere den Schmerz, laufe mit meinem tropfenden Kleid Meter für Meter, um drei oder vier Kurven, bis ein offen stehendes Metalltor in Sichtweite kommt. Dahinter säumen bereits Apfelbäume den Wegrand, ziehen sich talabwärts bis zu einem verwinkelten Haus, das wirkt, als sei über die Jahre immer wieder planlos angebaut worden.

Erst jetzt, da es aus groben Holzstämmen zusammengehauen vor mir liegt, frage ich mich, wie Kay wissen konnte, dass ich es hier finden würde. Wieso ist er, ohne zu zögern, in den Stichweg eingebogen, wusste genau, wo der Wasserfall entspringt? Im Grunde hätte es mir schon klar werden müssen, als mein Scout den Wagen gestartet hat, mit all seinen fremdartigen und komplizierten Hebeln und Pedalen. Es gibt nur eine Erklärung: Kay war schon einmal hier! Und zwar nicht nur in dieser Zeit, sondern auch in der Gegend.

Noch während ich zwischen der Allee aus Apfelbäumen auf das Haus zurenne, versuche ich, mir in Erinnerung zu rufen, in welche Zeiten Kay gesprungen ist. Was sagte er? 2417, 1987, 19... Ich weiß es nicht mehr. Der Kuss hat alle Erinnerungen erstickt.

Das Holzhaus liegt jetzt nur noch wenige Meter entfernt. Ich darf nicht mehr über Kay nachgrübeln, muss mich aufs Wesentliche konzentrieren: Was soll ich bloß meinem Ururgroßvater sagen? Er wird mich für verrückt halten!

Keuchend komme ich vor einer Treppe zum Stehen. Sie führt einige Schritte hinauf zu einer Veranda, die um die vielen Vorsprünge und Winkel des Hauses herumführt. Auf ihr steht kein Schaukelstuhl, so wie ich es mir vorgestellt hatte. Stattdessen stapeln sich dort leere Kisten, zusammengezimmert aus groben Holzbrettern.

Ich hämmere gegen die Tür, zähle bis fünf, schlage wieder dagegen, drücke nach kurzem Warten die Klinke. Die Tür ist verschlossen.

»Hallo? Ist jemand zu Hause? Ich suche Hamilton Hill!«

Im Haus bleibt es still. Nur eine vergilbte Gardine flattert hinter einem geöffneten Fenster und zeigt mir, wo Westen ist.

Von hier aus kann ich das Feuer weder sehen noch hören, einzig ein schwacher Brandgeruch verrät, dass es irgendwo im Westen wütet.

Da sich nichts im Haus rührt, gehe ich über die Veranda um es herum. Von der hinteren Seite strecken sich die Apfelbäume über ein Plateau mehrere Hundert Meter bis zu einem steilen Felsabbruch, auf dem kaum eine Pflanze wächst. Unmöglich, dass die Glut sich über diesen kahlen, unwirtlichen Stein frisst. Auch die Apfelbäume stehen zu weit auseinander, ihr Grund ist zu kultiviert, um den Flammen genug Nahrung zu bieten. Im Grunde ist es fast ausgeschlossen, dass die Plantage von dem Feuer vernichtet werden wird. Es sei denn,

Kay hat recht und jemand legt es an verschiedenen Orten ...

Aber es hat keinen Wert, weiter darüber nachzugrübeln. Wenn ich meine Realität noch ändern möchte, muss ich jemanden in den nächsten 12 Minuten und 16 Sekunden finden. Ich forme meine Hände zu einem Trichter. »Hallo! Ist jemand zu Hause?«

Nichts. Kein Feuer, keine Antwort. Die Plantage scheint verlassen.

Aber klar doch! Ich schlage mir auf die Stirn. Erst jetzt fällt mir wieder ein, was ich Kay vor wenigen Stunden erzählt habe. Aus irgendeinem Grund war an dem Tag des Brandes niemand auf der Plantage, bis auf meine Urgroßtante Alison, die in den Flammen umgekommen ist. Sie muss hier irgendwo sein.

Die Sonne brennt vom Himmel. Mit abgeschirmten Augen suche ich die Plantage ab. Kein Lebewesen zu sehen, nicht einmal ein Hund oder eine streunende Katze, auch kein parkendes Fahrzeug oder aufgehängte Wäsche, alles wirkt, als sei die Plantage verlassen. Am unteren Ende, dort wo die letzten Bäume stehen, der dichte Wald seinen Schatten wirft, entdecke ich etwas Rechteckiges. Vielleicht eine Scheune.

Ein Blick auf den Marker: noch 10 Minuten und wenige Sekunden. Mit fliegenden Beinen steuere ich zwischen den Apfelbäumen hindurch, ducke mich unter tief hängenden Ästen, schlage Haken um herumstehende Kisten, bis ich den Bau erreiche. Es ist ein fensterloses Nebengebäude, anders als das Haupthaus aus Stein, mit einem großen Schornstein, der süßlich riechenden Rauch hinauspustet. Wieder klopfe ich an die Tür. Wieder keine Antwort. Aber aus dem Inneren klingen dumpf Schritte, ein Klackern, wie von Absätzen auf Stein. Na also!

Wieder hämmert meine Faust gegen eine Tür, ich rufe nicht mehr, sondern schreie: »Alison? Alison Hill! Ich muss Sie dringend sprechen! Bitte! Kommen Sie heraus!«

Die Schritte kommen näher.

»Hören Sie mich? Bitte antworten Sie mir. Sie müssen rauskommen. Es brennt!«

Ein Riegel wird zur Seite geschoben und dann sehe ich sie: ein geblümtes Sommerkleid, das ihr bis kurz über die Knie reicht, kleine, feste Schuhe mit breiten Absätzen. Ihre Haare sind braun, nicht schwarz, zu einem Knoten zusammengesteckt und nicht kurz, sie ist älter als ich, aber ansonsten ist sie mir wie aus dem Gesicht geschnitten! Die gleichen matschfarbenen Augen, die olivfarbene Haut, schmale Lippen, eine feine Nase, hohe Wangenknochen.

»Alison Hill«, krächze ich. Überwältigt von der Ähnlichkeit, bekomme ich nicht mehr heraus.

»Wer sind Sie?«, fragt mein Spiegelbild misstrauisch.

»Alison Hill.«

»Alison Raymond, ich habe kürzlich geheiratet.«

»Nein, ich bin Alison Hill.« Es klingt selbst in meinen Ohren absurd. »Hören Sie! Ich erkläre Ihnen das später. Es brennt. Sie müssen mit mir kommen und Wasser in Eimer füllen, das Gras befeuchten ...«

»Ich habe keine Ahnung, wer Sie sind oder was Sie wollen. Vielleicht möchten Sie sich etwas sammeln, bevor Sie fortfahren?«

Verdammt, aber was hatte ich auch erwartet?

»Bitte glauben Sie mir! Die Plantage wird in wenigen Minuten abbrennen. Sie werden verbrennen, wenn Sie nicht mit mir kommen! Ich weiß, es klingt verrückt!«

»In der Tat, das tut es«, bestätigt mein Gegenüber mit hochgezogenen Augenbrauen.

Anscheinend ist die Frau genauso störrisch wie ich. »Ich sehe weit und breit keine Flammen und Sie wirken eher, als seien Sie ins Wasser geraten und nicht in die Nähe eines Feuers.«

Alison steht mit verschränkten Armen in der Tür, hinter der ich nur etwas Glänzendes aus Kupfer erkennen kann. Ich bin mir sicher, dass dies die Destille ist, in der der Apfelschnaps gebrannt wird. Brodelnde Geräusche dringen aus dem Inneren. Es riecht feucht und derartig süß, dass der Geruch den verschmorten Gestank des Brandes überdeckt, der die andere Alison vielleicht hätte umstimmen können.

Ich muss alles auf eine Karte setzen. »In Ordnung, ich verstehe, wenn Sie mir nicht glauben und dass, was ich Ihnen jetzt erzähle –«

»Bitte, fassen Sie sich kurz«, schnaubt mein Gegenüber. »Meine Familie ist nicht zugegen und ich muss gewisse Prozesse am Laufen halten, der Apfelmost, Sie verstehen ...«

Ich atme tief durch. »Mein Name lautet Alison Hill. Mein Vater benannte mich nach seiner Großtante, die am 3. Juli 1929 in den Flammen umgekommen ist. Er benannte mich nach Ihnen. Und, wie Sie zugeben müssen, haben wir ziemlich viel Ähnlichkeit miteinander. Nur dass ich etwa 90 Jahre nach Ihnen geboren werde. Ich komme aus der Zukunft.«

»Und ich aus Atlantis!«, höhnt Alison Raymond. »Im Übrigen mögen Sie mir in gewisser Weise ähnlich sein, bis auf Ihr verdrecktes und tropfendes Kleid, aber Ihr geistiger Zustand ist doch meilenweit entfernt von dem meinigen. Wenn Sie mich jetzt entschuldigen wollen.«

Ich blähe meine Wangen auf und stoße scharf Luft aus. »Sieht das hier so aus, als sei es nicht aus der Zukunft?« Ich strecke ihr meine Markerhand entgegen, auf der 4 Minuten und 27 Sekunden angezeigt werden.

Alison kneift die Augen zusammen, eine steile Falte steht über ihrer Nasenwurzel, während sie den Countdown betrachtet. »Was soll das sein?«

»Es ist ... Ich habe keine Zeit, das alles zu erklären, in 4 Minuten werden Sie hier verbrennen!«

»Das ist lächerlich!«

Ich muss ihr recht geben. Alles um uns herum wirkt ruhig und friedlich. Vielleicht hat Kay den Brandstifter längst ausfindig gemacht und Alisons Schicksal – unser Schicksal – wurde bereits geändert.

Mit schräg gelegtem Kopf sieht mein Spiegelbild auf den Countdown auf meiner Hand. Plötzlich geht ein Ruck durch ihren zierlichen Körper. »In 3 Minuten muss ich mich um die Maische kümmern. Diese Zeit gebe ich Ihnen. Erzählen Sie mir etwas über die Zukunft, das mich überzeugt, und ich bin bereit, 150 Liter Apfelmost verkochen zu lassen und Ihnen zu folgen.«

»Sie brennen Apfelschnaps, keinen Most.«

Alison winkt ab. »Das wissen mehr Menschen, als mir lieb ist.«

»Heute ist niemand auf der Plantage, Sie sind allein, wenn das Feuer kommt.«

»Mein Mann ist gestern nicht nach Hause gekommen. Die anderen suchen ihn, vielleicht ist sein Wagen irgendwo liegen geblieben, aber auch das ist Dorfgespräch. Erzählen Sie mir etwas anderes. Wird der Graf Zeppelin irgendwann zum Mond fliegen?«

»Zeppelin?«

»Das Fortbewegungsmittel der Zukunft. Sie werden doch davon gehört haben, oder?«

Inzwischen habe ich das Gefühl, dass ich Alison mehr amüsiere als überzeuge, und merke, wie Wut in meiner Stimme liegt, als ich sie mit meinem Wissen über die Zukunft bombardiere. Auch wenn die Jury mir für mein auffälliges Verhalten 50 Strafpunkte geben sollte, sie werden die letzten 3 Minuten ungestraft verstreichen lassen, schon aus reiner Neugier.

»In Ordnung, lassen Sie mich nachdenken ... Also, irgendwann in den 30ern wird ein Zeppelin explodieren und der Flugverkehr wird eingestellt werden. In meiner Zeit werden stattdessen große Flugzeuge eingesetzt, die mehrere Hundert Menschen in wenigen Stunden nach Europa transportieren. Den Mond haben wir in den 60ern erreicht, aber da war nichts Interessantes zu entdecken.«

»Und den Mittelpunkt der Erde?«, lacht Alison und macht mich damit noch zorniger.

»Was?«

»Jules Verne!«

Ich stöhne hörbar. »Okay, passen Sie auf! Im Jahre 2013 besitzt jeder Mensch ein kleines Telefon, das er mit sich rumtragen kann. Alles Wissen der Welt ist in vielen kleinen Maschinen gespeichert, auf die jedermann zugreifen kann. Es werden Bomben entwickelt, die die ganze Welt auslöschen können. Wir schicken Kameras in das Weltall, die uns Fotos von weit entfernten Planeten senden. Unsere Autos fahren bis zu 180 Meilen schnell. Die Fernsehgeräte sind so flach wie meine Hand und zeigen farbige Filme und unser Präsident ist schwarz.«

»Schwarz?«

»Ein Farbiger, dunkle Haut!«

»Ein Neger? Jetzt werden Sie wirklich utopisch«, sagt Alison Raymond sichtlich verärgert.

Aus dem Inneren der Destille ist ein Pfeifen zu hören und mein Gegenüber dreht sich um. »Ich kann nicht behaupten, dass es mich gefreut hat, aber es war durchaus kurzweilig, Ihre Bekanntschaft gemacht zu haben.«

»Ich bitte Sie doch nur, die Destille zu verlassen. Nur für eine halbe Stunde!«, hebe ich an, doch die Tür ist ins Schloss gefallen, der Riegel wird schabend vorgeschoben.

Plötzlich höre ich weitere Schritte und fahre herum.

Ein Mann, auf einen Stock gestützt, steht nur zwei Meter von mir entfernt. Ich kenne ihn, habe ihn aber nicht kommen hören. Seine rechte Gesichtshälfte ist von einer wulstigen Narbe gezeichnet, die bis in den Mundwinkel reicht und ihn schlitzt.

»Mrs Raymond?«, zischt er.

Ich schüttle verwirrt den Kopf.

Wieder ein Schaben, die Tür öffnet sich einen Spalt und Alison Raymond lugt durch die Lücke. »Mr Corner! Ich habe Sie nicht erwartet. Bringen Sie Neuigkeiten von meinem Mann?«

Der Alte schlappt an mir vorbei und stellt seinen schweren Stiefel in den Türspalt. Er wirkt beweglicher als am Morgen.

»Mr Hudges aus der Taverne schickt mich. War nicht zufrieden mit der letzten Lieferung, ich soll mal 'nen Blick auf die Produktion werfen. Hat gemeint, das Zeug wär gestreckt.«

»Warten Sie bitte, bis mein Großvater wieder ...«

»Wo ist Hamilton?«, zischelt der Mann, drückt die Tür auf, schiebt sich hinein und verriegelt sie einen Augenblick später von innen.

»Hören Sie! Was erlauben Sie sich!«, höre ich Alison dumpf rufen, dann schwere Schritte, ein heiseres Lachen.

»Das sieht mir aber nicht gestreckt aus! Doppelt gebrannt, hä?«

Ein Scheppern, etwas geht zu Bruch, ein kolossaler Knall, ein Piepen – mein Marker! Verdammt! Noch 30 Sekunden. Plötzlich ein spitzer Schrei. Er kommt von Alison!

»Sind Sie wahnsinnig?« Ihre Stimme überschlägt sich, klingt panisch.

Und plötzlich begreife ich die Zusammenhänge, sehe den verächtlichen Blick des Alten vor meinem inneren Auge, als der Name Hamilton Hill in der Taverne fiel. Wie er ausgespuckt hat, um seine Meinung über den Hill-Clan zu verdeutlichen.

Er ist der Brandstifter!

Hochprozentiger Alkohol, ein paar Streichhölzer, eine verschlossene Tür ... Er muss nicht warten, bis das Feuer über den Berg getragen wird. Es diente vermutlich nur zur Ablenkung.

Entschlossen, die Zukunft in letzter Sekunde zu ändern, trete ich gegen die Tür, hämmere auf das massive Holz ein.

Von innen höre ich die Stimme des Alten: »Das war mein Gold! Ich hatte es gefunden! Das alles sollte mir gehören!«

Verzweifelt werfe ich mich gegen die Tür. Im nächsten Moment ein Knacken, wieder ein Schrei, diesmal von mir. Meine Rippe ist gebrochen und tritt sichtbar unter dem dünnen Kleid hervor. Das Atmen fällt mir schwer. Wieder Piepen, rote Balken, abwechselnd zu dem Countdown: Noch 5 Sekunden. Eine Stichflamme schießt aus dem Schornstein, von innen schreckliche Laute: Schlagen, Schreien, Brechen, Knacken ... Es klingt fürchterlich, es klingt nach einem Todeskampf.

Mein Magen zieht sich zusammen und befördert bittere Galle nach oben. Ich knicke ungewollt nach vorn und stöhne. Meine Rippe scheint ihren Platz gänzlich verlassen zu haben. Noch einmal erbreche ich das bisschen Flüssigkeit, das geblieben ist, dann verschwimmt das Steinhaus vor meinen Augen.

Das Letzte, was ich in diesem Jahrhundert sehe, ist ein schwerer Stiefel, der ins Freie tritt, und Sekunden danach eine rot glühende Feuerwolke.

# 9

31. August 2013, 08:02 Uhr, Stahltür

Ich kauere in einer Ecke, den Rücken an eine raue Betonwand gelehnt, und stiere auf das einzige Interieur des trostlosen Raumes: einen Eimer, daneben eine Toilettenrolle.

Vor wenigen Minuten bin ich hier erwacht, wieder ohne Schlaf oder Erholung geschöpft zu haben.

Jetzt, da die Gefahr gebannt scheint, mein Körper nicht mehr von irgendwelchen Stresshormonen aufgepeitscht ist, fühle ich mich unendlich erschöpft und kann kaum dem Drang widerstehen, mich zusammenzukugeln, die Augen zu schließen und die 8 Minuten verstreichen zu lassen, die sie mir noch geben, um zu entscheiden, ob ich in dieser Realität leben möchte. Nur mein letztes Quäntchen Verstand und der Schmerz meiner gebrochenen Rippe halten mich davon ab.

Mir gegenüber führt eine Stahltür ins Ungewisse. Ich weiß nicht, ob sie verschlossen ist oder was mich dahinter erwartet. Von der anderen Seite vernehme ich dumpf menschliche Laute, zumindest hoffe ich, dass sie menschlich sind.

Irgendwie komme ich auf die Beine, schleppe mich zur Tür, drücke die Klinke, flackerndes Licht ist das Erste, was ich wahrnehme. Es kommt von einer Reihe Neonröhren. Sie beleuchten einen langen Flur, wieder mit Betonwänden, Betonboden, ohne Türen, nichts Überflüssiges an den Wänden.

Wenn ich meinen Oberkörper etwas seitlich beuge, kann ich fast schmerzfrei gehen, wenn auch nur langsam. Jetzt jedoch ist keine Zeit, über die gebrochene Rippe nachzudenken.

Die Neonröhren im letzten Drittel des Flurs sind ausgefallen und ich kann nicht sehen, wohin er führt, nur dass aus dem Dunkel etwas schnell in meine Richtung läuft.

Es ist der Hund. Groß und zottelig, mit heraushängender Zunge und freudig pendelnder Rute trabt er auf mich zu, setzt sich auf sein Hinterteil, sobald er mich erreicht hat.

Vorsichtig strecke ich die Hand aus, die das Tier stürmisch beleckt. Offensichtlich kennt er mich auch in dieser Realität, die daher nicht meine sein kann. Mein letztes Fünkchen Hoffnung, mich lediglich in einem unbekannten Gebäude zu befinden, das mich in das Mill Valley führt, das ich kenne und liebe, stirbt mit dieser feuchten Hundenase. Es hat also nicht geklappt. Die Destille ist in den Flammen aufgegangen, wie wohl auch meine Urgroßtante Alison. Die Lebensgrundlage meiner Vorfahren wurde zerstört und das Schicksal nahm seinen Lauf. Keine Destille, kein Apfelschnaps, kein Einkommen, stattdessen ein Neuanfang, eine neue Plantage, die viele Jahre später Onkel Herold führen wird, auf der Apfelmost und Apfelkuchen hergestellt werden wird, mit Walnüssen, nach Familientradition. Irgendwann kommt der 30. September 2002, an dem Tante Rose, die Apfelkuchen gleichermaßen liebt wie Traditionen, sich in den Kopf setzt, diesen zu folgen, in den Baum steigt, sich die Hüfte bricht und damit Jeremys Schicksal besiegelt. Ich habe keine Hoffnung, dass es anders sein könnte, die Frage ist nur, wie schlimm die Auswirkungen sind.

Der Marker zeigt gute 6 Minuten. Ich muss weitergehen.

Ich tätschle dem Hund den Kopf. »Na, Buffy. Kennst du meinen Geruch?«

Als Antwort bekomme ich eine Pfote auf die Hand gelegt.

»Wo sind die anderen? Wo ist Herrchen?«

Bei meinem letzten Wort kläfft der Hund laut, dreht sich um und läuft den Gang runter.

»Warte!«, rufe ich ihm hinterher, das Tier bleibt stehen, sieht sich nach mir um, anscheinend ist es brauchbarer, als ich dachte. Ich folge Buffy in einen weiteren Flur, diesmal breiter und besser beleuchtet, ein Feuerlöscher hängt an der Wand, gegenüber ein großes Stück Pappe, an der zig Fotos hängen, darüber das Wort: *Vermisst!*

Ich nehme mir keine Zeit, Jeremy darunter zu suchen, mir bleiben nur noch 5 Minuten und endlich erreichen wir eine Halle, die, nur durch einen dünnen Vorhang getrennt, schemenhaft sichtbar ist. Buffys Nase stößt ihn zur Seite und gibt den Blick auf das Grauen frei: Überall stehen Betten, sicherlich 50 Stück, nur schmale Gänge bleiben. Wimmernde Laute, gedämpftes Murmeln, ein Baby schreit, der Geruch von Urin und Ausdünstungen ist allgegenwärtig, gleich rechts neben mir liegt ein Mädchen auf einer Matratze, nackt bis auf eine Unterhose, und sieht mit leeren Augen zu mir hoch. Sie ist vielleicht zehn Jahre alt, bleich, mit verklebtem, aschblondem Haar, der Körper gezeichnet durch offene Wunden, schwarze Blasen auf der unversehrten Haut, ihre Brust hebt und senkt sich schnell wie bei einem Hund, der hechelt. Sie ist allein. Aus einem Impuls greife ich nach einer zerknautschten Plastikflasche, die mit trüber Flüssigkeit gefüllt ist, wahrscheinlich Wasser, und versuche, sie ihr in den Mund fließen zu lassen. Sie reagiert nicht und die Brühe läuft ihren Mundwinkel herunter auf die Matratze.

Buffy dreht sich unruhig im Kreis, kläfft laut, als wolle er mir sagen: Geh weiter, folge mir.

»Es tut mir leid«, sage ich leise zu dem Mädchen, stelle die Flasche zurück und schlängle mich Buffy hinterher durch die Katakomben aus Betten, Matratzen, Ausscheidungen, Kochgeschirr und infizierten Menschen. Überall infizierte Menschen. Die immer gleichen Symptome. Manche sitzen noch aufrecht, bei anderen bin ich mir nicht sicher, ob sie überhaupt noch leben, aber niemand mehr scheint noch gehen zu können. Eine Frau, deren Alter ich nicht mehr bestimmen kann, so gezeichnet ist sie, streckt die knochige Hand nach mir aus und murmelt irgendetwas von einem Engel. Ich lächle ihr kurz zu.

Als Buffy in der hintersten Ecke der Halle stehen bleibt, habe ich noch 3 Minuten und 44 Sekunden. Das ich in dieser Realität nicht bleiben werde, ist mir klar, aber ich möchte meine Eltern finden. Es ist wahrscheinlich, dass ich nicht allein in diesen Bunker gegangen bin. Sie müssen hier irgendwo sein.

»Wo ist Herrchen, Buffy?«

Wieder ein Kläffen als Antwort.

Vor mir liegt aber nur ein alter Mann, seine Augen sind geschlossen, wahrscheinlich ist er über 80 Jahre alt, mit dünnem Haar, eingefallenen Wangen, das Gesicht überzogen von schwarzen Blasen, atmet er in unregelmäßigen Zügen.

Wieder meldet sich Buffy mit lautem Bellen.

Der Mann öffnet die Augen. Sie sind matschfarben wie meine.

Ich presse die Hände vor meinen Mund. Ein erstickter Schrei dringt aus meiner Kehle. »Dad?«

»Alison ... du siehst gut aus«, murmelt er.

»Was ist passiert? Wo ist Mum? Habe ich einen Bruder?«

Er muss mich für verrückt halten, aber es bleibt keine Zeit für Erklärungen.

Die rissigen Lippen meines Vaters verziehen sich. »Mein sehnlichster Wunsch war es, dich verschont zu sehen«, presst er hervor.

»Bitte, Dad! Ich muss es wissen! Habe ich einen Bruder? Wo ist Mum?«

»Das sind die ersten Symptome, Bunny. Verwirrung, Fieber, Kopfschmerzen, Erbrechen, bald kommen die schwarzen Blasen. Jetzt werden sie dich nicht mehr rauslassen. Jetzt nicht mehr ... Wir werden alle eingehen, eingepfercht wie auf einem Schweinetransport.«

Ich sinke zusammen, kauere neben meinem Vater auf der Erde, habe Angst, ihn zu berühren, mich anzustecken, deshalb vergrabe ich das Gesicht in meinem Schoß.

Tatsächlich ist mir bereits übel. Sind das die ersten Symptome? Was für eine Seuche auch immer ausgebrochen ist, sie ist grausam und todbringend und ich darf mich nicht in den wenigen Minuten dieser Realität infizieren.

»Vorhin haben sie Neue reingebracht. Eine Familie mit sechs Kindern, alle infiziert«, murmelt Dad. »Es heißt, sie hätten jetzt ganz Kalifornien zum Seuchengebiet erklärt. Man bemüht sich nicht mehr um Heilung, bei dem kleinsten Anzeichen stopfen sie die Kranken in die Bunker, verriegeln die Türen, tragen nur die Toten heraus.«

»Wo ist Mum?«

»Auch sie haben sie herausgetragen ... Ach Alison, du weißt doch, dass sie deine Mutter herausgetragen haben.«

»Wann?«

»Vor 3 oder 4 Wochen vielleicht. Hier drinnen verliert man das Gefühl für Zeit, nicht wahr?«

»Und meinen Bruder?«, frage ich, schiele aus meiner Armbeuge zu Dad herüber.

Er schüttelt den Kopf. »Du hast keinen Bruder, Bunny. Die Seuche ... es ist das Ammoniak, das dein Gehirn benebelt, sobald deine Leber sich zersetzt, wird es ausgeschüttet. Es bricht mir das Herz, dich so zu sehen«, sagt er erstickt. Seine Hand sucht meine, ich will sie ihm reichen, ihm Trost spenden, aber mein Überlebensinstinkt ist stärker, die Angst vor Ansteckung zu groß.

Der Marker piept. Verstohlen sehe ich in meine Handinnenfläche, die letzten 60 Sekunden laufen.

»Ich nehme meine Realität nicht an«, flüstere ich kraftlos, höre ein krächzendes Lachen meines Vaters.

»Ich auch nicht!«, bringt er heraus, dann setzt der Schwindel ein, begleitet von Würgen, bis alles in Schwärze versinkt.

# 10

2417, Seuchenschutzraum

Seuche!«

Mehr bekomme ich nicht über die Lippen bei dem Anblick des Mannes im weißen Schutzanzug. Ich meine, den Techniker Henry in ihm zu erkennen. Nur ein Teil seines Gesichts ist durch eine transparente Scheibe im Kopfteil des Anzugs zu sehen. Er hantiert mit einem Ding herum, das einem Handscanner an Supermarktkassen ähnelt, und würdigt mich keines Blickes. Ich selbst stehe in dem gläsernen Zylinder, der mich durch die Zeit portiert, und da er geschlossen ist und ich nicht erwarte, dass Henry diesmal befugt ist, mir irgendetwas zu erklären, drehe ich mich im Kreis.

Diesmal scheine ich wirklich in einem Krankenhaus zu sein oder zumindest in einem Raum, der medizinischen Zwecken dient, denn außer einem schnörkellosen Metallbett sehe ich nur Schläuche, Anzeigetafeln, einen weißen Tisch mit Operationsbesteck und jede Menge aus der Wand klappbare Schränke. Sie zeichnen sich wie immer durch feine, abgerundete Linien aus, in jeder Umrandung ein Kästchen, als Markierung für den Marker, mit dessen Autorisation sie zu öffnen sind.

Henry legt den Scanner auf den Tisch und lässt eine Schublade aus der Wand fahren. In sie, wie auch in alle anderen Fächer, ist ein hellgrüner Schriftzug geprägt, in diesem Fall verspricht er HC-Tester. Was auch immer das ist. Mit seinen behandschuhten Fingern greift Henry in die Lade und kommt mit einem Gerät, das entfernt an ein Ohrenthermometer erinnert, auf mich zu. Die Tür des Glaszylinders öffnet sich zischend, Henry winkt mich zu sich und umfasst mit seiner freien Hand meinen Oberarm.

»Wir führen einen Seuchentest durch. Der Erreger, dem Sie ausgesetzt waren, wird als Influenza Filoviridae, kurz Infiloa, bezeichnet. Er ist hochansteckend und verlief im Jahr 2013 immer tödlich. Bitte strecken Sie Ihren Arm.«

Ich strecke Henry meine Faust entgegen, die Venen nach oben, ganz so, wie ich es vom Arzt kenne, und versuche, mich ruhig zu halten. Es nützt nichts. Mein ganzer Körper zittert plötzlich, die Angst, mich infiziert zu haben, ist übermächtig.

»Falls ich mich angesteckt habe, können Sie in diesem Jahrhundert etwas dagegen tun?«

»Keine Sorge. Die Krankheit würde mit dem bereitliegenden Gegenmittel wie eine harmlose Grippe verlaufen. Kopf- und Gliederschmerzen, Erbrechen, Durchfall, Fieber, nicht mehr.«

Henry drückt das Gerät auf meine Vene. Ein kurzes Piepen, kein Schmerz, ein langes Piepen, fertig. Das Ergebnis zieht der Techniker bedächtig aus dem unteren Teil des Geräts, ein Röhrchen dunklen Bluts, welches er sogleich in den Handscanner drückt. Auf meinem Arm bleibt bloß ein kreisrunder Abdruck zurück.

Henry geht zu einer der Anzeigetafeln. Auf ihr blinken die Worte: *Analyse läuft.* Angespannt starre ich über Henrys Hinterkopf hinweg auf den Schriftzug, bis das erlösende Ergebnis erscheint: *Keine Kontamination!*

Ohne sichtbare Emotion streift der Techniker seine Handschuhe ab, entledigt sich seines Anzugs und sieht mich trübe an.

»Der Eingangsscan hat eine gebrochene Rippe bei Ihnen gezeigt wie auch beginnende Dehydration. Da beides nicht lebensgefährlich ist, sehen die Statuten vor, Ihre Verfassung unbehandelt zu lassen. Man hat mir aufgetragen, Sie mit Informationen zu versorgen, die sich auf diesem portablen Holografen befinden. Danach begeben Sie sich in den Zylinder. Alles Weitere ist voreingestellt und die Prozesse werden automatisch initiiert, sobald sich die Tür des Zylinders schließt. Ich werde nicht mehr in den Seuchenschutzraum zurückkehren, da ich anderweitig gebraucht werde.«

»Soll das heißen, Sie setzen mich mit gebrochener Rippe in einer anderen Zeit aus?«, frage ich ungläubig.

»Ja.«

»Und was ist mit der ... muss ich nicht noch auf die Bühne?«

»Soweit ich informiert bin, befindet sich Ihr Scout momentan dort zu einem Interview. Ihre Präsenz ist erst nach dem nächsten Sprung geplant. Wir werden Sie dann direkt auf die Bühne portieren, wenn es so weit ist.«

»Direkt auf die Bühne?«

»So ist es geplant. Alles Weitere erfahren Sie über den

Holografen. Berühren Sie einfach die Fläche mit Ihrem Marker. Ich lasse Sie jetzt allein.«

»Okay«, sage ich matt. Mir fehlt die Kraft für Diskussionen.

Mit dem Holografen in der Hand lasse ich mich auf das Metallbett sinken. Ich bemühe mich, gerade zu sitzen, mit ausgestreckten Beinen, so lässt sich die schmerzende Rippe besser ertragen. Ich berühre die Oberfläche des flachen Geräts. Sofort schießt ein Bild heraus. Aus zahllosen Lichtstrahlen bildet sich die dreidimensionale Darstellung eines Flachbildfernsehers, der ein zweidimensionales Bild wiedergibt. Wie überflüssig – aber doch faszinierend.

Das Logo von World News, Channel Six dreht sich mit der Erdkugel, in die hineingezoomt wird, bis Chicago erkennbar ist, dann das Gebäude des Senders, ein Wolkenkratzer, der wie ein metallenes Riesenzäpfchen wirkt, und zuletzt ein Zoom durch die Panoramascheibe im obersten Stockwerk, direkt in das Studio, in dem hinter einem beleuchteten Tresen Jerry Coopman sitzt, der Nachrichtensprecher. Ich kenne sein Gesicht. Jeder Amerikaner kennt es: glatt rasiert, eisblaue Augen, dunkle Brauen unter vollem weißem Haar, immer eine andersfarbige Krawatte, jetzt ist sie hellgrün. Bisher waren Jerry Coopmans Beiträge für mich lediglich eine Geräuschkulisse, die mich immer leiser werdend in mein Zimmer begleitete, während Dad mit grummelnden Kommentaren die Nachrichten verfolgte. Jetzt aber hänge ich mit klopfendem Herzen an den Lippen des Moderators.

»Heute ist der 13. Juni 2013, Sie sind bei World News, Channel Six, und ich bin Jerry Coopman, hier sind die Schlagzeilen! Edward Snowden hat heute der Weltöffentlichkeit eine Videobotschaft zukommen lassen, in der er mitteilt, dass sich die NSA seit Jahren in die Computer von Hongkongs Multi-Konzernen gehackt hat«, erklärt der Nachrichtensprecher gleichförmig, holt kurz Luft, um die nächste Schlagzeile abzulesen. »Im immer noch andauernden Syrienkonflikt stieg die Zahl der Toten auf über 93.000 Opfer. Allein im Juni ...«

Kurz lasse ich meine Gedanken schweifen, sehe meinen sterbenden Vater in diesem stickigen Bunker voller Unrat und dahinsiechender Menschen. Wie konnte es dazu kommen?

Die nächste Schlagzeile lässt mich wieder aufhorchen.

»In Kalifornien breitet sich eine aggressive Grippewelle aus. Die Krankheit wird als höchst ansteckend, aber harmlos verlaufend eingeschätzt. In San Francisco jedoch musste heute die Bank of America schließen, da lediglich ein Mitarbeiter zur Verfügung stand. In Colorado wurden 900 Häftlinge umgesiedelt, da ...«

Das Bild löst sich auf, die holografische Abbildung des Fernsehers jedoch bleibt bestehen und einen Wimpernschlag später erscheint wieder Jerry Coopman, diesmal mit rostbrauner Krawatte und die drittplatzierte Schlagzeile vom 13. Juni ist zur Topmeldung geworden.

»Seit die ersten Fälle der Grippe-Erkrankung Influenza Filoviridae, kurz Infiloa, vor gut 2 Wochen bekannt wurden, stieg die Zahl der Todesfälle auf 18.

Vor allem Säuglinge und ältere Menschen waren unter den Opfern. Das Gesundheitsministerium warnt davor, Symptome wie Kopf- und Gliederschmerzen als auch Erbrechen zu ignorieren, und fordert die Bürger auch außerhalb Kaliforniens auf, sich bei ersten Anzeichen umgehend in ärztliche Behandlung zu begeben. Man zeigte sich zuversichtlich, in Kürze einen Impfstoff bereitstellen zu können. Bisher ist ungeklärt, woher dieser Virus kommt.«

Ich merke, wie ich mich verkrampfe. Was habe ich getan, dass eine solche Tragödie ausgelöst wurde? Aus Selbstschutz versuche ich, jene Realität von mir zu schieben, schließe die Augen, denke an unser Häuschen im Wald, an Dad, der in seinem Schuppen sägt und hämmert. Es gelingt mir nicht. Zu greifbar war der Bunker, der Gestank, das Stöhnen.

Als ich wieder aufblicke, trägt Jerry Coopman eine hellgraue Krawatte. Unter seinen Augen liegen Schatten.

»Nur einen Monat nach Ausbruch des Infiloa-Virus hat der Staat Kalifornien über 17.000 Todesfälle zu beklagen. Bisher wurde kein wirksamer Schutz, kein Gegenmittel gefunden. In den betroffenen Gebieten hat die Regierung den Notstand ausgerufen, sie fordert die Bürger auf, in ihren Häusern zu bleiben und Außenkontakte zu vermeiden. Es wird dringend geraten, von Hamsterkäufen abzusehen, um die Ansteckungswahrscheinlichkeit so gering wie möglich zu halten. Auch in Boston und Chicago wurden erste Fälle der Infiloa-Erkrankung gemeldet. Experten stufen den Virus mittlerweile als tödlich ein und haben ihn der Risikostufe 4 zugeordnet. Den Verlauf der Krankheit, Anfangssymptome und alle wichtigen Informationen erhalten Sie auf unserer Website. Wir von Channel Six halten Sie rund um die Uhr auf dem neuesten Stand.«

Wieder erlischt das Bild, baut sich neu auf, Jerry Coopman trägt weiterhin eine hellgraue Krawatte, etwas gelockert, der oberste Hemdknopf ist offen, im Ganzen wirkt der Nachrichtensprecher beunruhigend erschöpft.

»Eben hat uns eine Sondermeldung erreicht. Neuesten Informationen zufolge wurde der Virus offenbar absichtlich verbreitet. Das Pharmaunternehmen Biomed aus San Francisco gab vor wenigen Stunden zu, an Gegenmitteln der Seuchenerkrankung Ebola und verschiedenen Mutationen des Virus gearbeitet zu haben, die allesamt der höchsten Schutzstufe unterlagen. Das meldepflichtige Projekt war jedoch von der Regierung nicht genehmigt worden. Der Pressesprecher des Milliardenunternehmens Biomed gestand, dass eine der Viruskulturen vor etwa 6 Wochen spurlos verschwunden sei, und räumte ein, ein ehemaliger Mitarbeiter namens Kalvin Broncowiz könnte im Zusammenhang mit dem Verlust stehen. Der 63-jährige Kalvin Broncowiz war knapp 6 Jahre als Biochemiker in dem Unternehmen beschäftigt, bis bekannt wurde, dass er einer Gruppe von Weltuntergangsfanatikern angehört.«

Hinter dem Nachrichtensprecher erscheint ein Bild von einem Mann in schwarzem Anzug, untertitelt mit: *Vincent Brenston, Pressesprecher Biomed.*

Der Pressesprecher räuspert sich nervös. »Inzwischen

können wir bestätigen, dass die Viruskultur am selben Tag verschwand, an dem Kalvin Broncowiz entlassen wurde. Nachdem bekannt wurde, dass unser ehemaliger Mitarbeiter in engem Kontakt zu Weltuntergangsanhängern stand, wurde Mr Broncowiz mit sofortiger Wirkung freigestellt. Selbstverständlich haben wir versucht, den ehemaligen Mitarbeiter ausfindig zu machen. Bisher ist uns dies jedoch nicht gelungen. Wir haben den Fall der Polizei übergeben.«

Der Pressesprecher verschmilzt mit dem Porträt eines Mannes mit kupferfarbenem Haar und weißem Kittel: *Kalvin Broncowiz,* wie zu lesen ist.

Der Nachrichtensprecher, Jerry Coopman, verkündet die Schließung des Biomed-Unternehmens, dann verschwindet auch er. Als wieder das Logo von Channel Six mit der Erde kreist, fährt der Zoom auf eine blasse Frau, viel zu jung für eine Nachrichtensprecherin, die ein schwarzes Kostüm trägt. Ich merke mir ihren Namen nicht, vernehme nur, wie sie den Tod von Jerry Coopman bedauert, der an dem Infiloa-Virus gestorben sei, wie sie berichtet. Bilder von Highways rund um Los Angeles, San Francisco und anderen Städten folgen, militärisches Aufgebot, Stacheldrahtzäune, kreisende Hubschrauber, bewaffnete Soldaten ... Kalifornien wird zum Katastrophengebiet erklärt, das Verlassen des Staates wird verboten.

Zusammengeschnittene Beiträge reihen sich aneinander. Es sind nur noch Momentaufnahmen: überfüllte Krankenhäuser, Infizierte, die auf dem Fußboden oder in Waschräumen liegen, Massengräber am Rande einer

Müllkippe, mit schwarzen Blasen übersäte, ausgemergelte Leiber, geschlossene Geschäfte, geplünderte Apotheken, scheinbar nicht endende Staus auf den Autobahnen, Tausende von Flüchtlingen, oft mit Kindern an der Hand, drängen sich an den schnell geschaffenen Grenzen ...

Ich sehe zur Seite, kann das Grauen nicht mehr ertragen und frage mich immer wieder, was ich getan habe, um solch ein Szenario zu erschaffen.

Erst als die Erkennungsmelodie von *Top The Realities* erklingt, sehe ich wieder auf den Holografen. Vor mir tänzelt Wum Randy in Miniaturgröße über das flache Gerät und kommentiert die eben gezeigten Bilder mit nichtssagenden Floskeln. Kay entdecke ich im Hintergrund in einem Sessel. Er reibt sich das Gesicht vor Erschöpfung oder vor Entsetzen. Anscheinend wurde der Zusammenschnitt der Nachrichten zeitgleich auf die Bühne projiziert, denn Randy umkreist gerade das eingefrorene Hologramm von Kalvin Broncowiz im Kittel und deutet auf sein Namensschild.

»Kalvin Broncowiz, 1955 in San Francisco geboren«, erklärt Randy, »Studium der Biochemie an der University of Massachusetts Dartmouth, Hoffnungsträger seines verwitweten Vaters Benjamin Broncowiz, ganzer Stolz seiner Großmutter, Helen Broncowiz, geborene Hudges ...«

Randy macht eine Kunstpause. »Ich bin mir sicher, dass unsere aufmerksamen Zuschauer bei dem Namen Helen Hudges bereits eine Idee haben, was unsere Kandidatin getan hat, um die eben gezeigte Realität auszulösen, und ich werde Sie nicht länger auf die Folter spannen!«

Ein Hologramm im Hologramm erscheint. Sehr klein, diesmal von Helen Hudges, die ich nur an ihrem kupferfarbenen Bob erkenne, und mir. Es zeigt uns in der Taverne Mill Valleys. Sie legt ihr Geschirrtuch zur Seite und kommt lächelnd auf mich zu.

Das kleine Abbild gefriert und Wum Randy tritt davor. »17 Minuten und 11 Sekunden war Alison in der Taverne von Kalvin Broncowiz' Urgroßvater und dessen Tochter Helen. Genau 3 Minuten und 1 Sekunde zu lang. Denn diese Zeit fehlte Helen, um bei ihren anschließenden Besorgungen mit ihrem zukünftigen Ehemann zusammenzustoßen, einem Wochenendgast aus Reno. Dieser verpasst seinen Zug daher nicht und lernt 3 Jahre später eine andere Frau kennen, deren Leben uns nicht weiter interessiert. Helen jedoch begegnet am 4. Juli 1929 einem der Feuerwehrmänner, die mit dem Schiff von San Francisco übergesetzt sind, um mit vielen anderen gegen den Brand zu kämpfen. Dieser Feuerwehrmann ist Micha Broncowiz, polnischer Einwanderer, kräftig und mutig. In seiner Uniform muss er Helen wie ein strahlender Ritter erscheinen. Micha findet wenige Stunden Schlaf in einem der Gasträume über der Taverne, und als Helen ihm in den frühen Morgenstunden das Frühstück bereitet, ist ihr Entschluss gefasst: Diesen Mann wird sie heiraten! Eine Entscheidung, die zwei Generationen später den Weltuntergangsfanatiker Kalvin Broncowiz hervorbringen wird.«

Ich schüttle fassungslos den Kopf. Nie hätte ich vermutet, was für Auswirkungen mein unbedachtes Handeln haben könnte. Wie auch? Hätte Helen nicht ebenso den Vater eines Friedensnobelpreisträgers hervorbringen können? Oder einen Enkel, der in seiner Freizeit Sportsendungen schaut und als Pförtner im Silicon Valley arbeitet?

Auch wenn mir bewusst ist, dass es vermutlich auch solche Realitäten gibt, wird das Übel der Realität, die ich mit eigenen Augen gesehen habe, dadurch nicht geringer.

Ich verdränge die niederschmetternden Bilder aus meinem Kopf, verfolge stattdessen Wum Randy auf dem Holografen. Er hat in diesem Augenblick Kay erreicht, schwingt sich in den freien Sessel und strahlt meinen Scout an, als hätte er eben den Superball kommentiert und nicht eine Katastrophe apokalyptischen Ausmaßes.

»Wie hast du dich gefühlt, Kay, als Ali...«

Mehr bekomme ich von dem Interview nicht mit.

Die Lichtstrahlen brechen ab, aus dem flachen Gerät wird ein gewöhnlicher Bildschirm, der mich mit den Worten *Betreten Sie jetzt den Zylinder, Alison Hill* auffordert, den nächsten Sprung durch die Zeit anzutreten. Ich lege den Holografen auf das Bett, atme durch, soweit es der Schmerz in meiner Brust zulässt, und schleppe mich müde zu dem Zylinder.

Im letzten Moment jedoch kommt mir eine Idee, es ist mehr ein Impuls. Ich weiß nicht, ob mein Geistesblitz Sinn macht, schaden wird er jedoch nicht. Schnell raffe ich das Operationsbesteck vom Tisch, darunter ein Skalpell, verschiedene Zangen, sogar ein langes Holzstäbchen, dessen Aufgabe mir unklar ist, und trete mit meiner Beute in der Hand in den Zylinder. Einige Sekunden vergehen, in denen ich bange. Aber niemand erscheint oder stoppt den Prozess.

Der blaue Lichtspiegel fährt meinen Körper hoch, Schwindel setzt ein und mit einem kleinen triumphierenden Lächeln auf den Lippen verlasse ich ihre Zeit.

# 11

Irgendwann, irgendwo in einer Wüste

Ich spüre sofort, dass ich nicht in Mill Valley bin. Noch bevor ich die Augen öffne. Die Luft ist anders. Weniger klar, weniger würzig. Eher staubtrocken.

Seit wenigen Sekunden kauere ich hier auf dem Boden, kenne inzwischen jedoch die Folgen eines Zeitsprungs, weshalb ich die Lider zunächst geschlossen halte.

Bald wird sich der Schwindel legen. Dann kann ich mich umsehen.

Es ist nicht so, dass ich vom Himmel falle oder mich Stück für Stück materialisiere. Ich bin einfach da.

Doch meine Gedanken sind auch nach dem sechsten Zeitsprung nicht fokussiert, kreisen um Unwichtiges, schwimmen in einem zähen Brei aus ersten Sinneswahrnehmungen: trockene Luft, Stille, nicht einmal das Krächzen eines Raben, Sand, in den sich meine Finger graben, kleine Steinchen ertasten, einen Stab, dünn und lang ...

Langsam öffne ich meine flackernden Lider, betrachte den Stab, den ich zwischen den Fingern drehe. Er ist aus Holz und mahnt mich, irgendetwas nicht zu vergessen. Ach, wäre der Stab doch ein Strohhalm in einem Glas Wasser. Ich habe Durst. Doch da ist nur trockene Luft. Sand, Steine, ein Holzstab, dessen Verwendungszweck mir unklar ist. Aber ich habe ihn schon einmal gesehen. Nur wann und wo und warum erscheint er mir wichtig?

Natürlich! Das Operationsbesteck! Ein Skalpell, Zangen, noch irgendetwas anderes aus Metall ... und dieses Stäbchen. Mit klarer werdender Wahrnehmung suche ich den Boden ab. Nichts als Sand und Steine, kein Skalpell, keine Zangen, nichts aus Metall. Es hat nicht geklappt, denke ich enttäuscht. Ich konnte nichts mitnehmen außer diesem Holzstab – warum gerade ihn, ist mir schleierhaft.

Plötzlich schiebt sich eine braune Schuhspitze in mein Blickfeld. Ich sehe erschrocken hoch, viel zu schnell, und zucke zusammen, als ich Kay, wenn auch verschwommen, aber unverkennbar vor mir sehe.

»Ich dachte, du wärst noch im Interview!«

»War ich auch.«

»Aber wieso bist du dann schon hier?«

Kay lacht, wobei seine Augen belustigt blitzen. »Immer noch lineares Denken?«

»Ähm ...«

»Ich hätte 3 Jahre mit einem Interview verbringen können und wäre trotzdem zum selben Zeitpunkt hier gewesen. Sie setzen dich genau in dem Moment in die Vergangenheit, den sie bestimmen, verstehst du?«

Es fällt mir schwer, Kays Erklärung zu folgen, aber schließlich, nachdem der Schleier sich ganz gelegt hat, begreife ich: Egal, wie viele Stunden Kay noch in der Zukunft verbracht hat, er ist in dieser Zeit nur etwas älter geworden, landet aber schließlich punktgenau, so wie ich, am vorprogrammierten Datum.

Über das komplizierte Konstrukt werden meine Gedanken endgültig klar. Seltsam, wie einen die ersten Augenblicke nach einem Zeitsprung das Wesentliche aus den Augen verlieren lassen, denn erst jetzt komme ich auf die Idee, mich von Kays Gesicht zu lösen und mich umzusehen.

»Heiliger Kuhmist!«

So weit das Auge reicht, sandfarbene Erde!

Keine Gebäude, keine Strommasten, keine Bäume oder Straßen, keine Tiere, außer uns kein Mensch, kein Wind, kein Geräusch. Der einzige Kontrast zu der scheinbar endlosen Einöde sind ein paar Flechten, dornige Sträucher, ebenfalls sandfarben. Darüber türmen sich dunkle Wolken am graublauen Himmel. Alles wirkt wie auf einem fremden Planeten.

»Das ist eine Wüste ...« Entsetzt presse ich mir die Hand vor den Mund.

»So sieht es aus. Wir könnten in Mexiko sein oder in der Sierra Nevada, vielleicht auch in Australien.«

»Warst du schon mal in Australien?«

»Ich habe davon gehört ...«

»Was glaubst du, in welcher Zeit wir gelandet sind?«

Kay zuckt mit den Schultern und deutet auf den Holzstab in meiner Hand. »Was ist das?«

»Ein Stab.«

»Das sehe ich. Was ich meinte, war, woher kommt er?«

»Ach, ich hatte so eine Idee«, beginne ich und erzähle Kay von dem Operationsbesteck und meiner Hoffnung, ich könnte diese nützlichen Dinge mitnehmen.

»Erstaunlich«, meint Kay. »Es scheint so, als würden organische Dinge nicht gefiltert werden.«

»Gefiltert?«

»Na ja, ich schätze, dass dieser Scanner alle Fremdkörper erfasst und nicht mitportiert. Zumindest dann nicht, wenn sie anorganisch sind.«

»Und was ist mit der hier?« Ich will die Nadel aus meinem Haar ziehen, die ich bei unserer letzten Challenge aus dem Kino mitgenommen hatte, aber auch sie ist nicht mehr da.

»Merkwürdig ...«

»Wir können später darüber nachdenken. Erst mal sollten wir unsere Umgebung erkunden.« Kay reicht mir die Hand. Ich sitze immer noch auf dem Boden, und als er mich mit Schwung hochzieht, entweicht mir ein kleiner Schrei.

»Du bist verletzt!« Jetzt sieht Kay ehrlich besorgt aus, mustert mich kritisch, sein Blick bleibt an der gebrochenen Rippe hängen, die sich unter dem leichten Wollkleid abzeichnet.

»Es ist nicht so schlimm. Mir wurde gesagt, es sei nichts Lebensgefährliches.« Ich überlächle meinen Schmerz. »Was machen wir jetzt?«

»Zieh dich aus.«

»Das mache ich bestimmt nicht!«

»Ich möchte mir die Verletzung ansehen. Es sieht nicht so aus, als könne die Rippe so wieder zusammenwachsen.«

»Bist du Arzt oder so was?« Wieder kommt mir zu Bewusstsein, wie wenig ich über Kay weiß.

»Ich habe gelernt, mich selbst zu verarzten.« Er wirkt ungeduldig. »Zieh dein Kleid zumindest bis über die Rippe. Bitte, Alison. So wie es aussieht, müssen wir noch einiges für die Nacht vorbereiten, die Sonne steht schon tief.« Kay zeigt auf einen glutroten Ball, der die dunklen Wolken knapp über dem Horizont einfärbt. Das Bild erinnert mich an die Feuerwolke in der Destille und ein kalter Schauer läuft mir über den Rücken.

»Es hat nicht geklappt. Ich konnte Urgroßtante Alison nicht retten und die Destille auch nicht. Aber du hattest recht, es war Brandstiftung.« Ich erzähle Kay von dem narbigen Alten aus der Taverne.

»Ich weiß. Sie haben's auf die Bühne projiziert. Wie ist das hier passiert?«

Ich zucke mit den Schultern. Selbst diese kleine Bewegung schmerzt. »Wahrscheinlich beim Wasserfall. Da war so ein blöder, vorstehender Stein. Und die Tür der Destille hat mir dann den Rest gegeben. Aber es ist halb so wild. Geht es dir gut? Ich meine ... das Feuer?«

»Ich konnte nichts mehr ausrichten. Meine Güte, du zitterst ja! Du hast doch kein Fieber?« Besorgt legt Kay zwei Finger auf meine Stirn.

»Mir ist kalt in diesem kurzen Kleid, das ist alles.«

Wobei ich tatsächlich das Gefühl habe, dass die Temperatur innerhalb der wenigen Minuten, die wir hier verbracht haben, um mehrere Grad gesunken ist.

»Hör zu, Alison, du fühlst dich heiß an. Vielleicht eine Infektion. Wir müssen das jetzt in Ordnung bringen mit deiner Rippe. Du musst funktionieren!«

»Ich ziehe mein Kleid auf keinen Fall hoch!«, beharre

ich, verschränke meine Arme vor der Brust und quietsche vor Schmerzen wie ein Meerschweinchen auf.

»Alison, bitte!«

Trotzig schüttle ich den Kopf.

Kay verdreht die Augen, tritt hinter mich und legt seine Hand auf die Fraktur. »Okay ... du hast es nicht anders gewollt. Also, einatmen, ausatmen, Luft draußen lassen. Jetzt.«

Ich gehorche. Dann knirscht es fürchterlich, gleichzeitig durchfährt mich ein stechender Schmerz, der kurz darauf einem Gefühl der Befreiung weicht. Es ist, als hätte jemand einen Schraubstock um meine Brust entfernt.

Ich atme tief durch und lächle dankbar. Ein Hochgefühl jedoch bleibt aus. Vor mir liegt eine plane Fläche, abweisend, karg, in schmutzigem Gelb, das düsterer wird, je mehr es sich dem wolkenverhangenen Horizont nähert. Nur dort, wo die sinkende Sonne die bevorstehende Nacht ankündigt, färbt sich ein stetig steigender Gebirgszug im kitschigen Rosarot. Ab und zu zuckt ein stummer Blitz, dem kein Donner folgt, erhellt den Kamm des Berges, und es wirkt, als läge Schnee auf ihm. Die einzige Wasserquelle, die ich ausmachen kann, und sie ist meilenweit entfernt und davor nur Wüste, Trockenheit und Dornenbüsche.

Bei dem Anblick will ich bloß noch zusammensinken, keinen Schritt mehr gehen. Mir fehlt die Kraft. Ich bin müde. Ich bin durstig. Vor allen Dingen bin ich durstig und Wasser, das ist mir klar, wird hier zu einem echten Problem werden. Instinktiv fahre ich mit meiner Zunge über die Lippen, die jedoch genauso trocken sind wie der Rest meines Mundes. Außerdem pochen meine Schläfen. Ein klopfender Schmerz, der sich bis über die Augenhöhlen zieht.

»Bist du okay?« Kay sieht mich kritisch an.

»Geht schon.«

»Gut, die Rippe ist jedoch nach wie vor gebrochen, sitzt aber jetzt an der richtigen Stelle. Deine Muskulatur sollte sie dort halten, bis sie wieder zusammenwächst. Trotzdem keine gute Voraussetzung für das, was uns bevorsteht.«

»Was steht uns denn bevor?«

»Es wird bald so dunkel sein, dass wir uns nur noch an den Sternen orientieren können, sofern wir sie sehen. Lass uns besser das letzte Licht ausnutzen und einen Schlafplatz suchen. Heute Nacht müssen wir wohl ohne Feuer, Essen und Wasser auskommen. Morgen gehen wir dann Richtung Nordwesten. Falls wir nämlich nicht in einer australischen Wüste sind, sondern tatsächlich in der Sierra Nevada, ist es wahrscheinlich, dass die Natur uns in dieser Richtung bald mehr zu bieten haben wird.« Kay zeigt mit ausgestrecktem Arm auf den Gebirgskamm. »Wir halten uns immer in Richtung dieser zackigen Ausbuchtung oben links auf dem Berg, siehst du?«

Ich folge Kays Fingerzeig und nicke tapfer. In Gedanken jedoch erkläre ich ihn für verrückt. Wir werden diesen Berggipfel niemals erreichen in ...

»Wie viel Zeit haben sie uns gegeben?«

Die Frage beantwortet sich mit Blick auf meine Handinnenfläche. »Fast 4 Wochen? Nicht dass wir uns darauf verlassen könnten, aber ... 4 Wochen?«

»Ich fürchte, wir können uns darauf verlassen.« Ohne weitere Erklärung setzt sich Kay in Bewegung, lässt mich einfach stehen.

Ich schnappe nach Luft. Was soll das?

Grummelnd schließe ich zu ihm auf und eine Zeit lang schleppen wir uns schweigend Meter für Meter über den kargen Boden.

»Wieso, glaubst du, geben sie uns diesmal die gesamte Zeit?«, frage ich nach einigen Minuten, in denen die Sonne noch tiefer gesunken ist. »Bisher konnten wir uns doch nicht darauf verlassen. Ich meine, was ist mit der Jury und den Strafpunkten?«

»Die Jury!« Kay lacht trocken. »Die greifen ein, wenn es dem Publikum zu langweilig wird, die Quoten sinken. Nur dann nehmen sie uns Stunden oder auch Tage. Ich bin so oft durch die Zeit gesprungen, habe ihre Spielchen so oft mitspielen müssen, dass ich mir absolut sicher bin, sie werden die 4 Wochen gnadenlos durchziehen!«

»Aber das ist doch zu unserem Vorteil! 4 Wochen! Wir könnten es schaffen, diesen Lebensraum –«

»Lebensraum«, schnauft Kay verächtlich und kickt einen Stein durch die Luft. »Das ist eine Todesfalle! Kein Wasser, wenig Essbares, die Temperaturen werden immer tiefer sinken und jeder Zuschauer dieser perfiden Show wartet darauf, dass wir anfangen, mit dem Tod zu kämpfen.«

»Du meinst, sie wollen uns sterben sehen?«

»Sie wollen eine Show! Dazu gehört eben Leid und Kampf! Und was könnte spannender sein als Menschen, die ums Überleben kämpfen?«

»Aber du sagtest, es wäre deine Aufgabe, mich zu schützen. Dafür zu sorgen, dass ich nicht sterbe, dann würden sie dir den Marker entfernen, richtig? Damit du vergisst, dass es je eine andere Realität gab. Was ziemlich unlogisch ist, wenn –«

»Ist es nicht. Es bedeutet nur, sie sind bereit, dich nicht so schnell sterben zu lassen, nicht nach einem Tag, aber glaube nicht, sie seien grundsätzlich daran interessiert, dass du überlebst.«

»Geht es nur darum bei diesem Zeitsprung? Ums Überleben?«

Kay hebt seinen Arm, als wolle er etwas Wichtiges sagen, lässt ihn aber wieder fallen. »In erster Linie geht es ums Überleben, ja.«

»Und was ... ich meine ...«

»Ja?«

»Welche Realität willst du vergessen?«

Kay fährt herum. »Nochmals, Alison, und zwar das letzte Mal! Ich werde nicht über meine Vergangenheit reden. Halte dich an meine Regeln, lerne und ansonsten schweig!«

Plötzlich sieht mein Scout wütend aus, regelrecht bedrohlich! Fürs Erste schweige ich tatsächlich, mehr aus Schreck, 4 Wochen jedoch werde ich nicht wortlos hinter Kay herlaufen. Ich brauche ihn, aber er braucht mich auch, wenn er seinen Marker loswerden will.

Die Sonne geht erschreckend schnell unter. Kurz

ertränkt sie den Himmel noch in blutigem Rot, dann überlässt sie dem nächtlichen Wächter das Feld: dem Mond, der fahles Licht auf die schattenlose Landschaft wirft.

Kay macht nicht den Anschein, als wolle er stehen bleiben. Mit wütenden Schritten stapft er weiter, ohne sich nach mir umzusehen, obwohl er um meine gebrochene Rippe weiß.

Bald ist es so düster, dass ich seine große Statur nur noch sehe, wenn das Wetterleuchten den Himmel erhellt. Meine Beine tragen mich irgendwie, Meter für Meter, trotz aller Erschöpfung.

Irgendwann weicht meine Wut auf Kay unendlicher Schwere und Müdigkeit. Selbst mein Durst ist nicht so mächtig wie das Bedürfnis zu schlafen. Und kein Stolz hält mich mehr davon ab, dieses Bedürfnis durchzusetzen. Also breche ich das Schweigen: »Ich muss mich ausruhen.«

»In Ordnung. Hier ist es genauso gut wie irgendwo anders in dieser Einöde. Leg dich hin. Schlaf.«

»Sehr nett«, zische ich, ein letztes Aufbegehren gegen Kays Kälte und Gleichgültigkeit, dann sacke ich zusammen. Der Boden ist hart, aber spürbar wärmer als die Luft, die sich wie ein kaltes Laken über mich legt. Ich rolle mich zusammen, den Kopf auf einen flachen Stein gebettet, spüre, wie mein Körper unkontrolliert zittert, und ergebe mich dem übermächtigen Bedürfnis nach Schlaf. Alles andere ist egal.

In der Nacht wache ich immer wieder auf, kaum bei Bewusstsein. Mit flackernden Augen sehe ich in den

Sternenhimmel, der sich jetzt zeigt, und gleite wieder in den Schlaf.

Irgendwann weckt mich ein gleichmäßiges Klicken. Als ich im Morgengrauen die Augen aufschlage, sehe ich Kay, der wieder und wieder zwei Steine gegeneinanderschlägt. Anscheinend versucht er, Feuer zu machen. Es gelingt ihm nicht. Wie gleichgültig mir all das ist. Schlaf ... nur schlafen ist wichtig.

Erst als helles Licht orangefarben durch meine geschlossenen Lider drängt, blinzle ich kurz. Kay kniet neben mir und mustert mich mit gefurchter Stirn. Auch das ist mir egal. Mein Mund ist so trocken, als hätte man ihn mit Sand vollgestopft, in meinem Kopf hämmert eine ganze Armee fieser, kleiner Gnome gegen die Schläfen und Augenhöhlen und Stirn.

Kurz komme ich hoch, um zu würgen, spucke stinkende Galle aus, lasse mich wieder fallen.

Mein Körper zittert wieder oder immer noch, aber auf jeden Fall unkontrollierbar, auch das Hemd, das Kay auszieht und mir über den Leib legt, spendet mir keine Wärme. Das Licht ist so hell und doch so kalt. Ich schließe wieder die Augen, würge, ohne die Kraft zu haben, mich aufzurichten. Kay hält meinen Kopf, dreht mich zur Seite, winkelt meine Beine an und erklärt irgendetwas. Es geht in Rauschen unter, ein einziges Rauschen in meinen Ohren. Nur den Marker höre ich noch piepen. Soll er doch.

Als ich das nächste Mal erwache, brennt ein Feuer eine Armlänge entfernt von mir. Wie wunderbar! Am liebsten möchte ich hineinkriechen, mir fehlt jedoch sogar die Kraft, meinen Fuß zu heben. Kay legt die Hand auf meine Stirn, murmelt etwas von Fieber und wendet sich ab.

Mein letztes, kleines Fünkchen Hoffnung stirbt mit dieser Geste. Er lässt mich allein zurück. Ich bin Ballast. Ich werde sterben. Nach einem Tag schon, ach was, nach einer Nacht.

Während der unruhigen Schlafperioden träume ich. Ich träume von Wasser. Manchmal fließt es aus einem Hahn, manchmal regnet es vom Himmel, jedes Mal stürze ich es begierig herunter, aber es stillt meinen Durst nicht.

In den kurzen Wachperioden sehe ich in das herabbrennende Feuer, hinter dem die Wüstenlandschaft flimmert. Kay entdecke ich nirgendwo. Nur sein Hemd beweist, dass es ihn überhaupt gegeben hat.

Wieder träume ich. Diesmal von einem Schwamm, an dem ich sauge. Er gibt nicht viel her und das Wasser schmeckt eigenartig, irgendwie süßlich, aber diesmal stillt es einen kleinen Teil meiner Begierde. Herrlich!

Als ich das nächste Mal die Augen öffne, fühle ich mich stark genug, den Kopf zu heben. Neben mir prasselt das Feuer. Höher als zuvor. Es müsste längst niedergebrannt sein! Schritte. Ein Fremder. Hilfe suchend strecke ich den Arm aus, murmle etwas von Wasser. Diesmal bleiben meine Lider geöffnet und ich sehe, wer auf mich zukommt: Es ist Kay.

Er setzt sich neben die Flammen, die er durch einige große Steine geschützt hat, und legt etwas Rundes auf einen von ihnen. Es sieht aus wie ein aufgeblähter Igel.

Mit einem anderen Stein schlägt er auf das Tier ein. Es gibt keinen Laut von sich. Wieder döse ich weg, aber ich spüre Kay neben mir. Er streicht über meine Lippen. Ich öffne sie, wie auch meine Augen, vor denen etwas Fleischiges verschwimmt.

»Was ist das?«, krächze ich.

Kay lächelt, legt den Finger auf seinen Mund. »Scht. Nicht reden. Trink. Ich habe noch mehr gefunden. Es ist genug da. Das sind Fasskakteen, sie speichern das Wasser. So ist gut«, flüstert er, als ich begierig die Flüssigkeit heraussauge.

Irgendwann in der Nacht spüre ich meinen Scout bei mir. Ganz nah, sein Atem streift meinen nackten Arm. Er deckt mich zu, legt die Hand auf meine Stirn, streicht mir die vom Fieber verschwitzten und verklebten Haarsträhnen aus dem Gesicht. Ich fühle mich sicher, bloß viel zu erschöpft, um ihn anzusehen oder gar zu reden, versinke wieder in wohlige Dunkelheit.

Als ich das erste Mal mit klaren Gedanken aufwache, habe ich Hunger. Beißenden, wütenden Hunger, der sich nicht ignorieren lässt. Ich kann mich aufsetzen, atme die kalte Nachtluft ein und suche in dem roten Schein des Feuers nach Kay.

Er schläft, halb im Sitzen mit dem Rücken gegen einen Stein gelehnt, in der Hand einen gespitzten Ast, vermutlich eine Waffe. Wahrscheinlich ist auch er am Ende seiner Kräfte. Langsam und so leise wie möglich komme ich auf die Beine und streife mit vor Staunen geöffnetem Mund durch das Camp, das Kay errichtet hat. Wie lange ich wohl geschlafen habe?

Um das Feuer liegen nun noch mehr Steine, ordentlich im Kreis angeordnet, hoch aufgetürmt und nur an einer Stelle offen, um die Wärme zu meinem Schlafplatz zu leiten. In einem größeren Kreis um uns herum stecken Dutzende Dornenstöcke, dicht gedrängt und in den harten Boden gerammt, in der Höhe miteinander verwoben. All das wirkt wie eine Festung, die für jedes hungrige Tier, das größer als eine Ratte ist, unüberwindbar wäre. Unglaublich!

Auf Zehenspitzen schreite ich den inneren Kreis der Festung ab. Hinter dem Feuer entdecke ich eine Axt. Sie ist einfach gemacht, nur aus einem eingekerbten, länglichen Stein, der mit irgendwelchen Fasern an einem kurzen, aber kräftigen Ast befestigt ist. Behutsam hebe ich das Werkzeug auf, fahre mit meinem Finger über die behauene Seite des Steins. Sie ist überraschend scharf und ich empfinde Stolz für meinen Scout, der fähig ist, aus dem kargen Angebot der Wüste eine sichere Behausung zu schaffen.

Als ich die Axt wieder zurücklege, platzt mein Herz fast vor Zuneigung, die sich jetzt mit aller Kraft in mein Inneres drängt, und dann spüre ich eine Hand auf meinem Rücken.

»Du bist aufgestanden ...«

Ich drehe mich um, sehe Kay an, der mit nacktem Oberkörper im Schein des Feuers steht und mich besorgt betrachtet.

»Ich habe Hunger«, sage ich mit schiefem Lächeln.

Kay schließt kurz die Augen und atmet durch. »Das ist gut. Sehr gut. Wenn du Hunger spürst, geht es dir besser.« Plötzlich lacht er vergnügt. »Hunger! Das ist großartig!«

Mit zwei Sätzen ist mein Scout an seinem Schlafplatz und zieht etwas Langes, Schlankes aus der Dunkelheit, um es mir mit dem Stolz eines Jägers zu präsentieren. »Es ist eine Klapperschlange! Sie ist mir zum Glück kurz vor Sonnenuntergang in eine der Fallen gegangen und spätestens morgen Mittag hätte ich sie sowieso zubereiten müssen. Also komm! Wir werden so tun, als sei es das beste Stück vom Rind, der Filetstrang, gleich neben der Wirbelsäule, ja?«

Ich nicke dankbar, denn ich hätte auch eine Beutelratte verschlungen, da kommt mir die Schlange wie ein Festmahl vor.

Bald sitzen Kay und ich dicht nebeneinander an dem prasselnden Lagerfeuer. Mein Scout dreht einen Stock, auf den er die Schlange gespießt hat. Sie riecht köstlich! Ich trauere jedem Tropfen Fett hinterher, der zischend in den Flammen verbrennt.

»Wie lange habe ich eigentlich geschlafen?«

»4 Tage und 3 Nächte.«

»Du meine Güte! So lange?« Erschrocken sehe ich auf den Marker, der mir genau dies bestätigt.

»Du hattest hohes Fieber, Alison. Vielleicht eine Infektion. Du warst so schwach, schienst jede Stunde mehr aus dem Leben zu weichen.« Kay schluckt sichtbar. »Wenn ich nicht mit Sicherheit gewusst hätte, dass du überlebst, wäre ich durchgedreht!«

Ich blicke Kay von der Seite an. Er wirkt verändert. Die Härte ist aus seinem Gesicht gewichen, und obwohl er mit gesenkten Lidern zu Boden starrt, sehe ich Tränen aus seinen Augen quellen. Behutsam lege ich meine Hand auf seine, streiche sanft mit dem Finger über seine Haut. Kay hebt den Kopf, und als er mich ansieht, bebt sein Kinn.

»Ich werde das nicht durchstehen! Nicht über 3 Wochen mit dir zusammen ohne andere Menschen!«

Vielleicht soll es wütend klingen, mich verletzen oder eine Mauer zwischen uns errichten, aber seine harten Worte passen nicht zu dem, was ich sehe: Kays ganzer Körper zittert unter der Verzweiflung, die seine Worte begleiten, auch in seinem Blick liegt keine Zurückweisung, sondern Sehnsucht, und seine Hand umklammert meine, statt sie wegzuschieben.

Und da weiß ich: Egal, was uns in den nächsten Wochen erwartet, ich werde Kay festhalten, um ihn kämpfen und sein Geheimnis ergründen!

»Wieso kannst du meine Gegenwart nicht ertragen?« Ich sehe ihm fest in die Augen. Als er sein Gesicht abwenden will, halte ich sein Kinn fest.

»Verdammt, Alison! Tu das nicht!«

»Wieso kannst du meine Gegenwart nicht ertragen?«

»Weil ich den Gedanken nicht ertragen kann, dich zu verlieren! In Ordnung? Da hast du deine Antwort!«

»Aber ...«

»Ich werde meine Gefühle nicht zulassen, nicht noch einmal.«

»Noch einmal?«

Kay starrt düster in die Flammen. »Lass es dabei bewenden. Ich kann und werde dir nicht mehr sagen.«

»Und ich kann und werde keine Ruhe geben, das muss dir klar sein. Du hast einer Nervensäge das Leben gerettet.«

Mit dem Anflug eines Lächelns schüttelt Kay den Kopf. »Dass du auch nie tun kannst, was man dir sagt.«

»Ich würde etwas von dem Festmahl da essen, wenn du es mir befiehlst ...«

Kay zieht den Stock zu sich und dreht das zur Unkenntlichkeit verkohlte Tier. »Isst du deins blutig oder medium?«, fragt er augenzwinkernd.

»Ich würde es lebend vertilgen!« Voller Ehrfurcht zupfe ich das verbrannte Fleisch von dem Ast, den Kay mir reicht.

Eine Weile sitzen wir schweigend nebeneinander, kauen auf dem zähen Tier herum, das trotzdem himmlisch schmeckt.

Irgendwann wirft Kay den Ast in die Glut, steht auf und läuft unruhig durch unser Camp, nervös knetet er seine Hände. Die Angst, dass das dünne Band zwischen uns zerfällt, wird mit jedem seiner gehetzten Schritte stärker. Mein Entschluss jedoch ist ungebrochen: Ich werde meinen Scout nicht mehr davonkommen lassen. Aber genau aus diesem Grund muss ich warten, das spüre ich. Warten, bis sein Kampf ausgetragen ist, den er förmlich mit den Händen ringt.

Mit dem Rücken an einen großen Stein gelehnt, die Knie dicht an meinen Körper gezogen, verfolge ich jeden seiner Schritte, versuche, in seinem Gesicht zu lesen, sobald er es dem Schein des Feuers zuwendet. Mal wirkt er nachdenklich, mal regelrecht wütend, niemals jedoch entschieden. Er wirkt wie ein nicht zu bändigender Tiger in einem Käfig, wartet nur darauf, dass sich das Tor öffnet, um in die Freiheit zu entfliehen, und ich frage mich unwillkürlich, ob er den Gedanken nicht ertragen kann, mich oder seine Ungebundenheit zu verlieren.

Irgendwann ist das Feuer zu einer flachen Glut geschrumpft, die Leuchtkraft der Sterne verblasst und statt ihrer übernimmt es die Sonne, die karge Wirklichkeit um uns in Szene zu setzen.

Mein Scout starrt mit dem Rücken zu mir in die Ferne und ich habe das Gefühl, er hat den Kampf gegen sich aufgegeben.

»Kay …«

Ohne mich anzusehen, schüttelt er den Kopf.

Ich ignoriere seine Abweisung. »Du wirst mich nicht verlieren. Wir werden einen Weg finden …«, sage ich so zuversichtlich, wie ich kann, lasse einige Sekunden verstreichen, in denen Kay wie erstarrt erscheint, dann wage ich mich weiter vor. »Lass uns re–«

»Wir brauchen Feuerholz!«

Seine Worte gleichen einem wütenden Schrei, und als er die gespitzten Stöcke aus der Erde reißt und mit schnellen Schritten in die Wüste entschwindet, ist es, als hätte das Raubtier mir seine Pranke durchs Gesicht gezogen.

Mit jedem Schritt, den er sich entfernt, schwindet meine Hoffnung, jemals zu erfahren, warum er den Gedanken nicht ertragen kann, mich zu verlieren.

Mein Scout kennt mich doch kaum!

Er wurde mir zugeteilt, hat nur wenige Stunden mit mir verbracht und mich in unserer gemeinsamen Zeit noch nicht einmal besonders freundlich behandelt, nur aus Kalkül heraus geküsst und immer hatte ich den Eindruck, es ginge ihm einzig darum, den Marker loszuwerden, seinen Teil des Paktes einzuhalten. Und im Grunde handelt er richtig, ich weiß, dass auch ich keine Gefühle zulassen sollte, denn sie lenken mich zunehmend von meinem Ziel ab: Jeremy, meine Eltern und unser Häuschen im Wald, all das verliert hier in der Wüste mehr und mehr an Bedeutung. Es erscheint fast so unerreichbar wie Kay.

Über meine Gedanken muss ich in einen traumlosen Schlaf gesunken sein. Als ich die Augen aufschlage, steht die Sonne hoch am Himmel. Kay ist nicht zu sehen, aber neben mir auf dem flachen Stein liegen zwei aufgebrochene Fasskakteen und etwas, das aussieht wie ein gegrillter Salamander. Ich nage lustlos an dem trockenen Fleisch, sauge die Kakteenfrucht aus und kugle mich wieder zusammen. Der Stein in meinem Rücken hat sich von der Sonne aufgewärmt, weniger, als ich es in der Wüste erwartet hätte, doch genug, damit ich nicht friere.

Meine Erschöpfung und das Martyrium der letzten Tage zwingen mich bald in weitere traumlose Stunden. Als ich wieder erwache, stehen bereits Sterne am Firmament. Dicht neben mir kauert Kay. Die Beine umschlungen, den Kopf auf seinen Knien, scheint er zu schlafen, doch seine Atemzüge sind unruhig, wie bei einem gehetzten Tier, und genauso erschöpft wirkt er auch, dunkle Schatten unter den Augen, die Haare wild ins Gesicht hängend.

»Du bist wieder da«, flüstere ich.

Sofort öffnet Kay die Lider. »Wo sollte ich sonst sein ...?«

»Und?«

Dieses schlichte Wort beinhaltet all meine Fragen: Wirst du bei mir bleiben? Wirst du aufhören, mich zurückzustoßen? Wirst du mir Antworten geben? Wirst du mich in dein Herz lassen?

Kays Gesicht ist wie eine Maske, undurchdringlich, regungslos, was die Sekunden, in denen er nichts weiter tut, als mich zu betrachten, zu einer Qual werden lässt.

»Tohanl waecanun sni, hehanl iyopeinic'iyakta«, flüstert er schließlich.

Ich hebe fragend die Augenbrauen, zu mehr bin ich nicht imstande.

»Das ist indianisch und bedeutet in etwa: Bereuen werde ich nur die Dinge, die ich nicht getan habe«, übersetzt Kay heiser und beugt sich vor. Seine Augen fixieren meine, auch als er noch näher kommt, seine Lippen sich öffnen.

Abrupt rutsche ich zurück. »Das reicht mir nicht!«

Mein Scout stöhnt leise. »Was verlangst du?«

»Dass du mir sagst, wieso du Angst hast, mich zu verlieren, und woher dieses Tattoo auf deinem Gesicht stammt, wieso du einen Menschen umgebracht hast, was deine Geheimnisse sind, wieso du nie mehr lieben willst, und ich verlange ... Ach verdammt! Ich möchte einfach mit dir reden, ohne Angst zu haben, von dir zurückgestoßen zu werden.« Ich verschränke die Arme, um Kay wissen zu lassen, wie ernst ich es meine.

»Es fällt mir schwer ...«

»Mir auch.«

»Es würde nichts einfacher machen.«

»Das Risiko gehe ich ein.«

»Du wirst irgendwann alles verstehen.«

»Ich will es jetzt verstehen!«, fauche ich, rücke noch weiter ab.

Kay atmet tief durch und nickt ergeben. »Okay, aber vielleicht wirst du bereuen, mich gefragt zu haben. Vielleicht wirst du mich sogar hassen. Aber damit du verstehst, muss ich von vorn beginnen ...«

Ich schlucke nur, wage kaum, Kay anzusehen.

»Ich war noch nicht einmal 19, als ich meinte, die große Liebe meines Lebens gefunden zu haben ...« Kay spricht leise, den Blick in die Ferne gerichtet, als würde sich dort, einer Fata Morgana gleich, seine Geschichte spiegeln.

»Im Grunde war sie schon vergeben, an den Sohn eines Lebensmittelhändlers. Dabei war das Letzte, was ich damals wollte, mich zu binden, das kannst du mir glauben. Die Welt erschien mir wie ein unerschöpflicher Quell an Vergnügungen. Hier ein wenig arbeiten, dort ein Mädchen, weiterziehen, mich treiben lassen ... Ich habe die Menschen ausgenutzt, genommen, ohne zu geben. So blieb ich eine Zeit lang in Utah bei einer Frau, die mich quasi am Straßenrand aufgelesen hatte. Inzwischen weiß ich nicht mehr, was mich in diese gottverlassene Gegend getrieben hatte, nur noch, dass ich dort stundenlang am Straßenrand stand, auf ein Auto wartete, um in eine größere Stadt mitgenommen zu werden. Der Wagen, der schließlich hielt, gehörte Mrs Castle. Eine Witwe, von der ich erst dachte, sie hätte mit ihrem Leben gebrochen. Noch auf der Fahrt zu ihrer kleinen Ranch, die sie mit ein paar Hilfskräften bewirtschaftete, erzählte sie mir von ihrem Mann, der an dem Biss einer Schlange gestorben war, von ihrem einzigen Kind, Simon, der in meinem Alter war und spurlos verschwand. Schnell war mir klar, ich sollte diesen Platz füllen, und ich genoss die Wochen, in denen Mrs Castle für mich kochte, mich umsorgte, sogar nach einer Frau für mich Ausschau hielt. Dann und wann half ich ihr bei kleineren Reparaturen. Nicht dass sie je Ansprüche stellte oder mich zu irgendwelchen Arbeiten drängte. Selbst nicht, als ich tagelang auf der Veranda saß und den Whiskey ihres verstorbenen Mannes soff. Ich erzähle dir das, Alison, damit du verstehst, was für ein Mensch ich war.«

Ich nicke nur.

»Als der Herbst kam«, fährt Kay fort, »hatte ich das Gefühl, weiterziehen zu müssen. Mir stand der Sinn nach dem Leben einer Großstadt, nach Abenteuer, Vergnügungen, Mädchen, die leicht zu haben waren ... Ich verließ Mrs Castle noch vor Sonnenaufgang und ohne eine Nachricht zu hinterlassen.«

Kay schluckt hart und knetet seine Hände, als er weiterspricht, wirkt sein Ausdruck düsterer, als ich ihn je zuvor erlebt habe.

»Würde ich in diese Zeit nach Utah zurückportiert

werden, würde ich mein anderes Ich windelweich prügeln! Aber ich habe Mrs Castle nie wiedergesehen.«

Kurz reibt Kay sich die Schläfen. Ich sehe ihm an, wie schwer es ihm fällt, über diese Zeit zu reden. Er braucht einige Sekunden, lässt die Hände sinken. Es wirkt hilflos.

»Irgendwann landete ich in San Francisco. Die Stadt erschien mir wie eine Offenbarung! Über Monate feierte ich das Leben, ohne nur einen Penny dafür auszugeben. Mir war immer bewusst, welche Wirkung ich auf Menschen habe«, gesteht Kay, »und fand es nur recht, wenn die, die sich mit mir umgaben, auch für meine Vergnügungen bezahlten. Eines Tages nahm mich ein solcher Freund mit aufs Land. Inzwischen war der Frühling angebrochen und irgendjemand aus seiner Familie feierte irgendeine Hochzeit. Dort sah ich sie zum ersten Mal: nussbraune Haare, ein fein geschnittenes Gesicht und viele kleine Teufelchen in ihren grünen Augen. Das Mädchen war anders als alle anderen, die ich bis dahin kennengelernt hatte, selbstbewusst, zynisch und sie machte es mir mehr als schwer. Ich umwarb sie, sie wies mich zurück. Ich bekniete sie, sie wies mich zurück. Ich legte ihr mein Herz zu Füßen, sie wies mich zurück. Und trotzdem wich ich nicht von ihrer Seite ... Vor allen Dingen arbeitete ich das erste Mal in meinem Leben, machte mich auf der ...« Kay stockt kurz. »... in dem Betrieb ihres Vaters nützlich. Der sah in mir bald den perfekten Schwiegersohn und, was soll ich sagen, das überzeugte wohl auch seine Tochter.« Kay lacht verschmitzt, ist im nächsten Augenblick aber wieder so ernst wie zuvor.

»Wie dem auch sei ... Als der Sommer anbrach, war sie schwanger. Wir heirateten, wohnten zunächst im Haus ihres Vaters, gemeinsam mit ihren Geschwistern. Eines Abends tranken ihr alter Herr und ich zusammen. Ich glaube, es waren zwei Flaschen Whiskey! Bevor wir zu Bett gingen, bot er an, seiner Tochter und mir ein Haus in der Stadt zu kaufen. Verdammt! Mein Glück schien perfekt. Schon am nächsten Morgen fuhr ich in Richtung Stadt, um mich nach passenden Häusern umzusehen. Auf der Fahrt wurde mir plötzlich übel, ich musste mich übergeben und gab dem Whiskey die Schuld, aber dann fiel ich in Ohnmacht und erwachte ...«

»Im Jahr 2417«, flüstere ich.

»Fast, ja. Im Jahr 2415.«

»Was passierte dann?«

»Tja, was passierte dann ... Man stellte mir meinen Scout zur Seite, sagte, es würde ein Kinderspiel werden.«

»Ein Kinderspiel?«

»Ja, so waren Wum Randys Worte, ein Kinderspiel. Er versprach mir den Himmel, aber ich ging durch die Hölle. Mein Scout und ich wurden in die Vergangenheit geschickt. Am Anfang war es wirklich ein Kinderspiel, aber dann ... Meine Frau habe ich in unzähligen Realitäten gesehen. In keiner davon hat sie überlebt. Ich habe mich lange mit der Frage gequält, ob sie unser Kind geboren hätte, wenn diese Show nicht gewesen wäre. Als man mich aus unserer gemeinsamen Realität riss, war sie erst im dritten Monat.«

Kay schweigt eine Weile. Ich lasse ihn, auch wenn ich

mir fast die Zunge abbeißen muss, um nicht alle Fragen herauszuschmettern, die in meinem Kopf toben.

»Aber was ich auch tat«, fährt Kay kopfschüttelnd fort, »sie hörten nicht auf, mich zu quälen, ließen mich einfach nicht zurück. Brachen ihre Versprechen, zerstörten alles, was ich mir aufgebaut hatte. Tja, irgendwann schien mir all das, was ich kannte, so weit entfernt, so unerreichbar, dass es anfing zu verblassen. Ich arrangierte mich mit meiner Situation, wahrscheinlich ein Überlebensinstinkt. Ich arrangierte mich mit meinem Scout, lernte, ihn immer mehr zu schätzen. Ein störrisches Mädchen, meiner Frau nicht unähnlich. Nach und nach nahm sie den leeren Platz in meinem Herzen ein und mit der Zeit liebte ich sie mehr ... Ich liebte sie mehr als die Frau, die mir genommen wurde. Der Wunsch, meine Realität wiederherzustellen, wich dem Wunsch, nur noch mit meinem Scout zusammen zu sein! Ich lernte viel von ihr: Überlebenstechniken, Fallen stellen, Feuer entzünden, sich lautlos durch die Vergangenheit bewegen ... Dafür bewunderte ich sie. Außerdem war sie hinreißend, wunderhübsch, temperamentvoll und ...«

»Ich hab's verstanden«, zische ich, bis ins Mark eifersüchtig.

Kays Gesichtsausdruck ist trübselig, als er seinen Gedanken nachhängt, aber seine Augen sind voller Wärme und Liebe, ein Ausdruck, den er mir wohl nie entgegenbringen wird! Und mit einem Mal bin ich mir nicht mehr sicher, ob ich noch mehr über seine Vergangenheit und diesen Scout erfahren will, über dieses – wie sagte er? – dieses hinreißende, wunderhübsche, temperamentvolle Mädchen, das ich nicht bin, nie sein werde.

Kay atmet tief durch. »Und auch, wenn ich noch oft an meine schwangere Ehefrau zurückdachte, war es, als hätte das Schicksal mich nur deswegen für diese absurde Show auserwählt, damit ich für meine wahre Liebe reife. Eine unerschütterliche Liebe, an der man nie zweifelt, die man nie, nie vergessen kann! Unsere Zeit war viel zu kurz, aber sie war die schönste und gleichsam schlimmste meines Lebens.«

Du meine Güte! Schon gut! Kay ist ja gar nicht mehr zu bremsen ...

»Und hatte dieses wunderbare Wesen auch einen Namen?« Inzwischen bin ich unfassbar wütend über Kays verklärte Geschichte.

»Sie hieß Alison«, antwortet mein Scout und sieht mir fest in die Augen.

Mir entweicht ein erstaunter Laut. »Alison, so wie ich?«

»Nein, Alison, nicht *wie* du ...«

»Was ... wie ... ich meine ... Kay, tu das nicht. Spiel nicht mit mir.«

»Alison, wunderbare, kleine Alison«, flüstert Kay und berührt meinen Nacken, um mich zu sich heranzuziehen. »Du warst mein Scout oder besser, du wirst es sein. In zwei Jahren, linear gesehen.«

# 12

Irgendwann, in der Wüste gen Nordwesten

Als die aufgehende Sonne den Tag ankündigt, liege ich mit dem Kopf auf Kays Schoß und starre in die eintönige Wüste, während Kay sanft mit den Fingern durch meine Haare fährt, und versuche, seine Beichte zu verkraften.

Mein Scout liebt mich! Es waren keine zarten Bande, die ich ab und an zu spüren meinte, seine Gefühle reichen weit über eine kopflose Verliebtheit hinaus, die mich immer wieder seine Nähe hat suchen lassen. Nein. Kay liebt mich mit unumstößlicher Gewissheit!

Diese Tatsache zerschmettert in ihrer Wucht alle anderen verwirrenden Informationen! Es lässt sie unwichtig erscheinen, so unglaublich sie auch sind. In 2 Jahren, im Alter von 19 also, werde ich wieder von ihnen geholt werden. Diesmal, um mit meinen Erfahrungen einem anderen Kandidaten als dessen Scout zur Seite zu stehen: Kay!

Nur dass Kay erst 19 sein wird, nicht 21, und sich an nichts von dem, was wir zusammen erlebt haben, erinnern wird, weil es für ihn noch nicht geschehen ist. Er wird nicht der Kay sein, den ich jetzt kenne, sondern ein leichtsinniger Egoist, der die Sprünge in die Vergangenheit als ein beherrschbares Abenteuer betrachtet, mich als ein lästiges Anhängsel, bis ... ja, bis etwas geschieht, über das er mir zum jetzigen Zeitpunkt nichts erzählen darf.

»Das, was geschehen wird, ist schon geschehen«, hat Kay versucht zu erklären. »Wenn ich dir aber mehr verrate als ohnehin schon, könnten sich die Realitäten wieder verschieben. Es ist nicht gesagt, dass all das genau der Alison widerfahren wird, die jetzt bei mir sitzt, die ich so sehr liebe ...«

Für einen kurzen Moment hatte ich begriffen, was er meinte, bis sich die Pforte zur Erkenntnis wieder geschlossen hat, meine Gedanken wieder in meinem beschränkten Verstand gefangen waren. Ganz so, wie man manchmal glaubt, die Unendlichkeit verstehen zu können, sobald man sie jedoch zu fassen versucht, ist der magische Moment vorbei. Was soll's. Es genügt mir zu wissen, dass ich Kay wiedersehen werde und dies nicht das Ende unserer Reise ist.

Inzwischen steht die Sonne hoch genug, um uns zu wärmen. Kurze Schatten erscheinen auf dem Sand um uns herum, von den Dornenästen in zackige Spitzen geworfen. Den Himmel sehe ich den ersten Tag seit unserer Ankunft wolkenlos. Hoch oben entdecke ich einen Schwarm Vögel, der unbeeindruckt von unserem Schicksal über den Berggipfel gleitet. Ich blicke ihm nach, bis der Schwarm zu einem Punkt geschrumpft ist, dann schließe ich die Augen, genieße Kays Finger, die zärtlich über meine von der Sonne gewärmte Haut gleiten.

»Ab welchem Zeitpunkt hast du begriffen, dass du

mein Scout sein wirst?«, frage ich, die Bilder unserer ersten Begegnung auf der Showbühne vor Augen.

Kurz hält Kay inne. »Sofort natürlich! Alison, ich habe 2 Jahre nur an dich denken können. Ich war mir sicher, dich nie wiederzusehen. Dabei hatte ich immer das Wissen im Hinterkopf, dass es dich gibt, du existierst, ein Quäntchen verschoben, in einer anderen Realität, in einer anderen Zeit, unerreichbar ... Irgendwann wollte ich nur noch vergessen. Der Schmerz hätte mich sonst um den Verstand gebracht.«

»Aber du sahst nicht besonders begeistert aus, als du mich wiedergesehen hast. Ich meine, du hast eher gewirkt, als hätte man dir über den Marker Schmerzen zugefügt, und dann hast du dich auf Wum Randy gestürzt, als wolltest du ihn umbringen!«

»Ich war versucht«, gibt Kay lächelnd zu. »Aber das hätte nichts geändert. Vielleicht hätte ich diesem widerlichen Mistkerl für kurze Zeit das Leben nehmen können, ja. Aber wer durch die Zeit reisen kann, beherrscht die Geschichte. Die Spielleitung hätte ein paar Sicherheitskräfte wenige Minuten zurückgeschickt, um mir den Weg zu versperren, oder lediglich ein Abbild von mir auf die Bühne projiziert oder, oder, oder ... So hatten sie eine gute Show.«

»Sie haben dir keine Schmerzen über den Marker zugefügt?«

»Das brauchten sie nicht. Zu wissen, dass du es sein wirst, der all dies angetan werden wird, hat mir viel größeren Schmerz zugefügt, als ein Marker es gekonnt hätte.«

Verwirrt sehe ich zu Kay hoch, der meinen Blick mit unendlicher Tiefe erwidert.

»Aber habe ich dir bei unserer letzten Begegnung nicht erzählt, dass wir uns wiedersehen werden, so wie du es mir jetzt erzählt hast?«

Kay schüttelt den Kopf. »Du wirst deine Gründe gehabt haben, es nicht zu tun.«

»In 2 Jahren?«

»Aus deiner Sicht in 2 Jahren, ja. Ich verspreche dir, alle Fragen zu beantworten, sofern sie nicht das betreffen, was in 2 Jahren geschehen wird, Alison, aber jetzt müssen wir ein paar Stunden schlafen. Sobald der Abend anbricht, werden wir weiterziehen müssen, der Himmel ist klar. Wir können uns also an den Sternen orientieren. Aber der Weg wird beschwerlich werden. Wir brauchen Kraft und genügend Schlaf. Wie geht es deiner Rippe?«

»Besser. Aber ich will nicht.« Trotzig schiebe ich meine Unterlippe vor. »Wieso bleiben wir nicht einfach hier? Genießen die 3 Wochen, die uns bleiben, bis wir uns in 2 Jahren wiedersehen ...«

»Das geht nicht, mein störrischer, kleiner Schatz«, antwortet Kay liebevoll. »Im Umkreis von mehreren Meilen sind keine Fasskakteen mehr zu finden, wir würden schnell verdursten. Besonders viel Essbares gibt's hier auch nicht, was aber viel wichtiger ist: Du musst lernen, in der Wildnis zu überleben. Feuer zu machen, zu jagen, Fallen zu stellen, dich zu orientieren ... All dies wirst du mir nämlich in 2 Jahren beibringen müssen.«

»Ich dir?«

»Du mir.«

»Ich werde dir beibringen, was du mir jetzt beibringst? Ich lerne von dir, was du von mir gelernt hast?«

»Paradox, aber so ist es. Und ich weiß, du wirst es verdammt gut machen. Aber das, was vor uns liegt, ist kein Spaziergang. Deswegen sollten wir jetzt schlafen, Kraft schöpfen und bei Sonnenuntergang aufbrechen, okay?«

Ich nicke ergeben und robbe noch dichter zu Kay herüber, der lang gestreckt auf dem Boden liegt und neben sich klopft. Mein Gesicht zwischen seinem Hals und seiner Schulter vergraben, seinen schweren Arm um mich geschlungen, schlafe ich viel schneller ein, als mir lieb ist.

Am nächsten Morgen verlassen wir unser Lager mit nur wenigen Habseligkeiten. Kay erklärt, wir sollten mit möglichst geringem Ballast reisen, und so wandert nur die Steinaxt mit uns sowie ein besonders starker Speer, dessen Spitze Kay in der Glut des niedergebrannten Feuers gehärtet hat. Ich trage ein Stück Dung auf meiner ausgestreckten Hand. Er muss von einem größeren Tier stammen und ist in der Sonne zu einem festen Klumpen getrocknet.

Kay lässt keine Gelegenheit aus, mir Überlebenswichtiges beizubringen, und auch wenn ich ihn dränge, meine Fragen zu beantworten, treibt er unerbittlich meine Ausbildung voran. So erklärt er mir, dass sich die getrockneten Ausscheidungen von Tieren hervorragend eignen, Feuer zu transportieren. Mit dem Finger ein Loch in die Mitte des Haufens gebohrt, drückt man ein Stück der glühenden Kohle hinein, welches dort stundenlang weiterglimmt. In meiner Markerhand liegt jetzt ein flacher Stein, der mich vor der Glut schützen soll, die ich, in Tiermist gestopft, bereits eine beachtliche Strecke durch die Wüste getragen habe.

Es macht mir nichts aus, den Marker nicht sehen zu können. Im Gegenteil. Ich beschließe, nur noch auf ihn zu schauen, sollte das Piepen unerträglich werden, ansonsten werde ich jede Sekunde mit Kay genießen, ohne einen Countdown im Hinterkopf.

Die Nacht ist sternenklar und kalt. Trotz unserer ausladenden Schritte friere ich bald in meinem kurzen Kleidchen, dessen Wollfaden sich auch noch am Rücken aufgeribbelt hat, als ich an einem Dornenbusch hängen geblieben bin. Diese Gewächse, hat mein Scout mich belehrt, enthalten jede Menge Öle, so trocken sie auch wirken mögen, und sind das beste Brennmaterial, das in der Wüste zu finden ist.

Schon bald merke ich, wie recht Kay hatte: Mir fehlt die Energie. Mit jedem Schritt wird das Laufen beschwerlicher, mein ausgestreckter Arm schmerzt bald und widerwillig wechsle ich die Hand, um die Glut zu tragen. Obwohl ich es vermeiden wollte, registriert mein Gehirn den im Dunklen leuchtenden Countdown. Uns bleiben noch 20 Tage, unser unbekanntes Ziel zu erreichen, die Zusammenhänge zu verstehen und das Richtige zu tun, in der geringen Hoffnung, es möge meine Realität wiederherstellen.

Da die Natur gen Nordwesten stetig vielfältiger wird, bald erste belaubte Sträucher auftauchen, können wir uns zumindest nicht auf der anderen Halbkugel der Erde befinden, erklärt Kay mir. In Australien würde es in Richtung Norden immer karger werden und der gleichnamige Stern, an dem wir uns orientieren, wäre überhaupt nicht zu sehen. Immer wieder lässt mein Scout mich am glitzernden Firmament nach dem Nordstern suchen und fordert mich auf, die Himmelsrichtungen zu bestimmen.

»Niemals Ohne Seife Waschen«, wiederhole ich Kays Worte. »Norden, Osten, Süden, Westen. Im Uhrzeigersinn. Okay, warte ... Da oben rechts ist er ... der Nordstern. Den hellsten von allen meine ich. Wir halten uns etwas links davon, also zwischen Norden und Westen.«

»Sehr gut.« Kay nickt anerkennend. »Ohne Anhaltspunkt laufen die Menschen, die sich in der Wüste verirrt haben, ausnahmslos im Kreis. Uns fehlen wohl die Instinkte, wie sie Tiere haben, und auch deren Sinne. Wir müssen uns auf unseren Verstand verlassen, auf unser Wissen. Deswegen suche dir am Tag immer einen Fixpunkt, den du nie aus den Augen lässt. In der Nacht können dich nur die Sterne leiten. Ist der Himmel wolkenverhangen, bleib, wo du bist, und warte auf die Sonne. Wo geht sie auf?«

»Ich bin echt fertig ... Können wir nicht eine Pause machen?«

»Wo geht die Sonne auf? Sag den Spruch!«, fordert Kay unerbittlich.

»Im Osten geht die Sonne auf, im Süden nimmt sie ihren Mittagslauf, im Norden wird sie untergehen, im Westen ist sie nie zu sehen.«

»Falsch! Noch mal!«

»Kay! Oh mein Gott! Im Westen wird sie untergehen. Es ist der Westen, okay? Lass uns BITTE eine Pause machen! Meine Füße brennen und überall ist dieser verfluchte Sand!«

»Es wird bald hell. Dann suchen wir einen Rastplatz, versprochen.« Kay ist endlich stehen geblieben und haucht mir einen Kuss auf die Stirn. »Es dauert nicht mehr lang. Vielleicht noch eine halbe Stunde, in Ordnung?«

Ich lasse meinen Kopf gegen seine Brust sinken, und auch wenn ich den Wunsch habe, für immer dort zu verweilen, stimme ich zu. »In Ordnung.«

Kay behält recht. Kurze Zeit später verblassen die Sterne unter der leuchtend gelb aufsteigenden Sonne, die die kontrastlose Tristesse der Nacht verscheucht. Mir entweicht ein erstaunter Laut, als ich sehe, wie sehr sich die Landschaft verändert hat. Der Marsch durch die Kälte der Nacht hat sich ausgezahlt. Wir sind anscheinend weitergekommen, als ich geahnt habe, denn die Wüste liegt hinter uns.

Das immer gleiche Gelb des Sandes ist einem hellem Braun gewichen. Körnige Erde zieht sich über seichte Erhebungen, die wie zu Stein gewordene Wellen wirken. Selbst der Berg ist viel näher gekommen, scheint nicht mehr so unerreichbar wie noch am Tag zuvor, und nicht weit entfernt stehen dicht gedrängt gelb blühende Pflanzen zwischen silbrigen Sträuchern.

Die Luft ist erfrischend – kalt, ja, das auch, aber nicht mehr so trocken, und ich merke, wie sie mich mit neuer

Energie versorgt. Überall Leben! Nicht sofort sichtbar, aber jedes Brummen eines Insekts, jedes Zwitschern eines Vogels erweckt ein Hochgefühl in mir.

Als wir durch kniehohe Gräser einen Hügel hinaufgehen, stehen wir plötzlich über einem mehrere Meter breiten Fluss. Klares, glitzerndes Wasser, das mein Hochgefühl in schiere Euphorie steigert.

»Das ist das Paradies!«, rufe ich Kay zu und stürme das Gefälle hinunter, wobei mir fast der immer noch glühende Dungklumpen entgleitet. Am Flussufer lege ich ihn vorsichtig zwischen die Gräser und tauche meine Hände in das Wasser, um es Schluck für Schluck in meinen Mund zu schöpfen. Es ist erschreckend kalt und mein Magen zieht sich schmerzhaft zusammen, so empört ist er über die eisige Flüssigkeit, aber ich gönne ihm keine Ruhe, bis mein Durst gestillt ist.

Erst dann lasse ich mich ins Gras fallen, schüttle den Sand aus meinen Schuhen und sehe mich nach Kay um. Er trägt ein Bündel der langen Gräser im Arm, zusammen mit einigen Zweiglein, die er behutsam zu einem Nest zusammenschiebt, den Dung kopfüber hineinlegt und vorsichtig pustend das Feuer neu entfacht. Schnell züngeln die Flammen empor, verbrennen das Gras und finden nur noch in den abgeknickten Zweigen Nahrung. Kay erhebt sich und bricht den Speer über seinem angewinkelten Knie in vier Teile, die er über dem Feuer fächert.

»Ich besorge mehr Holz. Du musst das Feuer bis dahin mit dem Gras am Leben halten. Lass es nicht ausgehen und ersticke es nicht.«

»In Ordnung.«

Mir ist klar, dass es nicht einfach ist, Feuer ohne Streichhölzer oder dergleichen neu zu entfachen. Also reiße ich die steifen Halme des Grases gleich büschelweise heraus.

Ich nehme meine Aufgabe sehr ernst, und als Kay nach einer gefühlten halben Stunde mit einem Arm voller Äste zurückkommt, habe ich sogar zwei Büsche zu Kleinholz verarbeitet und ein heiß loderndes Lagerfeuer geschaffen.

Eine Weile sitze ich an Kay gelehnt. Wir sehen auf den Fluss, der das Wasser vom Berg wegträgt, und lassen uns von der Hitze des Feuers wärmen. Mein Scout hat seine Arme um mich geschlungen. Ich fühle mich sicher, eingesponnen, wie in einem Kokon. Als Kays Lippen über meinen Hals wandern, lege ich meinen Kopf in den Nacken, bis sich endlich, endlich unsere Münder berühren.

Sein Kuss ist forschend, vorsichtig und nicht so drängend, so leidenschaftlich wie in der Garderobe des Kinos. Seine Lippen streifen meine hauchzart, knabbern vorsichtig an meinem Fleisch, ziehen sich wieder zurück, sobald ich mich an ihn dränge. Er spielt mit mir und das bringt mich endgültig um den Verstand. Ich zapple wie ein Fisch auf dem Trockenen in seiner festen Umarmung, schnappe ebenso nach seinen Lippen, wie der Fisch es nach Wasser tut, überwältigt von dem Bedürfnis, meinen ganzen Körper an seinen zu pressen. Seine Hände auf mir zu spüren, endlich und mit unabdingbarer Leidenschaft mit ihm zu verschmelzen.

Aber Kay beendet meine Träume mit einem fast väterlichen Kuss auf die Nasenspitze.

»Noch nicht«, sagt er mit belegter Stimme.

»Was meinst du?«, keuche ich schnell atmend.

»Es ist noch nicht an der Zeit ...«

Wieder Zurückweisung. »Aber in der Garderobe war der richtige Zeitpunkt?« Meine Leidenschaft weicht langsam, aber sicher Verärgerung.

»Nein, war es nicht. Da habe ich mich vergessen, denn ... Du sahst so hinreißend aus in diesem Kleid und ... Mein Verhalten war unverzeihlich! Du musst mich für den größten Idioten der Welt gehalten haben, als ich dich danach fast nicht beachtet habe.«

»Für einen noch größeren! Deswegen könntest du langsam damit aufhören und mich ...« Ich suche nach den richtigen Worten. Mich lieben. Mich wieder auf diese Weise küssen. Mich mit deinen Berührungen um den Verstand bringen. »Du könntest damit aufhören und weniger zurückhaltend sein.«

»Wenn ich mich nicht zurückhalte, wenn ich mich meinen Gefühlen hingebe, dann ... Glaub mir, Alison. Ich begehre dich so sehr, dass ich mich vergessen werde, und dann wärst du ...«

»Wäre ich was, Kay?« Forschend suche ich in seinem Gesicht nach der Wahrheit.

»Wie soll ich das erklären? Na ja ... in 2 Jahren wirst du noch Jungfrau sein und so muss es bleiben, denn sonst ist es unmöglich, dass die gleiche Alison bei mir sein wird, die jetzt hier ist.«

»Und woher willst du wissen, dass ich bis dahin mit

keinem anderen ... Oh!«, entweicht es mir unwillkürlich, als ich verstehe, und schnell wende ich mein Gesicht ab. Besser, Kay sieht nicht, wie ich bis in die Haarspitzen erröte. »Dann wirst du der Erste sein, der ...«

»Ja.«

Als ich mich wieder umblicke, lächelt Kay versonnen.

»Lass das!«, schimpfe ich mit gespieltem Vorwurf.

»Was?«

»Du siehst mich an, als ob ich ein gegrilltes Spanferkel oder so was wäre.«

Kay feixt. »Ich musste nur an den kleinen Leberfleck über deinem Bauchnabel denken ...«

»Das ist ungerecht! Ich weiß fast nichts von dir! Ich kann keine Erinnerung an das haben, was für mich erst geschehen wird!«

Plötzlich wird Kay ernst. »Denk daran, wenn sich die Verhältnisse in 2 Jahren umkehren. Dann werde ich dich nicht kennen und du wirst mir helfen loszulassen, dir zu vertrauen und zu überleben.«

»2 Jahre!« Ich ächze bei dem Gedanken, noch so lange warten zu sollen ...

»Wir müssen uns gedulden.«

»Ich hasse es, mich gedulden zu müssen.«

»Ich weiß. Ich kenne dich so viel besser, als du glaubst«, flüstert Kay und entlässt mich aus seiner Umarmung, um zum Flussufer zu gehen.

Mit schmollend vorgeschobener Unterlippe beobachte ich, wie er mit einem Stock im Wasser herumstochert.

»Der Fluss ist nicht tief und voll mit Fischen!«, ruft Kay mir zu, ohne sich umzudrehen. »Ich schlage vor, wir bleiben einige Tage hier, um uns mit dem Wichtigsten zu versorgen, und du zeigst mir noch mal, wie man eine Forelle mit bloßen Händen fängt, in Ordnung?«

Widerwillig erhebe ich mich aus dem sonnenbeschienenen Gras und gehe die Böschung zum Fluss hinunter.

Tatsächlich stehen mehrere Regenbogenforellen in dem glasklaren Wasser, dicht an der Oberfläche, und halten sich mit flinken Flossenbewegungen gegen den Strom auf der Stelle.

Kurze Zeit später stehen wir also im knietiefen Wasser, leicht nach vorn gebeugt mit ausgestreckten Händen. Es ist Jahre her, seit Onkel Herold mir beigebracht hat, wie sich die Fische auch ohne Angel an Land bringen lassen, und bei den ersten Versuchen entwischen mir mehrere der schillernden Tiere. Kay, der es wahrscheinlich gewohnt ist, seine Beute durch Geschwindigkeit zu erlegen, sticht mit pfeilschnellen Bewegungen nach unten und verscheucht den kleinen Schwarm damit endgültig.

»Vielleicht versuchst du es besser mit ein paar Flussschnecken«, necke ich ihn.

Resigniert lässt mein Scout die Arme sinken und watet wieder an Land. »Es ist zwecklos, Alison. Du hast es mir so oft gezeigt. Ich werde es wohl nie lernen. Wie es aussieht, wirst du heute für das Mittagessen sorgen müssen. Ich stelle lieber ein oder zwei Fallen an Land auf. Vorhin habe ich ziemlich viele Hinterlassenschaften von Wildkaninchen gesehen. Mit etwas Glück gibt es heute Forelle in Hasenmantel.«

Mit wedelnder Hand scheuche ich Kay weg, um mich

im Zeitlupentempo einige Meter flussabwärts zu bewegen, wo zwei unerschrockene Fische noch nicht geflüchtet sind.

Zum Glück wirft die Sonne meinen Schatten von ihnen weg und auch, als ich meine Hände langsam in das Wasser tauche, bleiben sie an der Stelle. Vorsichtig schließen sich meine Finger um das ahnungslose Tier, greifen zu und schon zappelt der glitschige Fisch in der Luft. Ich werfe ihn weit die Böschung hoch, preise im Geist Onkel Herold, der stundenlang meinem elfjährigen Ich diese Jagdtechnik beigebracht hat.

Lange Zeit gehe ich flussabwärts, bis ich schließlich sechs Forellen aus dem Wasser gehoben habe. An Land breche ich einen Ast von einer Weide und mache mich auf den Rückweg. Schon bald entdecke ich die erste Forelle im Gras. Sie zuckt noch, schnappt unbeholfen nach Luft. Das Tier tut mir leid, aber mir ist klar, dass wir uns nicht nur von Fasskakteen und mageren Schlangen ernähren können. Also erlöse ich die Forelle mit einem schnellen Stockschlag und hänge sie unter den Kiemen an eine der Astgabeln.

Als ich das Lagerfeuer erreiche, steht die Sonne bereits hoch am Himmel, aber vor mir trage ich einen Strauß herrlich fetter Fische. Das Feuer ist inzwischen auseinandergefallen und nur noch wenige Holzstücke glühen in der Asche. Ich schiebe sie vorsichtig mit dem Fuß zusammen und beschließe, neues Holz zusammenzutragen, da von Kay ohnehin noch nichts zu sehen ist. Vorher bohre ich den Ast so gut es geht in die Erde, dann mache ich mich auf.

Eine halbe Stunde streife ich durch hohe Gräser, immer in Richtung der Bergkette. Dann endlich entdecke ich zwischen niedrig gewachsenen Sträuchern die ersten mageren Bäumchen.

Auch wenn es zur Mittagszeit angenehm warm ist, zeigt mir der schneebedeckte Berg doch, dass es Winter sein muss und die Nächte von Tag zu Tag kälter werden.

Im Moment jedoch kommt mir dieses Fleckchen Erde wie das Paradies vor: frisches Wasser, eine reiche Beute an Fischen, Feuerholz und Zunder in erreichbarer Nähe und mein Scout, der mich über alles liebt. Ich freue mich unbändig auf die nächsten Stunden mit Kay! Weiter denke ich nicht. Zu wissen, dass ich mir seiner Liebe sicher sein kann, er mich nicht mehr zurückweisen wird, uns nichts davon abhalten wird, einander zu entdecken, lässt in diesem Moment sogar meine Sehnsucht nach Jeremy verblassen. Die nächste Zeit gehört nur Kay und mir. Niemand wird sie uns nehmen. Oder doch?

Während ich den Bäumchen, die ich bald als Birken erkenne, näher komme, beschäftigt sich mein Geist auf bösartige Weise mit Wum Randy und der dreiköpfigen Schlange von Jury. Ich versuche, die Gedanken zu verdrängen, aber es gelingt mir nicht. Seit über einer Woche sind wir in dieser unbestimmten Zeit, ohne von *Top The Realities* gehört zu haben. Unwahrscheinlich, dass sie die Show abgesetzt und uns hier vergessen haben. Bisher aber hat die Jury keine weiteren Strafpunkte vergeben, unsere Zeit wurde nicht gekürzt. Oder? Unwillig werfe ich einen Blick auf den Marker.

Er zeigt nach wie vor in roten Ziffern den Countdown an: fast 3 Wochen. Alles unverändert.

Ich bin froh, die weißen Stämme der Birken endlich zu erreichen und mich ganz auf das Feuerholz konzentrieren zu können, mich nur mit dem Biegen und Brechen der Zweige zu beschäftigen. Trotzdem bleibt eine ungute Vorahnung, denn ich kann mich des Gefühls nicht erwehren, dass die Spielleitung bald in irgendeiner Weise unser Glück zerstören wird.

Die Birken setzen sich stärker zur Wehr, als ich dachte, und es ist mühselig, die biegsamen Äste zu brechen. Dabei bin ich mir mehr als unsicher, ob die grünen Zweige überhaupt brennen werden. Aber ich bin entschlossen, meinen Teil zum Überleben beizutragen, deswegen gebe ich nicht nach, bis ich ein großes Bündel Äste und Zweige zusammengetragen habe.

Als ich das Feuerholz schließlich zu unserem Lager zurückschleife, sind meine Hände ziemlich in Mitleidenschaft gezogen. Zwischen dem silbernen Gitternetz des Markers quellen Blutstropfen hervor und laufen über mein Handgelenk.

Ich sehe der feinen roten Spur nach. Bei dem Anblick habe ich das Gefühl, etwas Bedeutsames vergessen zu haben. Aber sosehr ich mich anstrenge, mir fällt nicht ein, was es sein könnte. Also wische ich das Blut an dem ohnehin verdreckten Kleid ab, lege mir die Zweige umständlich auf die Schulter und schreite weit aus. Immer talwärts, zwischen blühendem Ginster, hohem Gras und silbrig schimmernden Büschen entlang. Der Fluss dient mir dabei als Orientierung, und um mir die

Zeit zu vertreiben, versuche ich, die sinkende Sonne einer Himmelsrichtung zuzuordnen. »Südwesten, oder? Niemals ohne Seife ...«

»Alison!«

Kay! Suchend drehe ich mich im Kreis, lasse dabei fast das Bündel fallen, entdecke Kay aber gut 100 Meter flussabwärts nicht weit von unserem Lager entfernt. Irgendetwas Großes hat er bei sich.

»Bleib da! Ich komme zu dir!«, rufe ich aufgeregt. Mein Herz springt wild in meiner Brust, während ich zum Fluss hinunterstolpere. Ich kann immer noch nicht fassen, dass dieser umwerfend gut aussehende Mann, der mit in die Seite gestemmten Armen am Ufer steht, mich – Alison Hill – liebt!

Als ich ihn schließlich atemlos erreiche, lacht er auf. »Na, mein Biber ... Hast du uns Stöcke zum Abendessen aus dem Wasser gezogen?«

»Nein, sechs Forellen und das ist das Feuerholz für die Nacht!«, antworte ich stolz und werfe Kay das Bündel vor die Füße. »Aber woher zum Teufel hast du dieses Boot?«

»Das?« Kay zieht ein hölzernes Kanu an Land, an den Enden schlank, in der Mitte bauchig, irgendetwas Helles zusammengeknüllt in seinem Inneren. »Das lag brach an der anderen Uferseite. Es ist ziemlich hinüber«, Kay kippt das Gefährt mit dem Fuß, wo mehrere fehlende Planken zu sehen sind.

»Sollen wir damit etwa flussaufwärts fahren?«, frage ich mit Schaudern.

Kay kippt das Boot wieder zurück und wirft meine mühsam zusammengetragenen Äste hinein.

»Daraus, meine Süße, baue ich uns ein kuscheliges Nachtlager. Es ist sicherer, wenn wir nicht auf dem Boden schlafen. Ich will dich nicht unnötig ängstigen, aber auf dem Weg habe ich acht Schlangen gesehen. Alle giftig, zwei davon absolut tödlich! Du solltest nicht mit nackten Beinen durch das hohe Gras laufen, so entzückend ich es auch finde.« Kay lacht verschmitzt. »Überlass mir das Holzsammeln, in Ordnung?«

Ich nicke abwesend und betrachte unruhig das dichte Gras um mich herum, durch das ich so sorglos marschiert bin. Die Halme wiegen sich leicht, kitzeln meine Oberschenkel, aber eine Schlange in den eng stehenden Büscheln auszumachen, wäre mir unmöglich. Auf einmal erscheint mir die Gegend nicht mehr so paradiesisch.

Kay, der meinen besorgten Blick sieht, hebt mich an der Hüfte in die Luft, haucht mir einen Kuss auf die Lippen und setzt mich dort, wo Kiesel und Steine das Gras ablösen, wieder auf die Erde. Ich atme erleichtert aus.

»Es ist wichtig für dich zu lernen, wie man eine Schlange aufspürt, anfasst und unschädlich macht. Ich zeige es dir bei der nächsten Gelegenheit, aber jetzt, mein Schatz, machst du erst mal das Abendbrot, wie es sich für ein gutes Weib gehört.«

»Nur wenn du die Fische ausnimmst, wie es sich für einen Mann gehört«, entgegne ich mit einem Lachen und vergesse die Schlangen fürs Erste.

Als wir wenige Minuten später das Kanu zu unserem Lager geschleppt haben, entweicht mir ein erstaunter Laut.

»Jemand war hier! Die Fische! Jemand hat unsere Fische geklaut!«, rufe ich entsetzt, denn statt der Forellen finden wir ein erloschenes Feuer und zertrampelte Erde. Den Ast, an dem die Forellen hingen, entdecke ich in kleine Teile zerpflückt einige Meter weiter am Flussufer wieder.

Kay lässt das Kanu aus den Händen gleiten und bedeutet mir mit ausgestreckter Hand, still zu stehen. Langsam dreht er sich im Kreis, die Augen gegen die sinkende Abendsonne abgeschirmt, dann folgt er den Spuren der Verwüstung zum Fluss herunter.

»Wir hatten Bärenbesuch!«, ruft mein Scout zu mir rüber. »Komm her, Alison! Sieh dir das an!«

Am Ufer ist die Erde feuchter und tatsächlich sind die runden Tatzenabdrücke leicht erkennbar. Handtellergroß lassen sie mich erahnen, wie mächtig der Bär gewesen sein muss, der unser Abendbrot verschlungen hat.

»Hier können wir nicht bleiben«, sagt Kay bestimmt. »Es ist wahrscheinlich, dass der Bär zurückkommt, um noch mehr Fische auf dem Silbertablett serviert zu bekommen. Wenn sie hungrig aus dem Winterschlaf erwachen, machen sie auch vor Menschen keinen Halt.«

Ich fluche leise und wünsche dem Tier, das mich nicht nur um das Abendessen, sondern auch noch um kuschelige Stunden mit Kay gebracht hat, im Geiste eine Klapperschlange auf seinen Pelz.

Mit knurrenden Mägen gehen wir also flussaufwärts, immer am Ufer entlang. Je näher wir der Bergkette kommen, desto grüner wird die Landschaft. Und kurz vor Einbruch der Nacht erreichen wir die ersten Tannen, die versprengt zwischen schroffen Steinen stehen.

Wir sind beide erschöpft und so hungrig, dass wir kaum miteinander reden. In den letzten Sonnenstrahlen pflücke ich mit knirschenden Zähnen mehrere Hände voll Flussschnecken von glitschigen Steinen, die im Wasser liegen, und als ich zurückkomme, zeigt Kay mir einen gespitzten Stab, um den er eine Art Bogen gespannt hat, bestehend aus Pflanzenfasern und einem biegsamen Birkenzweig. Ein Feuerbohrer, erklärt er stolz und zeigt mir, wie er mit schnellen Bewegungen den Stab zum Rotieren bringt.

Auf Kays Geheiß schäle ich einige der Birkenäste, deren Rinde sich hervorragend als Zunder eignet, wie sich schnell herausstellt. Schon bald verschwindet die Sonne endgültig hinter der Bergkette. Zum Glück haben wir da bereits ein prachtvolles Lagerfeuer entfacht, das zwischen den aufgetürmten Steinen prasselt. Mit dem Stöckchen vom OP-Tisch pule ich winzige feste Fleischstücke aus den Schneckengehäusen, die wir über den Flammen rösten. Sie haben eine widerliche, gummiartige Konsistenz, schmecken fad und sättigen nicht im Geringsten.

Mein Magen knurrt wütend über die klägliche Mahlzeit, trotzdem schlafe ich irgendwann an einen Stein gelehnt ein.

In der Nacht öffne ich kurz die Augen, da Kay mich hochhebt und in das Kanu bettet. Irgendetwas legt er über mich, einen harten Stoff, der jedoch genug Wärme spendet, sodass ich den Rest der Nacht durchschlafe.

Erst am nächsten Morgen erkenne ich ein mit groben Stichen zusammengeflicktes Lederstück in meiner Decke, wahrscheinlich das helle Ding aus dem Bauch des Kanus.

Mit steifen Gliedern schäle ich mich aus meiner Schlafstätte und stakse zu Kay, der am Feuer sitzt und ein vierbeiniges Tier an einen Stock gespießt über den Flammen röstet.

»Oh mein Gott! Essen!«, rufe ich aus.

»Wildkaninchen zum Frühstück! Zwei Stück sind in die Fallen gegangen und ich schwöre dir, du wirst nie etwas Leckereres gegessen haben! Reich mir mal bitte das Grünzeug dort!«

»Was ist das?« Ich reiche Kay die violett und weiß blühenden Pflanzen, die auf der Spitze des Kanus zum Trocknen liegen, und setze mich dicht neben ihn.

»Das hier ist Bärlauch und das wilder Thymian«, erklärt mein Scout und zupft die Blätter der Pflanzen in kleine Stücke, um sie in eine Metallschale rieseln zu lassen, die in der flammenlosen Glut liegt. Sofort steigt mir der intensive Geruch von Knoblauch in die Nase und ich beuge mich neugierig vor, um in die Schale zu blicken.

Als ich sehe, wie die Kräuter in einer kleinen Lache köstlich duftenden Fetts schmoren, welches unablässig von dem Kaninchen tropft, glaube ich mich im Himmel. Am liebsten würde ich die brodelnde Flüssigkeit auf einen Zug leer trinken. Und als Kay meinen gierigen Blick sieht, lacht er vergnügt, zieht den Stock zu sich heran, um das Fleisch zu lösen. Die Haut ist dunkel, fast schwarz und platzt auf, als Kay eine Keule bricht, aber im Inneren zeigt sich wunderbar rosabraun gegartes Fleisch, welches er durch das Fett zieht und mir reicht.

Kay hatte recht. Nie habe ich etwas Köstlicheres gegessen. Mein entwöhnter Gaumen hätte sich auch über eine Handvoll Flussschnecken gefreut, aber dieses in Fett getränkte Tier entfacht ein geschmackliches Feuerwerk in meinem Mund.

Eine Weile sitze ich zufrieden kauend am Feuer, wo schon der zweite Leckerbissen schmort. Konzentriert knabbere ich jede Faser vom Knochen, erst dann frage ich Kay nach der Herkunft der Metallschale.

»Sie lag in dem Kanu, zusammen mit diesem Tomahawk«, erklärt mein Scout und zeigt mir eine schwere Axt, wahrscheinlich aus Eisen, in die kunstvoll feine Linien gehauen wurden. Sie haben starke Ähnlichkeit mit Kays Tätowierung.

Als ich ihn jedoch danach frage, schüttelt er den Kopf. »Ich kann dir darüber nichts erzählen, das weißt du doch.«

»Bedeutet das, die Tätowierung hat etwas mit dem zu tun, was in 2 Jahren geschehen wird?«

»Bitte, Alison. Mach es mir nicht schwer. Ich werde dir keine andere Antwort geben, wir sollten aber über etwas anderes sprechen.«

Fragend sehe ich Kay an.

»Dieses Kanu, das gegerbte Leder, die Art, wie es verziert ist, und auch dieser Tomahawk sind indianisch. Wahrscheinlich Koso-Indianer, die im Westen Nordamerikas leben. Vor allen Dingen in Nevada. Ich nehme an, wir befinden uns am Rande der Wüste Nevadas und bewegen uns Richtung Kalifornien.«

»Woher weißt du das?« Erstaunt lasse ich die Keule sinken, die ich endgültig bis auf den Knochen abgenagt habe.

»Das spielt keine Rolle. Viel wichtiger ist dies hier!«

Kay hält einen geflochtenen Ring in die Höhe, in dessen Mitte blondes, langes Haar an Fäden gespannt ist. Struppig und von Blutresten verklebt, lässt es mich würgen. Schnell beuge ich mich zur Seite, merke, wie sich die Säfte in meinem Mund sauer zusammenziehen, und schlucke. Nur mit aller Anstrengung kann ich das Essen bei mir behalten.

»Oh Gott. Was ist das?«

»Der Skalp eines weißen Mannes«, erklärt Kay und legt die widerliche Trophäe wieder neben sich. »Ich habe ihn zusammen mit den anderen Dingen im Kanu gefunden und kann nur mutmaßen, wie es dazu gekommen ist. Ich schätze, wir befinden uns in der Mitte des 19. Jahrhunderts, wo sehr viele Europäer in die Gegend hier vorgedrungen sind, um nach Gold zu suchen. Wie es aussieht, wurde einer von ihnen skalpiert und dessen Landsleute haben sich gerächt, im Gegenzug den Indianer ermordet und sein Kanu zerstört. Vielleicht war es auch anders ...«, meint Kay schulterzuckend. »Wichtig ist, dass wir jetzt wissen, in welcher Zeit wir uns ungefähr befinden, wo in etwa wir sind und dass Schlangen und Bären nicht die einzigen Gefahren sind, auf die wir treffen können.«

Nachdenklich nage ich auf meiner Unterlippe und

frage mich nicht ohne Schaudern, warum wir bisher keiner Menschenseele begegnet sind.

»Ich glaube, es wird nicht mehr lang dauern, bis wir den ersten Fremden treffen.« Kay scheint meine Gedanken gelesen zu haben.

»Indianer?«, frage ich bang.

»Indianer oder Goldsucher, Siedler oder Jäger – wen auch immer. Wir befinden uns mit ziemlicher Sicherheit im Wilden Westen, eine verdammt raue Zeit, für die wir so gut gerüstet sein sollten, wie wir können. Daher müssen wir Vorräte anlegen, damit wir etwas zum Tauschen anbieten können, und wir sollten weitere Waffen herstellen. Außerdem ist die Frage unaufschiebbar, wie das Ganze mit deinem Bruder zusammenhängt. Jetzt, da wir Ort und Zeit einschränken können, müssen wir den roten Faden finden.«

Auch mir ist klar, dass wir nicht weiter so tun können, als befänden wir uns auf einer Pfadfinderexkursion, nach der wir 2 Wochen später in einen Bus steigen und nach Hause fahren.

Aber es gefällt mir nicht. Gegen alle Vernunft möchte ich jede Sekunde mit Kay auskosten, mich mit nichts anderem beschäftigen.

»Was weißt du über diese Zeit?« Kays Worte reißen mich aus meinen Träumen.

»Diese Zeit. Na ja ... Indianer, Cowboys, Schießereien, Goldsucher, Saloons, Planwagen ...« Ich male ein Bild aus einem billigen Wildwestfilm.

»Was weißt du über deine Vorfahren in dieser Zeit, meinte ich.«

»Ach so …« Kurz denke ich nach, aber mein Gefühl bestätigt sich. »Nichts, tut mir leid. Familiengeschichte hat sich bei uns mehr auf die Lebenden beschränkt.«

»Wenn dir etwas einfällt, sag es mir, egal wie unwichtig es erscheint, okay?«

»Ich schätze, ich werde dich enttäuschen …«

Kay wiegt den Kopf. »Irgendeinen Hinweis muss es geben, sonst wäre all dies hier doch sinnlos. Das Format der Show wäre dahin. Was nur heißen kann, wir haben den Hinweis noch nicht gefunden oder ihn übersehen.«

Als ich den abgenagten Knochen in das Feuer werfen möchte, hält Kay mich zurück und erklärt, man könne daraus nützliche Werkzeuge fertigen, wie eine grobe Nähnadel oder den Auslöser einer Falle.

Und so geht mein Unterricht weiter. Da meine gebrochene Rippe fast nicht mehr zu spüren ist, treibt Kay mich schonungslos durch die Wildnis, gönnt mir lediglich kurze Pausen, um zu trinken, und schon bald lässt er mich für das Essen sorgen, das uns am Leben hält.

Gelingt es mir nicht, kauen wir abends wieder auf faden Flussschnecken herum, denn die Forellen, die ich mit Leichtigkeit an Land bringe, weidet Kay aus und legt deren Fleisch in dünne Scheiben geschnitten zum Trocknen oder räuchert sie über dem Feuer.

Die nächsten Tage lehrt mich der Hunger, einfache Fallen zu stellen, meist aus hinuntergebogenen Ästen, mit den Eingeweiden der Kaninchen als Köder, die ich ebenso in tief ausgehobene Gruben lege, vorsichtig abgedeckt mit kleinen Hölzern.

Meine Freude hält sich in Grenzen, als ich tags darauf ein Eichhörnchen darin finde. Der kleine Nager hat sich mit dem Fuß in der Schlinge verfangen und versucht, mit seinen anderen drei Beinen vorwärtszukommen. Ich lasse das Tier frei. Zu sehr erinnert es mich an Jeremy, der Eichhörnchen doch so sehr liebt.

Von Kay ernte ich einen strafenden Blick. Den Rest des Tages lässt er mich dafür wieder und wieder die getrockneten Hinterlassenschaften von Tieren aufheben, um sie zu bestimmen. Dabei wird mir immer deutlicher, dass Bären wie auch Kojoten in der Nähe unseres Camps herumschleichen.

Bald lerne ich ihre Tatzenabdrücke einzuordnen, wilde Kräuter von ungenießbaren Gräsern zu unterscheiden, essbare Pilze zu erkennen und Vogelnester auszuräubern. Kay ist ein strenger Lehrmeister und gönnt mir nur wenig Pausen.

So vergehen 3 Tage und 4 Nächte, in denen ich bis zum Umfallen erschöpft sofort in Kays Armen einschlafe, bis ich schließlich meine erste Schlange sehe.

Sie ist in eine der Gruben gefallen, die ich am zweiten Tag meiner Lehrzeit ausgehoben habe. Zunächst sehe ich sie nicht und will schon in das ein Meter tiefe Loch greifen, um die hineingefallenen Äste herauszuholen, als Kay mich nach hinten reißt.

»Niemals mit den Händen in eine eingebrochene Fanggrube fassen. Niemals! Hörst du?« Kay hat mich grob zu sich gedreht und sieht mit ärgerlich gefurchter Stirn zu mir herab. »Meinst du, die Äste sind von allein da reingefallen?«

»Spiel dich nicht so auf!«, fauche ich. »Da ist nichts drin! Das sieht man doch!«

Wortlos bricht Kay einen an der Spitze gegabelten Ast ab und stochert damit in dem Laub und den Stöckchen, die die Grube getarnt hatten. Ich bewege mich nicht von der Stelle, warte, dass Kay einsieht, wie lächerlich er sich macht, doch dann befördert er eine armlange Schlange zutage, die sich wütend um den Stock windet und zischt. Mein Scout lässt sie langsam zu Boden und drückt sofort die Stockgabelung hinter den Kopf des Tieres, um es zu fixieren. Die Schlange windet sich verzweifelt, aber als Kay sie zunächst direkt hinter ihrem Kopf packt und dann mit der anderen Hand ihren Leib festhält, gibt sie Ruhe.

»Es tut mir leid.« Ich versuche, ein reuevolles Gesicht aufzusetzen.

»Du hast die tödlichste Schlange gefangen, die es in dieser Gegend gibt«, sagt Kay, ohne auf meinen verzagten Blick einzugehen. »Dies ist eine Mojave-Klapperschlange. Ein Biss, und das Gift lähmt dein Herz-Lungen-System. Du wirst nicht mehr atmen können, dein Herz hört auf zu schlagen. Drei, vielleicht vier qualvolle Minuten, bis der Tod eintritt. Und jetzt, Alison, wirst du lernen, wie man eine Schlange aufhebt, sie tötet und zubereitet.«

Nach quälenden Stunden sehe ich am Abend angewidert auf die kopflose Schlange, die über dem Feuer schmort. Da das Gift im Kopf des Tieres sitzt, genauer genommen in den Giftdrüsen des Oberkiefers, kann die Schlange ohne ihren Kopf bedenkenlos gegessen werden, erklärt Kay mir, während er den Spieß dreht.

Mir dreht sich der Magen um allein bei dem Gedanken. Ich kann mich nicht überwinden, ein Tier zu essen, dem ich kurz zuvor den Kopf abgehackt, die langen Eingeweide aus dem Leib gekratzt und die Haut vom Körper gezogen habe. An diesem Abend begnüge ich mich mit zwei hellgrünen Eiern, die ich auf dem Rückweg zu unserem Lager in einem Nest inmitten eines Dornengestrüpps gefunden habe. Ich schlage sie in die Metallschale, wo sie in der Glut des Feuers schnell stocken, und kratze bald lustlos das magere Gericht aus der Schale. Kay nagt an der Schlange und beobachtet mich aufmerksam, bis er das Tier restlos verspeist hat.

Die letzten Minuten bis zur einbrechenden Dunkelheit verhält er sich wortkarg, so als sei er immer noch wütend auf mich. Nur als mein Magen in die Stille der Nacht hineinknurrt, belehrt er mich, wie wichtig es sei, töten und Feuer machen zu können, um Fleisch zu garen.

»Wasser, Feuer, Essen, Unterkunft, Orientierung ...«, höre ich ihn erneut sagen. »In der Wildnis ist es genau das, worauf es ankommt.«

»Oder ich greife ein paar Fische aus dem Fluss und es gibt Sushi«, erwidere ich, genervt von Kays Belehrungen.

Aber schon am nächsten Tag würde ich die Schlange ohne Bedenken herunterwürgen, denn seit etwa zwei Stunden sitze ich mit wütendem Blick an unserem Lagerfeuer, das Kay vor meinen Augen ausgetreten hat, und versuche, mithilfe des Feuerbohrers die Glut neu zu entfachen.

Meine Arme schmerzen von dem andauernden Hin

und Her des Bogens, der den gespitzten Holzstab auf dem Zunder kreisen lässt. Kay hat für das Feuerentfachen nur wenige Minuten gebraucht, weigert sich jedoch, mir zu helfen.

Ich strafe ihn mit Missachtung, er mich mit einem köstlichen Stück Fleisch eines Ziegenbocks, das an einen Stock gespießt darauf wartet, gegart zu werden. Am Morgen hat Kay das Tier mit einem Speer erlegt.

Es ist bereits später Vormittag und seit den Eiern des Vorabends habe ich nichts mehr gegessen. Das Fleisch roh zu essen, wäre jedoch zu gefährlich. Parasiten wie winzige Fadenwürmer oder Larven von bis zu zehn Meter langen Bandwürmern würden das leckere Mahl bald zu einer Todesfalle machen, erklärt mir Kay, und inzwischen habe ich gelernt, seine Warnungen ernst zu nehmen.

Die Vorstellung, dass sich in rohem Fleisch Parasiten tummeln, die Organe befallen, sich mit winzigen Saugnäpfen an den Darm heften, um dort Hunderttausende von Eiern zu legen, macht das Feuer unverzichtbar.

Während Kay das Fell des Ziegenbocks zum Trocknen spannt, Fleischreste und Sehnen mit einem Stein herunterschabt, bearbeite ich also mit zusammengebissenen Zähnen den Feuerbohrer.

Am Nachmittag verhängen dichte Wolken den Himmel und die zunehmende Kälte treibt mich zusätzlich zu meinem Hunger an. Trotzdem muss ich immer wieder Pausen einlegen, denn ich habe nur eine Chance, die getrocknete Birkenrinde zum Glühen zu bringen, wenn ich mit regelmäßigen, kraftvollen Zügen arbeite.

Am Abend jedoch habe ich keine Kraft mehr.

Mit unendlicher Wut und leerem Bauch lutsche ich an den Blättern einer Bärlauchpflanze, die scharf in meinem Mund brennt. Kay wirft mir ab und an einen mitfühlenden Blick zu, das Feuer jedoch entfacht er nicht.

Als die Sonne untergeht, lege ich mich in das Kanu, decke mich mit dem gegerbten Leder zu, zittere aber dennoch am ganzen Körper.

In der Nacht kommt Kay zu mir und breitet noch etwas über mir aus. Ich stoße ihn weg.

Unseren ersten Streit tragen wir wortlos aus.

Kälte und Hunger wecken mich noch vor Sonnenaufgang. Mit steifen Gliedern stakse ich zu der Feuerstelle, reibe meine Hände aneinander, bis sie etwas wärmer werden, und greife zu dem Feuerbohrer. In einer Hand halte ich den Bogen, in den der Stock eingespannt ist, auf ihn lege ich mit der anderen Hand einen flachen Stein, damit meine Hand nicht eher glüht als der Zunder. Den Bogen muss man mit Schwung nach rechts ziehen, der Stab kreist im Uhrzeigersinn, dann den Bogen wieder nach links, was den Stab in die andere Richtung drillt. Immer wieder die gleichen Bewegungen, keine Pause, keine Tempoänderung. Ich höre auf zu denken, bewege meine Arme mechanisch, achte nicht mehr auf das kleine Häufchen Birkenrinde – nur rechts und links, rechts und links.

Und dann endlich, zu Sonnenaufgang, steigt eine dünne Rauchfahne empor. Mit einem kleinen Freudenschrei werfe ich den Feuerbohrer zur Seite, greife nach dem Holzbrett, auf dem der Zunder liegt, und puste vorsichtig in die spärliche Glut, bis die Rinde Feuer fängt und kleine Funken sprühen. Mit dem Brett zusammen trage ich das Wunderwerk zu einem Häufchen Gräser, lasse es vorsichtig hineingleiten und wedle mit der Hand Luft in die Flämmchen, bis auch das Gras Feuer gefangen hat. Dann schichte ich, wie Kay es mir so oft gezeigt hat, viele kleine Zweiglein darüber, die neben dem eigentlichen Brennholz lagern.

Erst als die Flammen sich knisternd über das trockene Geäst hermachen, wage ich es, die größeren Stöcke hineinzulegen.

Dann habe ich es geschafft! Vor mir prasselt ein ordentliches Lagerfeuer, heiß und lebenserhaltend, in das ich am liebsten hineinkriechen möchte. So nah es die Hitze zulässt, setze ich mich an die Flammen und bestaune mein Werk, bis ich höre, wie Kay sich nähert.

Er legt behutsam die Metallschale in die Flammen. Sie ist randvoll gefüllt mit klein gehacktem Ziegenfleisch, Kräutern und Wasser und ich kann meinen Blick nicht abwenden, selbst nicht, als Kay sich dicht hinter mich setzt und seine Arme um meinen Körper schlingt.

»Das hast du sehr gut gemacht, meine Kleine.«

»Ich sollte dich über den Flammen rösten!«

Soll Kay doch meinen Zorn spüren! Er hat es verdient. Mich fast verhungern zu lassen, von der Kälte ganz zu schweigen ...

Trotzdem, ich habe es geschafft. Ich! Ganz allein! Bei diesem Gedanken spüre ich ein Ziehen in der Nasenwurzel. Gleich darauf tritt Wasser in meine Augen. Oh nein! Schon wieder Tränen. So soll Kay mich nicht sehen. Nicht noch einmal. Aber es nützt nichts! Dicke Tropfen quellen aus meinen Augen, fallen auf die Erde.

»Geschafft! Ich! Alleine!«, schluchze ich und Kay drückt mir einen Kuss auf die Haare.

»Das hast du, mein Schatz. Das hast du«, flüstert er in mein Ohr. »Und jetzt wirst du es jederzeit wieder können und mir in 2 Jahren beibringen.«

»Wirklich?«

»Ganz bestimmt.«

Als wir unser Lager verlassen, bleiben noch 6 Tage bis zum Ende der Challenge. Noch immer wissen wir nicht, was Jeremys Verlust etwa 150 Jahre später bedingen wird. Da wir aber in den vergangenen Wochen keinem Menschen begegnet sind, beschließen wir, weiter am Fluss entlangzugehen, denn Kay vermutet, dass wir irgendwann auf Goldsucher stoßen werden.

Mir ist schleierhaft, was uns ein solches Aufeinandertreffen bringen soll, vor allem, da Kay bisher strikt dagegen war, mit Fremden in Kontakt zu treten.

»Wieso jetzt?«, frage ich, als wir zum Fluss gehen, um Wasser zu holen.

»Wieso ich jetzt das Risiko eingehen will, auf andere Menschen zu treffen?«

Ich fülle das klare Wasser in die Blase des Ziegenbocks und nicke. Inzwischen versteht Kay mich ohne viele Worte.

»Wir haben bisher keinen Anhaltspunkt, wie diese Zeit mit dem Apfelbaum und Jeremy zusammenhängt, und uns bleiben nur noch wenige Tage. Solange du nichts in deiner Erinnerung findest, was mit deiner Familie und dem Wilden Westen zu tun hat, müssen wir uns in die Zivilisation wagen. Hier werden wir jedenfalls keine Hinweise finden.«

»Und wenn wir damit alles noch schlimmer machen?«, werfe ich ein.

»Wenn wir hierbleiben, wird dein Leben nicht besser aussehen. Würdest du das akzeptieren?«

Ich schüttle den Kopf.

Am Morgen des 22. Tages brechen wir schwer bepackt auf. Das Kanu lassen wir zurück. Es ist zu unhandlich, um es über weite Strecken zu transportieren.

Stattdessen hat Kay zwei Körbe geflochten. Sie machen einen wenig stabilen Eindruck, tragen aber zuverlässig unsere reiche Beute, die wir inzwischen angehäuft haben: getrocknetes Fleisch von Forellen, Wildkaninchen und dem Ziegenbock, verschiedenste Kräuter in kleinen Bündeln mit Sehnen zusammengefasst, 18 grün gesprenkelte Eier obenauf und ein winziges Häufchen Salz. Kay hat es aus Pflanzenasche gewonnen, die er immer wieder mit Flusswasser gefiltert hat. Das Salz reicht nicht, um das Fell des Bocks damit vernünftig zu gerben, ist aber doch eine Kostbarkeit, die sich vielleicht gegen etwas anderes tauschen lässt.

Mit dem Tomahawk habe ich ein Loch in das getrocknete Ziegenfell geschnitten und trage es jetzt als stinkenden Poncho, der jedoch erstaunlich wärmt. Um meine nackten Beine ist Kaninchenfell geschnürt. Die Tiersehnen erweisen sich dabei als unverzichtbares Hilfsmittel.

Auch das gefundene Leder der Indianer konnte ich damit zusammenknoten, sodass Kay die Tierhaut wie ein Cape über seinem Khakihemd tragen kann. Ich fühle mich wie der erste Höhlenmensch. Kay hingegen findet mich besonders entzückend in meinem felligen Outfit und auch Nicolas Noun muss begeistert sein, denn bisher bekommen wir keine Strafpunkte zu spüren.

Nach einigen Stunden Marsch treiben uns kleine Eisschollen auf dem Fluss entgegen. Sie müssen von den Bergen kommen, wie Kay meint. Mich fröstelt schon bei ihrem Anblick und je länger wir gehen, desto mehr häufen sich die eisigen Placken, schieben sich übereinander, verdecken bald die Wasseroberfläche. Jetzt zeigt sich, wie wichtig die Felle für unser Überleben sind. Ohne sie würden wir jämmerlich erfrieren.

Zwischen dicht stehenden Tannen, unweit vom Wasser, machen wir am frühen Abend Halt, um uns eine Unterkunft für die Nacht zu bauen. Das von niedrigen Büschen überzogene Tal haben wir endgültig hinter uns gelassen. Aus versprengten, dünnen Tannen ist inzwischen ein dichter Nadelwald geworden, die hellbraune Erde ist nun moosüberwucherten Steinen gewichen und statt gelbem Ginster überdecken Farn und erste Schneeplacken den Waldboden. Es ist Winter, keine Frage.

Jetzt, da ich mich nicht mehr bewege, kriecht die Kälte meine nackten Oberschenkel empor, und ich wickle den Poncho eng um meinen Körper.

Wir sind den ganzen Tag marschiert, nur mit einer kurzen Pause, um mehrere Dutzend Austernpilze von einem entlaubten Baum zu pflücken. Alles in allem müssen wir an die 30 Meilen zurückgelegt haben. Die Bergspitze kann ich inzwischen nicht mehr sehen, so nah sind wir ihr gekommen.

Nur wenige Meter hinter uns steigt das Massiv bereits steil an. Felsig und schroff, aus grauem Stein und mit großen Vorsprüngen wirkt es wie eine schützende Mauer.

Kay steht vor einem besonders ausladenden Überhang und klopft prüfend gegen den Stein. »Perfekt! Schutz von hinten, Schutz von oben, jetzt brauchen wir nur noch lange Stöcke für die Seiten. Das mache ich.«

»Soll ich mich dann schon mal ums Feuer kümmern?« Inzwischen bin ich begierig, meine neu gewonnene Fähigkeit unter Beweis zu stellen.

»Nimm trockene Kiefernnadeln als Zunder und Tannenzweige zum Anglühen, okay? Ich muss wohl weiter in den Wald rein. Die Äste hier sind viel zu dünn und zu kurz. Ich möchte unser Schlafzimmer heute Nacht nicht mit einem Bären teilen müssen.«

Kritisch sehe ich zum Himmel. »Es wird bald dunkel. Mit Glück noch eine Stunde ...«

»Das schaff ich.«

Mit dem Tomahawk bewaffnet verschwindet Kay in dem dunklen Grün des Waldes. Ich blicke ihm nach, bis er nicht mehr zu sehen ist, dann schaffe ich unsere Vorräte zu dem Unterschlupf. Unnötig lang unbeaufsichtigt lassen möchte ich sie nicht, denn wenn kein Bär, würde sich auch jeder andere Räuber über die getrockneten Leckerbissen freuen.

Mit schnellen Schritten gehe ich also in Richtung

des Flusses, wo die Tannen lichter werden. Ich glaube, auf dem Hinweg einige Kiefern in der Nähe des Ufers gesehen zu haben, und tatsächlich: Meine Erinnerung trügt mich nicht. Von dem ersten krummen und reich verästelten Baum pflücke ich einen ganzen Schoß voll trockener Nadeln und bin bald wieder bei unserem Lagerplatz. Die Vorräte sind unversehrt und ein Feuer sollte dafür sorgen, dass es so bleibt. Nur die hungrigsten oder wagemutigsten Tiere würden sich an die Flammen herantrauen, und wie ich bald feststelle, eignen sich die Kiefernnadeln wirklich hervorragend als Zunder.

Schon nach wenigen Minuten prasselt ein kleines Feuer. Nur ungern verlasse ich es, aber ich muss mehr Brennmaterial herbeischaffen.

Zum Glück brauche ich nicht weit zu gehen. Die dünnen Äste der Tannen lassen sich leicht brechen. Bald habe ich einen ansehnlichen Haufen zusammengetragen, den ich dicht an den Körper gepresst zurückschleppe.

Als ich unseren Lagerplatz wieder erreiche, schreie ich auf, lasse die Äste vor Schreck fallen. Ich sehe es sofort! Vor dem Feuer liegt mit einem Stein beschwert ein Zettel, daneben ein kleines Glasfläschchen, die Metallschale steht mit Wasser gefüllt in der Glut.

Jemand schickt uns eine Botschaft, das ist mir klar. Die Spielleitung? Wum Randy? Ein rascher Blick auf den Marker – keine Nachricht. Mehr noch, er scheint ausgefallen zu sein, denn selbst der Countdown ist erloschen.

Mit zittrigen Fingern ziehe ich den Zettel unter dem Stein hervor und starre entsetzt auf das Blatt, bevor ich die Sätze lese. Die Handschrift würde ich jederzeit wiedererkennen: Es ist meine.

*»Kay wird morgen sterben«*, lese ich laut. *»Wenn du sein Schicksal ändern willst, musst du ihn zurücklassen. 15 Tropfen in einen Tee aus Kiefernnadeln. Verliere keine Zeit! Verbrenn den Zettel. Such mich nicht. Ich komme wieder, sobald er schläft. Alison.«*

Ich lasse den Brief sinken, lausche in den Wald hinein. Das Zirpen eines Vogels, brechende Zweige, irgendwo regelmäßiges Klopfen ... vielleicht Kay, der Stämme schlägt. Mit zusammengekniffenen Augen suche ich zwischen den Bäumen. Die Sonne ist schon hinter dem Bergmassiv verschwunden, spendet nur noch indirektes Licht. Unmöglich, jemanden auszumachen. Immer noch zitternd, lese ich den Zettel erneut.

Ist das möglich? Bin ich ein zweites Mal hier, um mir selbst zu begegnen? Um Kays Leben zu retten? Kann ich der Botschaft trauen? Ist sie eine List von Wum Randy?

Tausend Gedanken rasen durch meinen Kopf. Über alldem aber steht der Satz: *Kay wird morgen sterben.* Wie wird er sterben und warum? Er kann nicht sterben! Nicht Kay, der sich immer zu helfen weiß, der eins mit der Natur ist, der selbst zu einer tödlichen Waffe wird, sollte er angegriffen werden.

Kay wird morgen sterben! Meine Handschrift ...

Es hat keinen Sinn, weiter nachzugrübeln. Ich muss mir einfach vertrauen. Wenn nicht mir selbst, wem sollte ich dann Glauben schenken?

Meine nächsten Schritte verrichte ich wie in Trance. Das Fläschchen entkorken, 15 Tropfen in die Schale, eine Handvoll Kiefernnadeln dazu, Tannenäste auf die Glut, bis das Feuer lodert.

Ein letztes Mal lese ich den Zettel, versuche, eine List zu erkennen, aber Zweifel bringen mich nicht weiter. Ich höre auf mein Gefühl und werfe das Papier in die Flammen. Das Fläschchen vergrabe ich im Waldboden, fege Laub mit meinen Händen über die aufgebrochene Erde, greife mir zwei gegabelte Stöcke aus den Vorratskörben und hebe damit die glühende Schale aus dem Feuer, um sie in einen Schneeflecken zum Abkühlen zu stellen.

Dann warte ich auf Kay. Vielleicht sollte ich ihm von dem Brief erzählen. Wir könnten gemeinsam auf mein zweites Ich warten, denn mit Sicherheit würde Kay eine Alternative finden, oder? Andererseits, gäbe es diese Alternative, würde ich mir dann einen solchen Brief schreiben?

Über mein Vorhaben weiter nachzudenken, verbiete ich mir. Mein anderes Ich wird wiederkommen und mir verdammt noch mal Rede und Antwort stehen.

Trotzdem, als Kay endlich aus dem Wald kommt, ein Bündel kräftiger Stöcke im Schlepptau, schlage ich vor Entsetzen die Hand vor den Mund. Was bin ich bereit zu tun? Was war in dem Fläschchen?

»Du siehst blass aus. Alles in Ordnung?« Kay legt das Holz auf die Erde.

»Ich bin nur müde ...«

»Es dauert nicht lang, mein Schatz. Die Stöcke sind stark und schon alle gespitzt. Bald kannst du schlafen.«

»Ist gut.« Ein letztes Mal ringe ich mit mir.

Kay hockt sich vor mich und streicht mir eine Haarsträhne aus dem Gesicht, während ich den Boden anstarre.

»Schaffst du es noch, uns die Pilze zu kochen? Vielleicht zusammen mit dem Trockenfleisch? Ich glaube, ein warmes Essen würde dir guttun.«

»Ich habe Tee gemacht.« Ich weiche seinem Blick aus, deute auf die Schale.

Schnuppernd nimmt mein Scout das Gefäß aus dem fast geschmolzenen Schneeflecken. »Kieferntee, mmh. Riecht gut. Nimm ein paar Schlucke, das gibt Energie.«

Ich schüttle den gesenkten Kopf. Noch immer mag ich Kay nicht ansehen. »Ich hab schon getrunken. Eine ganze Schale. Der ist für dich.«

»Wirklich?«

»Trink schon, bevor er kalt ist.«

Ich höre, wie Kay die Schale in schnellen Zügen leert. Erst dann sehe ich auf.

»Es tut mir so leid ...«

»Was denn? Der Tee war großartig!«

»Ich mach dann Essen«, würge ich hervor. Was auch immer passiert, es ist zu spät, um meine Entscheidung zu ändern.

Ich sehe auf den Marker. Er funktioniert wieder und die nächsten Minuten verbringe ich damit, die Austernpilze langsam in Stücke zu brechen, schaufle etwas Schnee in die Schale und lege sie wieder auf die Glut.

Ich höre, wie Kay die Stöcke ächzend in den Boden bohrt. Erst als es still wird, drehe ich mich wieder um.

Mein geliebter Scout sitzt an die Felswand gelehnt,

ein Ausdruck des Erstaunens im Gesicht. Er öffnet den Mund, anscheinend, um etwas zu sagen, doch dann fallen ihm die Augen zu. Im nächsten Moment kippt er zur Seite und ich springe auf. Mit der Hand auf seinem Brustkorb spüre ich regelmäßige Atemzüge. Erst als ich mir sicher bin, dass Kay lediglich bewusstlos ist und nicht vergiftet, schiebe ich einen Haufen Laub unter seinen Kopf, nehme den Tomahawk auf und halte neben ihm Wache, während ich auf mein zweites Ich warte.

Die Nacht bricht schnell herein und ist von erdrückender Finsternis, kein Stern am Firmament zu sehen. Auch der Mond hat sich hinter der Wolkendecke versteckt, einzig das Feuer spendet etwas Licht. Ab und zu muss ich aufstehen, um Tannenäste nachzulegen, ich entferne mich nur ungern von Kay, nicht einmal die wenigen Meter, aber das Feuer ist zu wichtig, um es ausgehen zu lassen. Es spendet nicht nur Wärme, sondern hält auch Tiere ab.

Trotzdem habe ich das Gefühl, von Bären und Kojoten umzingelt zu sein. Laut brechen Äste in der Nacht, ein klagendes Heulen lässt mich zusammenzucken, selbst der Ruf einer Eule ängstigt mich. Manchmal sind die Laute erschreckend nah. Und nur wenige Meter entfernt vernehme ich plötzlich ein tiefes Grollen, es klingt nach einem wütenden Tier, unmenschlich in jedem Fall.

Ich umklammere den Tomahawk noch fester, verharre, bis in die letzte Faser meines Körpers angespannt. Wieder das Brechen von Ästen. Jetzt in unmittelbarer Nähe.

»Hallo?«

Die Antwort ist ein wütendes Grollen. Oh Gott!

»Kay! Hey! Wach auf!«

Verdammt! Ich habe einen Riesenfehler gemacht!

Panisch rüttle ich an Kays Schulter, trommle auf seine Brust. Er reagiert nicht. Ich klammere mich hilflos an Kays Oberarm, stiere in die Dunkelheit. Da – ein Schatten! Etwas wirklich Breites zeichnet sich ab und tritt in den Schein des Feuers. Ich höre mich schreien. Jetzt erkenne ich das Ding: Es ist ein Bär. Er sieht mich wachsam durch seine kleinen Augen an. Zwar ist das Vieh nicht besonders groß, vielleicht einen Meter bis zur Schulter, aber sein schwarzer, zottiger Rumpf ist massiv, die Gliedmaßen kräftig.

Einen Moment verharrt das Tier. Es taxiert mich, als ob es darüber nachdenkt, ob ich ein Gegner für ihn sein könnte, dann setzt er sich wiegend in Bewegung, kommt geradewegs auf mich zu.

»Hau ab!«, schreie ich das Tier an, schüttle verzweifelt Kays willenlosen Körper. »Scheiße! Kay! Wach doch auf! Komm schon! Ich brauche dich!«

Der Bär ist nur noch zwei Meter von mir entfernt. Ich springe auf die Füße, drücke mich mit dem Tomahawk an die Felswand.

»Oh mein Gott! Die Mistkerle haben mich reingelegt! Es tut mir so leid!«

Meine Beine sind starr vor Angst, wollen sich einfach nicht bewegen, nicht von Kays Seite weichen. Ich kann ihn doch nicht zurücklassen!

»Hau ab! Verschwinde!«, schreie ich schrill und schwinge dabei den Tomahawk.

Der Bär schnaubt unwillig. Ich habe offensichtlich einen Fehler gemacht, denn jetzt richtet er sich auf, schlägt mit der Pfote durch die Luft, knapp an meinem Gesicht vorbei. Ich stolpere ein paar Schritte zur Seite, fange unwillkürlich an zu rennen – nur weg hier! Halt, nein, ich kann Kay doch nicht im Stich lassen! Mein Herz kämpft gegen meinen Verstand und ich spüre, wie es verliert.

Da taucht aus dem Nichts jemand neben mir auf. Eine dunkel gekleidete Gestalt entreißt mir den Tomahawk, springt vor und schleudert die Waffe durch die Luft. Sirrend dreht sie sich und trifft zielsicher den Hinterkopf des Bären, der mit einem ächzenden Schnaufen zusammenknickt und dann auf die Seite fällt.

»Mistvieh!«, höre ich eine vertraute Stimme.

Als ich mich umdrehe, blicke ich in mein eigenes Gesicht. Ich stehe vor mir. Zweimal existierend. Ich merke, wie mein Mund offen steht.

Die andere Alison geht zügig an mir vorbei, zieht den Tomahawk mit beiden Händen aus dem Bärenschädel und wischt das Blut an dem schwarzen Fell ab.

Wie ferngesteuert wanke ich zu ihr. »Ist er tot? Er zuckt noch.«

Mein Gegenüber sieht mich an. Unverkennbar ich und doch anders. Die schwarzen Haare sind viel länger und zu einem strengen Zopf zusammengebunden. Ihre Gesichtszüge wirken älter, reifer und sind von einer erschreckenden Härte, genau wie ihre Augen, die mich kalt fixieren.

»Toter geht's nicht«, beantwortet sie meine Frage,

wischt mit den Fingern unter dem Ohr des Tieres entlang, um mir ihre blutverschmierte Hand entgegenzustrecken. »Blut aus den Ohren bedeutet Schädelbasisbruch. Das Gehirn ist auch hin. Keine Reflexe mehr, nur noch Muskelzucken. Und jetzt hör mir zu! Ich habe nur wenig Zeit, bis die Arschlöcher aus der Zukunft uns wieder sehen können.«

»Du hast den Marker noch?«

»Ja!«, sagt sie knapp. »Erstens, zweifle nie, nie an meinen Worten. Zweitens, du wirst in 2 Minuten aufbrechen und Kay zurücklassen. Nimm nur den Tomahawk mit. Er weiß sich auch ohne Waffen zu helfen. Geh schnell, mach keine Pausen. Kay darf dich nicht einholen. Etwa 2 Stunden vor Ablauf eurer Zeit hier wirst du auf Menschen treffen. Eine Gruppe besoffener Goldgräber. Acht Männer! Sie werden Kay töten, weil sie ihn für einen Indianer halten – wegen der Tätowierungen. Das Schlafmittel war hoch dosiert. Er wird also noch viele Stunden schlafen, hoffentlich genug, um den Bastarden nicht zu begegnen, denn er wird dich suchen, deiner Spur folgen, wie ich ihn kenne.«

»Aber –«

»Sei still und hör nur zu! Wenn dein Marker exakt 13 Minuten und 11 Sekunden anzeigt, wirst du zwei Kindern am Flussufer begegnen, die streiten. Sobald du sie siehst, wirst du alles verstehen. Du wirst wissen, dass du eines von ihnen töten musst, um deine Gegenwart wiederherzustellen. Aber du wirst damit nicht leben können. Es verändert alles. Es verändert dich.«

»Ich würde niemals ein Kind töten!«

»Du hast es getan, vielleicht auch eine Version von dir. Ich habe dich dabei gesehen. Aber falls du ich bist, wirst du eine andere Lösung finden, denn ich will, verdammt noch mal, nicht damit leben!«

»Wie? Was denn für eine andere Lösung?«

»Die Zeit ist gleich um. Finde eine andere Lösung! Schwöre es!«

»Ich schwöre es«, flüstere ich eingeschüchtert.

Mein älteres Ich nickt zufrieden, lächelt sogar. »Und, Alison?«

»Ja?«

»Wenn alles wieder gut ist ... wenn du es geschafft hast, meine ich ... lerne, die Axt zu werfen!«

Vor meinen Augen verschwindet Alison und der Tomahawk fällt mit einem dumpfen Klonk zu Boden.

# 13

Mitte 19. Jh., am Fluss, wahrscheinlich in Nevada

Ich zweifle nicht an Alisons Worten – an meinen Worten. Bevor ich gehe, stelle ich die Vorräte einige Meter abseits von Kay, damit sich nicht ein weiteres Biest in seine Nähe wagt. Noch ein letztes Mal streiche ich ihm durch das bronzefarbene Haar, presse meine Lippen auf seine Stirn, dann schreite ich weit in den Wald aus – Richtung Osten, der Morgendämmerung entgegen. Am Rande nehme ich ein Blinken in meiner Markerhand wahr und werfe im Laufen einen Blick darauf.

*Technischer Ausfall,* steht dort.

Ich kann mir ein Grinsen nicht verkneifen.

Doch als ich den Fluss bereits durch das dichte Blätterwerk sehe, setzt das Piepen in meinem Kopf ein. Und zwar nicht wie sonst erst leise mit allmählicher Steigerung, sondern in schrillem Signalton, der meine sofortige Aufmerksamkeit einfordert.

*Die Übertragung wurde unterbrochen,* lese ich wie auf einem Spruchband, das über den Marker läuft und an einem Ende verschwindet, um weiterem Text Platz zu machen. *Ergänzen Sie verbal die fehlenden Informationen! Die Übertragung wurde unterbrochen. Erg...*

»Ihr könnt mich!«, rufe ich laut und stapfe wütend weiter.

Das Piepen schwillt zu einem unerträglichen Dauerton an.

*Welche Kenntnis haben Sie über die technische Manipulation? Ergänzen Sie verbal die ...*

»Niemals!«

*Ergänzen Sie! 15 Sekunden, 14 Sekunden, 13 Sek...*

»Ein Countdown? Und was dann?«, höhne ich furchtlos.

Was auch immer mein zukünftiges Ich getan hat, versetzt die Drahtzieher der Show in Wut.

Ein Absturz ihrer Systeme – sensationell! Mehr noch: Es bedeutet, dass sie nicht allmächtig sind. Sie konnten mich etwa 5 Minuten nicht sehen, nichts übertragen. Wie auch immer mir das gelingen wird, es beunruhigt sie enorm.

*... 2 Sekunden, 1 Sekunde ...*

Der Schmerz reißt mich schier von den Füßen.

Unkontrolliert knicke ich ein, schlage mit meiner Markerhand hart auf einen Stein und würge. Noch grauenvoller als beim ersten Mal: ein Brennen bis in die Haarwurzeln. Jede Gehirnzelle scheint in Flammen zu stehen, lodernde Monster, die sich durch meinen Kopf fressen.

Von Schmerz getrieben krieche ich zum Fluss, um das Feuer in ihm zu ertränken.

Noch bevor ich ihn erreiche, hört der Schmerz abrupt auf.

»Ihr kriegt mich nicht klein!«, schreie ich und schleudere einen Stein in die Luft. »Ihr habt eine Heidenangst, was?«

Wieder Schmerz, wieder Brennen, wieder Höllenqualen. So schrecklich sie sind, ist mir eins klar: Sie haben die Kontrolle verloren, sie sind angreifbar, und das wird sich nicht ändern, sosehr sie mich auch foltern. Vielleicht, ganz vielleicht, werde ich irgendwann einen Weg finden, ihrem System zu entrinnen, mir den Marker aus der Hand zu reißen.

In dem Moment, in dem ich diesen Gedanken fasse, hört der Schmerz auf und macht etwas viel Grauenvollerem Platz: Plötzlich fällt mir ein, was mich derart beunruhigt hat, als ich beim Holzsammeln meine Markerhand verletzt habe, das Blut zwischen den feinen silbernen Fäden hervorquellen sah ...

Wie waren Kays Worte in der Garderobe des Kinos gleich gewesen? Ich schließe die Augen, versuche, mir unser Gespräch in Erinnerung zu rufen. Kay saß auf dem Tisch, die Joker in der Hand, die er mir zuschob, um eine Antwort zu verweigern. Ich unterbreche ihn und frage: »Ist es nicht möglich, den Marker herauszuschneiden, sie könnten dich dann nicht mehr finden ...«

»Nur wenn du den Tod vorziehst. Er ist mit deinem neuronalen Netz verbunden.«

»Bist du dir sicher?«

»Ich war dabei, als mein Scout es versucht hat. Ich denke, sie wusste, was passieren würde, aber sie konnte das Ganze nicht noch einmal durchstehen ...«

»Sie? Eine Frau?«

Kay blieb mir die Antwort schuldig.

Ich werde sein Scout sein, in 2 Jahren, ich bin die

Frau, von der Kay sprach. Ich werde mir den Marker herausschneiden und ... sterben.

Ich reagiere nicht mehr auf das Piepen, lasse den Schmerz willenlos über mich ergehen.

Zu wissen, wann der Zeitpunkt des eigenen Todes kommen wird, ist erschreckend. Zu wissen, dass es so bald sein wird, unerträglich. Warum sollte ich so etwas tun? Warum sollte ich mir den Marker herausschneiden, wenn ich doch weiß, es wird mich das Leben kosten? Es ist mir unbegreiflich!

Also wird es keine Zukunft mit Kay geben – nicht wirklich. Keine Kinder, kein gemeinsames Altwerden. Und ich kenne noch nicht mal seinen Nachnamen. Verdammt, wieso habe ich ihn nie nach seinem Familiennamen oder seinem Wohnort gefragt? Insgeheim, gestehe ich mir ein, habe ich mir ein reales Leben mit Kay erträumt, außerhalb dieser abartigen Show. Und jetzt weiß ich noch nicht mal, ob er in meiner Realität überhaupt existiert.

Wieder eine Schmerzwelle. Ich lasse sie mit zusammengebissenen Zähnen vorüberziehen.

Eine ganze Weile hocke ich am aufgeweichten Ufer, registriere irgendwann nassharten Graupel, der auf mich prasselt, und zermartere mir mein Hirn, wie es mir gelingen kann, mein Schicksal zu wenden.

Schließlich halte ich mich an dem Gedanken fest, dass nichts unausweichlich ist. Ich werde mich doch nicht umbringen, jetzt, da ich weiß, was passieren könnte. Ein zerbrechlicher Strohhalm, an den ich mich klammere, aber es kann viele Realitäten geben: eine Alison, die in einem Loft in Sydney lebt, eine, die sich den Marker herausreißt, und eine, die mit Kay zusammen alt wird.

Erst als aus dem Graupel große Schneeflocken werden, stelle ich fest, dass der Schmerz nicht mehr wiedergekommen ist. Sie haben kapituliert. Ich sehe auf den Marker.

»Strafpunkte. War ja klar!«, murmle ich vor mich hin.

Aus den 5 Tagen bis zum Ende der Challenge sind 7 Stunden und 34 Minuten geworden. 7 ½ Stunden, um einen anderen Weg zu finden, meinen Schwur zu halten und meine Realität wiederherzustellen, ohne zur Mörderin zu werden. Ich rapple mich auf und wasche meine verdreckten Hände im Flusswasser.

Während ich den Windungen des Flusses folge, halte ich nach den streitenden Kindern Ausschau. Die nächsten Meilen sehe ich jedoch nichts als einen dichten Blätterwald, durch den die Morgensonne bricht. Je weiter ich Richtung Norden gehe, desto kälter wird es. Aus dem Schneetreiben ist ein regelrechter Schneesturm geworden, vor dem selbst die Bäume des Waldes mich nicht abschirmen können.

Mit an den Brustkorb gedrücktem Kinn kämpfe ich mich weiter, den Tomahawk in meinen eisigen Händen. Inzwischen müsste Kay erwacht sein und nach mir suchen. Wahrscheinlich erst am Lagerplatz, irgendwann jedoch wird er begreifen, dass ich nicht zurückkomme, und meine Fährte aufnehmen. Also gönne ich mir keine Pause, nicht einmal, um zu trinken.

Am Nachmittag löst sich bei einem meiner Riemchenschuhe aus dem Theaterfundus der Absatz und ich bin gezwungen, kurz Rast zu machen. Vielleicht kann ich den Schuh irgendwie reparieren. Wenn ich barfuß über den eiskalten Boden weiterlaufe, würde mich das noch langsamer machen. Als ich den Schuh oder was davon übrig geblieben ist, ausziehe, höre ich plötzlich Stimmen: lautes Rufen, Grölen und Gelächter. Sofort denke ich an Alisons Worte: *Etwa 2 Stunden vor Ablauf eurer Zeit hier wirst du auf Menschen treffen. Eine Gruppe besoffener Goldgräber.*

Ich sehe auf den Marker: Tatsächlich, mir bleiben nur noch knappe 2 Stunden, genau genommen 1 Stunde und 56 Minuten.

Schnell kaure ich mich in den hoch gewachsenen Farn, der mich umgibt, und verteile feuchte Erde auf meinem Gesicht und meinem Haar. Eine dürftige Tarnung, aber als die Geräusche lauter werden, erkenne ich die Gruppe auf der anderen Seite des Flusses. Sie werden mich nicht sehen. Was ich jedoch sehe, erfüllt mich mit Grauen.

Eine Indianerfrau, unverkennbar, ja, mit langen Zöpfen, in bunt bestickte Ledertracht gekleidet, ist wie ein Stück Vieh an einen Planwagen gebunden und stolpert unbeholfen hinter dem Gefährt her. Eine Gruppe bewaffneter Männer, ich zähle insgesamt acht, mit Schrotflinten über den Schultern, treibt die Frau grölend mit einem langen Stock an. Einer der Kerle trägt einen Schlapphut. Wie die anderen scheint er einen Heidenspaß an der Sache zu haben.

Schnell ist der von dürren Pferden gezogene Planwagen auf gleicher Höhe mit mir. Ich ducke mich tiefer in den Farn, schiele zu dem Mann mit Schlapphut. Er bricht gerade einen Weidenast ab, lässt ihn durch die Luft peitschen. Sein hämisches Lachen höre ich bis hierher.

»Hey, dreckige Rothaut, du bist ja lahmer als 'n Ackergaul! Schwing die Hufe!«

Der erste Hieb lässt mich zusammenzucken, der zweite mein Blut in den Adern gefrieren.

Wieder und wieder knallt der Weidenast über das Lederkleid der Indianerfrau. Beim vierten Hieb platzt es auf. Blut läuft ihr die nackten Beine hinunter. Der Wagen holpert weiter. Noch sehe ich ihn, höre die Frau stöhnen. Da entreißt ein anderer Kerl seinem Freund den Stock, schlägt ihn ihr in die Kniekehlen. Sofort knickt sie ein, schlägt hart auf dem steinigen Boden auf. Immer wieder versucht sie, auf die Beine zu kommen. Zwecklos. Der Mann lacht rau. Die anderen grölen.

»Joe! Blas den Gäulen mal ordentlich Pfeffer in den Arsch!«, schreit der, der die Frau zu Fall gebracht hat.

Der Kutscher schwingt eine Schnapsflasche, holt weit aus, lässt die Peitsche niedersausen. Schnell verschwindet die Kutsche hinter einem Felsvorsprung. Das Letzte, was ich sehe, ist der blutüberströmte Körper der Frau. Willenlos schlägt er über den Boden.

Oh Gott ... Oh Gott!

Ich zittere, kann meine Hand kaum kontrollieren, die immer noch den Tomahawk hält. Ich starre auf die vorbeitreibenden Eisplacken, wage mich eine lange Zeit nicht aus meinem Versteck, warte, bis das Zittern nachlässt. Zwischen meinen Atemzügen lausche ich zum Fluss hinunter. Aber sie scheinen nicht wiederzukommen.

Waren das Kays Mörder? Und hätte er versucht, die Frau zu retten? Mit Sicherheit! Was auch immer Kay mit den Indianern verbindet, es ist stark genug, acht bewaffnete Männer anzugreifen, die nicht zögern, eine Indianerin zu ihrem Vergnügen zu töten.

Irgendwann fühle ich mich wieder fähig, aus meinem Versteck zu kriechen, meine Füße Schritt für Schritt voreinanderzusetzen. So schaffe ich es die nächsten 30 Minuten gebückt durch den eisigen Wald, immer mit Abstand zum Flussufer. Dabei sehe ich wieder und wieder auf den Marker, der schließlich noch eine knappe halbe Stunde bis zum Ende der Challenge anzeigt.

Die Landschaft hat sich seit meinem Aufbruch in der Nacht verändert – vielmehr, der Fluss hat sich gewandelt. Jetzt ist er deutlich breiter und strömt mit Kraft in die Richtung, aus der ich gekommen bin.

Ein tosendes Geräusch lässt mich taub für das Gezänk von Kindern werden, das ich aber suche, um alles zu verstehen, wie Alison mir vorausgesagt hat.

Ich vermute in der Nähe einen Wasserfall, der die schnell fließenden Massen das Flussbett hinunterdrückt, herausragende Steine schäumend überflutet und nur von einem niedrigen Canyon davon abgehalten wird, über die Ufer zu treten.

Der Wald endet abrupt an einer Abbruchkante, die den Canyon auf meiner Seite begrenzt. Auf der anderen ist die Felswand niedriger und das Wasser reicht direkt bis an den rauen Stein.

Auf Zehenspitzen wage ich mich bis zur Baumgrenze vor, um einen Blick über die Kante ins Flussbett zu werfen. Etwa zwei oder drei Meter unter mir blicke ich auf ein breiteres Ufer. Es ist verwüstet. Steine wurden beiseitegeschafft, die Erde wirkt zertrampelt und übereinandergestapelte Stämme zeugen von dem Versuch, einen Staudamm zu bauen. Viel mehr kann ich nicht sehen, denn der Fluss macht eine scharfe Rechtskurve um die Steilwand herum.

Trotzdem bin ich mir sicher, dass ich bald auf andere Menschen stoßen werde.

Mein Marker zeigt 21 Minuten bis zum Ende dieser Zeitreise und ich versuche, so schnell wie möglich voranzukommen, ohne meine Deckung im Wald aufzugeben.

Inzwischen friere ich erbärmlich. Selbst der stinkende Ziegenfellponcho kann die Kälte nicht abhalten, die mit dem Wind in meine dürftigen Kleider kriecht. Meine Zehen fühlen sich taub an. Meine Hände sind so eisig, dass ich den Tomahawk von einer in die andere wechsle, um die freie Hand unter dem Fell zu wärmen.

Dann, als der Marker 15 Minuten unterschritten hat, sehe ich weißen Rauch am Flussufer und schleiche in gebückter Haltung bis an den Rand des Waldes. Der Fluss windet sich jetzt einer Schlange gleich bis zu dem Bergmassiv, aus dem tatsächlich ein Wasserfall bricht. Von hier aus kann ich jedoch noch nicht über die Abbruchkante sehen.

Raue Rufe dringen zu mir hoch. Ich verstehe den Inhalt nicht, aber es klingt nicht freundlich. Wenige

Meter vor mir stehen noch zwei weitere Tannen dicht beieinander, deren Wurzeln teils über den Abhang reichen. Vielleicht sollte ich hinter diesen Bäumen Schutz suchen. Aber der Boden dort ist viel schneebedeckter als unter den schützenden Baumkronen des Waldes. Weiß und schwarz, ein unglücklicher Kontrast zu meinem mit Erde verschmierten Gesicht und meinem dunklen Haar.

Die verdammte Angst lähmt mich und ich bewege mich nicht von der Stelle! Doch dann höre ich helle Schreie, die wütenden Stimmen von Kindern. Mein Marker zeigt 9 Minuten und 16 Sekunden und ich wage den Sprung nach vorn, lasse mich bäuchlings in den Schnee fallen, blicke zum Ufer hinunter.

Niemand schaut zu mir hoch.

Zwei Jungs, nicht älter als fünf, stehen mit hochgekrempelten Hosen an einem großen Haufen matschbedeckter Steine und schubsen sich. In ihrer Nähe arbeiten an die 20 Männer am Fluss, viele über Schalen gebeugt, durch die sie Wasser schöpfen. Einige schaufeln Schlamm aus dem Fluss, andere schaffen, ausgerüstet mit Hacken und Spaten, Steine beiseite. Vor der nächsten Flussbiegung steht eine Reihe heller Zelte, davor, an einem Feuer, sitzen zwei Frauen in knöchellangen Kleidern und machen sich an einem Kessel zu schaffen. Auch sie beachten die streitenden Kinder nicht, die inzwischen direkt unterhalb der beiden Tannen stehen.

Jetzt verstehe ich auch ihre Worte, vielmehr ihr Geschrei.

»Den hab ich gefunden! Gib ihn mir wieder!«, fordert

der Kleinere von beiden und hüpft hoch, versucht, dem anderen etwas zu entreißen.

Ich robbe noch weiter vor, um zu sehen, was es ist. Jetzt verbirgt der Größere es jedoch hinter seinem Rücken und faucht: »Ich hab ihn zuerst gesehen! Den kriegst du nimmer!«

Wütend schleudert der andere einen faustgroßen Stein nach seinem Gegner und trifft ihn am Auge.

»Das büßt du mir, du Sohn einer verlausten Hure!«, schreit der Getroffene und stürzt sich auf den Kleinen.

Ein paar Sekunden kugeln die beiden über die Erde. Dann sehe ich hell glänzend einen faustgroßen Goldklumpen zwischen die grauen Steine kullern. Ein Vermögen, von dem anscheinend noch keiner der Erwachsenen Wind bekommen hat.

Auch der Junge, der den Stein geworfen hat, sieht das Gold, greift blitzartig danach, windet sich unter seinem Widersacher hervor und schreit: »Wenigstens habe ich eine Mutter!«

Noch bevor der Kleine losrennen kann, schlägt ihn der andere in die Kniekehlen und fährt mit einem scharfkantigen Stein in der Hand über das Gesicht des am Boden liegenden Jungen. Die Wucht des Schlags hat die Wange des Kindes vom Auge bis in den Mundwinkel aufgeschlitzt. Blut fließt in Strömen. Der Kleine lässt mit weit aufgerissenen Augen das Nugget fallen und fasst sich an die klaffende Wunde.

In dem Moment fügt sich alles für mich zusammen. Noch während ich den Großen davonpreschen sehe, verstehe ich, dass es sich um meinen Ururgroßvater

Hamilton handelt. Er hat dem Kleineren die Narbe verpasst, die ihn noch 80 Jahre später zeichnet. Ein wulstiges Ding, das bis in dessen Mundwinkel reicht. Der Kleine wurde um sein Vermögen betrogen und entstellt. Genug für einen über Jahrzehnte anschwellenden Hass. Einen Hass, der sich in Rache entlädt. Eine Rache, in dessen Flammen meine Urgroßtante Alison verbrennen wird, die Destille von Hamilton zerstört werden wird, meine Vorfahren von da an gezwungen sein werden, Apfelkuchen zu verkaufen, um die Kinder zu ernähren ... Apfelkuchen, der zur Familientradition werden wird und Tante Rose in etwa 150 Jahren dazu veranlasst, auf den Baum hinter unserem Haus zu klettern, von dem sie runterfällt, sich die Hüfte bricht und damit Jeremys Zeugung verhindert. Dieses weinende kleine Kind mit der blutenden Wunde im Gesicht wird zu einem rachsüchtigen alten Widerling werden, zu einem Mörder, und meine Familie zerstören!

Ich sehe auf den Tomahawk in meiner Hand. Der Junge ist direkt unter mir. Ich müsste die Axt nur fallen lassen. Noch ist niemand auf das Kind aufmerksam geworden. Ich kann all das Leid vermeiden.

Mein Marker zeigt 2 Minuten. Was gibt es jetzt noch für Alternativen?

Verschwommen sehe ich, wie eine der Frauen sich vom Feuer erhebt und mit gerafftem Rock auf das Kind zuläuft.

Ich hebe die Axt. Sie wiegt schwer in meiner Hand. Ich bin mir sicher, dass sie tödlich ist. Niemand wird mich finden. Gleich werde ich ihre Zeit verlassen. Die

Frau ist nur noch 20, 30 Schritte entfernt. Der Junge sieht zu ihr auf.

Er ist ein Mörder, mache ich mir bewusst, atme tief durch und stütze meinen Ellenbogen auf einen Haufen Tannenadeln, die der Schnee nicht bedeckt hat, um mein Handgelenk ruhig zu halten.

Eine Bewegung unter dem aufgestützten Arm lässt mich eine Sekunde zögern. Die Nadeln fallen zur Seite, etwas windet sich langsam aus dem Nadelhaufen heraus, braun und weiß geschuppt, mit rautenförmigen Flecken auf dem Rücken. Ich erkenne sie sofort: eine Mojave-Klapperschlange, die ich offensichtlich in ihrem Winterschlaf gestört habe. Noch ist das Tier träge.

Hektisch flackert mein Blick von dem Kind, dessen Mutter es nun fast erreicht hat, zu dem Marker, der noch 12 Sekunden anzeigt, zu der Schlange, die sich eben aufrichtet und bedrohlich mit dem Schwanzende rasselt.

Schon merke ich, wie Übelkeit in mir aufsteigt. Gleich werden mir die Sinne schwinden. Eine vage Idee formt sich in meinem Kopf. Sie ist wahnwitzig, höchst riskant und alles andere als sicher. Aber sie ist eine Alternative. Es muss blitzschnell gehen, so schnell, dass sie es nicht sehen. Ich drehe den Tomahawk, drücke mit der flachen Seite die Schlange nieder, greife mit meiner Markerhand hinter ihren Kopf, stopfe sie unter den Poncho und reiße sie mit mir in das Jahr 2013.

# 14

31. August 2013, 8:02 Uhr, irgendwo

Ein Blick genügt, um zu erkennen, dass dies nicht meine Realität ist. Ich stehe auf verödetem Land, zahllose Überreste zerstörter Häuser um mich, ein toter Hund, auf dem sich die Fliegen niedergelassen haben. Es ist Buffy.

Unter meinem Poncho windet sich die Schlange. Sie ist tatsächlich mit mir portiert worden! Ich fasse noch fester zu, ihren Kopf im Klammergriff, weg von meinem Körper.

Wird mein Plan aufgehen?

Die nächsten Sekunden werden entscheiden. Tief ziehe ich in meine Lunge Luft. Sie stinkt.

»Ich nehme meine Realität nicht an!«, höre ich mich schreien.

Sofort wird mir übel, noch schaffe ich es, das zappelnde Tier zu halten ...

# 15

2417, Showbühne

Sie haben mich tatsächlich direkt auf die Bühne portiert, genau wie der Techniker Henry es mir vor 4 Wochen angekündigt hat. Unter mir wabert Nebel, durchbrochen von Abertausenden Lichtstrahlen, die mein Erscheinen in Szene setzen.

Zum Glück spüre ich den festen Leib der Schlange an meinem Körper. Ihr Schwanz zuckt hektisch, gibt dabei rasselnde Geräusche von sich. Mir kommen sie überlaut vor. Genau wie mein Herz. Es führt einen Boxkampf in meiner Brust auf und ich meine, Wum Randy müsste beides, das Rasseln der Klapperschlange und das Schlagen in meiner Brust, über den Applaus hinweg hören.

Wo ist er überhaupt?

Das Licht irgendwelcher Spots blendet mich. Ich blinzle, lasse beinahe das zornige Tier los, um meine Augen abzuschirmen, dann aber sehe ich ihn.

Randy tritt aus dem im Schatten liegenden Rand der Bühne. Er wird von roten Scheinwerfern angestrahlt und trommelt sich mit einem »Hu-hu-hu-hu« auf den Mund.

Ein Indianerschrei – wie geschmacklos!

Seine Haare sind lang, tiefschwarz, Federn stecken

unter einem bestickten Stirnband, im Gesicht kriegerische Bemalungen, dazu fransige Ledertracht.

Ich denke an die geschundene Frau hinter dem Planwagen und meine Wut auf diesen Mann steigert sich in lodernden Zorn. Wie gern würde ich ihn über steinigen Boden schleifen!

Aber der Applaus verebbt und ich darf keine Zeit mit Träumereien verschwenden.

Randy breitet die Arme aus, kommt auf mich zu. Ich lächle so gewinnend, wie ich kann, wobei ich fortwährend nach ihren Sicherheitskräften Ausschau halte. Niemand zeigt sich.

Also haben sie bis jetzt keinen von ihnen in der Zeit zurückgeschickt, um meinen Plan zu vereiteln.

Der Moderator ist nur noch wenige Schritte von mir entfernt. Seine Augen sind auf das Publikum gerichtet, während er trompetet: »Begrüßen Sie unsere wunderbare, kämpferische Kandidatin Alison und unsere fantastische Jury!«

Aus dem Augenwinkel sehe ich, wie sich das Jurypult aus der Versenkung hebt. Randy ist nur noch eine Armlänge von mir entfernt, das Jurypult ist hochgefahren, rastet mit einem leisen Klonk ein. Randy verharrt zwischen mir und Nicolas Noun, den er eben begrüßt. Ich höre, wie die Schlange unter meinem Poncho wütend zischt, kann sie kaum noch bändigen. Ich muss mich beeilen.

Doch plötzlich quillt ihr langer Körper unter dem Ziegenfell hervor. Ich sehe es im gleichen Augenblick wie Nicolas Noun, der mit aufgerissenen Augen auf mich zeigt. Aus dem Publikum höre ich einen panischen Schrei. Jetzt oder nie!

Mit zwei Sätzen bin ich bei Randy, reiße im Sprung den schuppigen Tierkopf heraus, packe seinen Kiefer und schon sperrt die Schlange ihr Maul auf, entblößt ihre langen, spitzen Zähne.

Ich nehme wie in Zeitlupe wahr, dass Randy der Mund aufklappt. Er wirkt fassungslos, so als könne dies nicht wirklich passieren. Dann erreiche ich ihn, halte den aufgerissenen Schlund der Schlange dicht an seinen Hals.

»Bewegen Sie sich, sterben Sie!«, fauche ich.

Randy verfällt in gekünsteltes Lachen, begreift nicht, in welcher Gefahr er sich befindet.

»Schlangenreflexe sind schneller als die eines Menschen. Verlassen Sie sich drauf! Haben Sie's nicht übertragen? Herz und Lunge versagen – ein schneller Tod.«

Randys teigige Haut wird blass. »Das wird nicht funktionieren, Alison. Du hast keine Chance. Die Sicherheits...«

»Keinen Schritt weiter!«, schreie ich, als sieben schwarz gekleidete Männer mit surrenden Stäben auf mich zugehen.

Sie lassen sich nicht beirren, kommen immer näher. Im gleichen Moment spüre ich den bekannten Schmerz in meinem Kopf. Damit habe ich gerechnet. Trotzdem brauche ich alle Kraft, um die Schlange da zu halten, wo sie ist, nicht zurückzuweichen oder nach vorn zu taumeln.

Doch meine Stimme klingt fest, als ich brülle: »Stopp!

Oder ich werde ihm diese Zähne hier in den Hals rammen!«

Die Männer verlangsamen ihren Schritt. Anscheinend sind sie verunsichert.

Randys Augen flackern unruhig. »Hört auf …«, presst er hervor.

Was auch immer Randy gemeint hat, den Schmerz oder die Sicherheitskräfte, seine Worte zeigen Wirkung. Die Männer verharren, das Feuer in meinem Kopf erlischt. Jetzt warte ich auf den entscheidenden Satz, denn ich weiß bereits, Randy wird gleich klar werden, wie machtlos er in diesem Moment tatsächlich ist.

»Schickt jemanden in der Zeit zurück«, würgt Randy hervor, wie ich es erwartet habe. »Sie sollen ihr das Biest abnehmen.«

Einer der Männer hält seine Markerhand an den Mund und flüstert etwas. Ich verstehe nicht, was, auch wenn es jetzt so still im Show-Dome ist, als hätten alle aufgehört zu atmen.

Ich grinse breit, sehe Randy fest in die Augen. »Immer dieses lineare Denken«, flüstere ich leise, sodass nur er es hören kann. »Denken Sie nach … Wenn es geklappt hätte, wenn Sie wirklich jemanden zurückgeschickt hätten, würde ich diese Schlange dann noch in der Hand halten? Oder hätten Ihre Leute sie nicht längst getötet oder mich sonst wohin geschickt?«

Eine Sekunde starrt Randy mich entgeistert an. Ich bin mir nicht sicher, ob er die Tragweite meiner Worte verstanden hat.

»Ich bin hier und die Schlange lebt«, fahre ich deshalb fort. »Das bedeutet, niemand aus der Zukunft wird zurückspringen, um das zu verhindern, niemand wird Ihnen helfen.«

»Oh Grundgütiger …«, krächzt Randy, dann treten seine Augen hervor, Schweiß bricht aus seinen Poren, lässt seine Gesichtsbemalung zu einer lächerlichen Maske verlaufen.

»Genau«, nicke ich triumphierend und verlange laut, dass alle es hören können: »Und jetzt schickt ihr mich in die Realität zurück, aus der ihr mich entführt habt!«

Der Zeitpunkt ist gekommen, an dem ich pokern muss, und ich weiß nicht, ob sie es mir abnehmen werden. »Euer Systemausfall, das war nicht mein Werk!«, erkläre ich fest. »Aber ich weiß, wer es getan hat, und habe eine kleine Abmachung getroffen. Sollte ich woanders aufwachen als in meinem Bett, ist irgendetwas verändert, werden eure Zeitanker nicht mehr funktionieren!«

Ein Raunen geht durch das Publikum.

Randy hingegen wirkt trotz der Schlange an seinem Hals belustigt. »Das wird wohl kaum möglich sein.«

»Ach nein? Sam Oscar ist da anderer Meinung.«

»Sam Oscar? Was? Wo ist er?«

»Während des Systemabsturzes hat er mir einen Besuch abgestattet. Wir haben geplaudert …«

Auch wenn ich selbst nicht den blassesten Schimmer habe, wie der verschollene Sam Oscar ihre Zeitanker außer Kraft setzen sollte, scheinen sie es doch für möglich zu halten. Ich habe ihren wundesten Punkt getroffen. Ohne Zeitanker könnte jedes ihrer Leben aus den Fugen geraten. Ohne Zeitanker würden auch sie die Konsequenzen der Reisen in die Vergangenheit zu spüren bekommen.

Randy wirkt, als würde er sich das Gehirn zermartern. »Sam Oscar!«, bringt er zwischen zusammengebissenen Zähnen hervor. Plötzlich bekommt sein Blick etwas Lauerndes. »Um dich in deine Realität zurückzuschicken, müssten wir in den Portierungsraum.«

Ich weiß, dass er es jetzt ist, der pokert. Es kann nicht anders sein.

»Müssen wir nicht«, erwidere ich daher gelassen. »Wenn ihr mich direkt auf die Bühne portieren könnt ohne dieses Teil, diesen Zylinder, dann dient der wohl anderen Zwecken. Wahrscheinlich durchleuchtet er mich, lässt Dinge verschwinden, die ich durch die Zeit mitnehmen könnte«, formuliere ich meine Vermutung, die ich hatte, seit ich das Operationsbesteck mitnehmen wollte, und die sich soeben durch mein Portieren direkt auf die Bühne bestätigt hat.

Randys Züge erschlaffen. Nur noch seine Augen schielen nach dem Schlangenkopf, den ich durch meinen Griff weiterhin zwinge, das Maul aufgesperrt zu halten.

»Schickt sie zurück«, ächzt er.

Sofort kommt Leben in die Security. Sie wagen es nicht, näher zu kommen, aber ich registriere, wie mit Händen gefuchtelt, in den Marker gesprochen und Daumen gehoben werden.

Dann spüre ich Übelkeit aufkommen. Ich bin nur noch Sekunden von meiner Familie, von Jeremy entfernt, als mir bewusst wird, dass ich immer noch nicht Kays Namen kenne. Wie soll ich ihn je ausfindig machen?

»Moment noch!«, rufe ich, aber die Übelkeit verstärkt sich. Sie brechen den Prozess nicht ab, wollen mich loswerden. Ich bin kaum noch in der Lage, die Schlange zu halten.

»Wie ist Kays voller Name?« Mir schwinden die Sinne. »Sein Nachname! Wie lautet sein Nachname?«

»Raymond«, antwortet Randy und verzieht sein Gesicht zu einem Grinsen. Etwas Diabolisches liegt darin, das erkenne ich noch. Sein gehässiges Lachen flattert verzerrt hinter mir her.

Bevor ich aus ihrer Zeit getragen werde, öffne ich meine Hand und lasse die Schlange fallen.

Soll sie sich doch an Randy rächen.

# 16

31. August 2013, 8:02 Uhr, hoffentlich zu Hause

Aufrecht sitze ich im Bett. Alles um mich ist verschwommen, wie immer nach einem Zeitsprung. Und wie immer fällt es mir schwer, mich zu fokussieren. Wie viel Zeit geben sie mir, meine Umgebung zu erforschen, meine Realität anzunehmen?

Meine Handinnenfläche erteilt mir keine Auskunft. Weniger noch. Die silbernen Fäden des Markers scheinen gänzlich verschwunden zu sein, und als ich mit meinem Zeigefinger über die Haut streife, ertaste ich nichts als die feinen Vertiefungen der Lebenslinien. Selbst die Wunde ist verschlossen, nicht abgeheilt, sondern einfach weg. Mein ganzer Körper fühlt sich geheilt an, und als ich nach meiner Rippe tasten will, stelle ich verwundert fest, dass ich meinen Entenpyjama trage. Das verdreckte Wollkleidchen, der Poncho, das Kaninchenfell an meinen Beinen, sogar der Dreck in meinem Haar ... all das ist verschwunden, fast so, als hätte ich die letzten Wochen nur erträumt. Dass das nicht der Fall ist, weiß ich. Trotzdem lässt wirklich nichts darauf schließen.

Langsam lichtet sich der Schleier der Benommenheit und ich nehme meine Umgebung wahr: ein Wecker, der kurz nach 8 Uhr anzeigt, ein grüner Teppich, ein

Schreibtisch, darauf Bilderrahmen. Ich bin in einem Zimmer gelandet.

Das Fenster ist geöffnet. Ich höre einen Specht, der irgendwo im Wald klopft, sehe Äste eines Baumes, sonnenbeschienene Blätter, ein Eichhörnchen huscht zwischen ihnen hindurch. Jeremy mochte Eichhörnchen ... Jeremy ... Jeremy!

Plötzlich bin ich ganz da, die Benommenheit ist wie weggewischt und ich springe aus dem Bett. Meine nackten Füße landen auf dem Teppich, er ist apfelgrün und erst jetzt erkenne ich das Zimmer: mein Zimmer!

Ich reiße die Tür auf, nehme drei von den knarzenden Treppenstufen auf einmal, renne Richtung Küche, aus der der Duft von Pancakes dringt. Die Tür steht offen, im Laufen nehme ich bunt lackierte Holzschränke wahr und komme schlitternd zum Stehen.

Am Tisch sitzt mein Vater, halb hinter einer Zeitung versteckt, und hebt eine Braue, als er mich sieht. Meine Mutter ist in einen Brief vertieft. Von Jeremy keine Spur.

Ich starre die beiden an. Sie sehen zufrieden aus. Zufrieden und gesund. Alles fühlt sich echt an, alles sieht nach meinem Zuhause aus, aber noch traue ich dem Ganzen nicht.

Mum lässt den Brief sinken, murmelt etwas von Geburtstag und sieht mich an. »Alles in Ordnung, Bunny? Du siehst aus, als hättest du ein Gespenst gesehen.«

Jetzt brechen bei mir alle Dämme. Tränen quellen aus meinen Augen, ich zittere am ganzen Körper, kein Marker kommentiert meine erhöhten Was-auch-immer-Werte.

»Mum!« Mehr bringe ich nicht heraus. Eine Sekunde später umklammere ich sie, drücke mein tränennasses Gesicht in ihre Haare. »Es ... ist ... so ... schön! Du, gesund!«, stammle ich unter Schluchzern, fahre herum und bedecke die kahle Stirn meines Vaters mit Küssen. »Es geht euch gut! Ich ... bin ... zu Hause, zu Hause!«

Dad schiebt mich sanft zurück und mustert mich. »Ist wirklich alles in Ordnung, Alison?«

Ich nicke und schlucke einen neuen Tränenstrom hinunter.

»Als hätte sie uns wochenlang nicht gesehen ...«, murmelt Dad mit einem Blick zu Mum.

Sie streicht mir eine Haarsträhne aus dem Gesicht. »Ich habe Pancakes für euch gemacht.«

»Für uns?« Ich habe Angst, die Frage direkt zu stellen. Die Frage, deren Antwort die trügerische Harmonie mit einem schlichten Nein zerstören würde.

»Natürlich für euch. Oder erwartest du jemanden, Bunny? Du musst mir sagen, wenn jemand zu Besuch kommt, sonst reichen die Pancakes nicht. Du weißt doch, Jeremy kann Berge davon verschlingen.«

»Jeremy? Mein Bruder?«

»Wenn man vom Teufel spricht ...«, antwortet Mum und deutet auf die offene Tür, durch die man von der Küche mit wenigen Schritten im Wald ist.

Ich stürze ins Freie. Zwischen den mächtigen Stämmen der Mammutbäume kommt ein blond gelockter Junge auf mich zu, seine Füße sind nackt. Es ist Jeremy!

Ich stürme meinem Bruder mit ausgebreiteten Armen entgegen, schreie immer wieder seinen Namen. Mein

Bruder schlägt einen Haken, will an mir vorbei in die Küche rennen. Ich erwische ihn am Zipfel seines Shirts, hebe ihn in die Lüfte, um ihn im nächsten Moment mit meiner Liebe schier zu erdrücken.

»Ey, lass das! Mum! Meine blöde Schwester will, dass ich keine Pancakes abkriege!«

»Du bekommst sie alle! Alle und noch viel mehr!«, schluchze ich, strubble Jeremy durch sein Haar, bedecke seine helle Haut mit Küssen.

Jeremy zappelt unwillig in meiner Umarmung, bis ich ihn schließlich freigebe. Er muss mich für verrückt halten.

Selbst als wir alle am Tisch sitzen, springe ich immer wieder auf, um meine Familie an mich zu drücken, ihnen zu versichern, wie lieb ich sie habe. Mum lacht vergnügt, Jeremy verzieht angewidert das Gesicht und Dad legt nach der fünften Umklammerung endlich seine Zeitung zur Seite.

Ich habe Jeremy nach wenigen Bissen all meine Pancakes auf seinen Teller geschaufelt. Da mein Magen nicht mehr an solches Essen gewöhnt ist, zieht er sich bei so viel Zucker und Fett erschrocken zusammen. Trotzdem lässt der Sirup noch immer meine Geschmacksknospen explodieren und ich lecke mit der Zunge über meine Lippen, um die letzten klebrigen Reste zu lösen.

Während des Frühstücks redet meine Mutter auf Dad ein, irgendetwas von einer Einladung. Ich höre kaum hin, da ich an die vergangenen Wochen denke, die mir, zumindest jetzt noch, realer vorkommen als unsere Küche. Soll ich meinen Eltern von dem erzählen, was geschehen ist? Würden sie mir auch nur im Entferntesten Glauben schenken?

Immer wieder fährt mein Finger über meine Handinnenfläche, sucht nach dem Fremdkörper, der inzwischen ein Teil von mir geworden ist. Doch auch wenn ich den Marker nicht ertasten kann, bin ich mir sicher, dass er da ist, denn ich habe nichts von dem Erlebten vergessen. Vor allen Dingen Kay nicht.

Kay Raymond. Wohin werden sie ihn zurückgeschickt haben? In seine grausame Realität? Wird er den Marker noch tragen, sich an mich erinnern? Oder ist er zu seiner schwangeren Frau zurückgekehrt?

Diese Möglichkeit will ich mir nicht weiter ausmalen, denn sosehr ich Kay auch liebe, so wenig kann ich den Gedanken ertragen, dass er mit einer anderen Frau glücklich ist, sogar ein Kind erwartet.

Jeremy schiebt den leer gefutterten Teller von sich und springt auf. »Ich geh noch mal in den Wald!«, ruft er.

Mum stellt sich in die Tür. »Nicht wieder ohne Schuhe, hörst du?«

»Oh Mann!«, höre ich Jeremy maulen, bevor er aus der Küche trabt, um sich Schuhe zu holen.

Auch Dad erhebt sich. »Ich habe versprochen, dem Jungen einen Holzkäfig zu bauen, sollte er jemals ein Eichhörnchen fangen.«

Mum gähnt, während sie die Teller abräumt. Ich nehme sie ihr aus der Hand und räume sie in den Geschirrspüler. »Leg dich hin, Mum. Ich werde mit Jeremy in den Wald gehen und ihm zeigen, wie man sie fängt.«

Meine Mutter lacht auf. »Du willst ihm zeigen, wie man Eichhörnchen fängt?«

Ich schmunzle. »Leg dich hin. Alles ist gut.«

Mit diesen Worten steht meine Entscheidung fest. Ich werde niemandem von Wum Randy, von *Top The Realities* erzählen. Nicht, solange es noch nicht ausgestanden ist. Vielleicht in 2 Jahren ... Wenn ich dann noch am Leben bin.

Die nächsten Tage verbringe ich mit meinem Bruder im Wald. Er klebt förmlich an mir, hängt wissbegierig an meinen Lippen, wenn ich ihm erkläre, wie man Lebendfallen baut, Feuer mit etwas Zunder, einem Stock und einem Bogen entfacht, eine Schlange packt, ohne gebissen zu werden. Zugegeben, es war nur eine Blindschleiche, die Jeremy stolz mit nach Hause geschleppt hat, bevor Mum sie mit einem Schrei und spitzen Fingern am Schwanz gepackt und wieder zurückgetragen hat.

Heute Nachmittag hat Dad den großen Holzkäfig fertiggestellt. Eine wunderbare Arbeit, innen mit vielen Stangen und Ästen, kleinen Verstecken und Seilen, an denen sich Scrat und Tinker entlanghangeln, um an die Nüsse zu kommen, die Jeremy ihnen täglich hineinlegt. Ich glaube, die beiden Eichhörnchen sind ein Paar.

Erst nach einigen Tagen kann ich mich dazu überwinden, nach Kay zu forschen. Der Computer steht im Arbeitszimmer von Mum und ich verbringe den Abend und die halbe Nacht mit dem Versuch, meinen Scout zu finden. Kay Raymonds finde ich einige und jedes Mal, wenn ich seinen Namen lese, klicke ich mit klopfendem

Herzen auf den weiterführenden Link. Aber kein Profil, kein Bild, kein Alter passt auf meinen Kay.

Erst als Mum gegen halb fünf am Morgen von ihrer Schicht nach Hause kommt und erstaunt in ihr Arbeitszimmer blinzelt, schalte ich den Computer aus.

Nach einer Woche streiten Jeremy und ich uns zum ersten Mal. Nichts Wichtiges, es geht nur um mein Tagebuch, das er zwischen den Schulbüchern hervorgezogen und nach dem Lesen wieder falsch herum hineingesteckt hat.

Jetzt aber sitze ich in meinem Zimmer und grinse. Denn erst nach diesem kleinen Streit fühlt sich mein Leben wieder echt an. Ich ziehe mein Tagebuch erneut hervor, blättere darin, lese Einträge über Carissa, die ein paar Mal angerufen hat, mich dazu gedrängt hat, auf irgendeine Strandparty am letzten Wochenende der Sommerferien zu gehen.

All das kommt mir belanglos vor und ich bin froh, dass meine Mutter Dad überreden konnte, an genau dem Wochenende zum Geburtstag eines Verwandten nach Nevada zu fahren. Nur einen Abstecher nach Las Vegas hat Dad entschieden verweigert. Zu wenig Wald, zu viel Wüste für seinen Geschmack.

Die letzten Tage, bevor die Schule wieder anfängt, verbringe ich im Wald, ohne Jeremy. Er muss nicht mitbekommen, wie ich die Axt aus Dads Schuppen unbeholfen durch die Luft schleudere, immer wieder die schlanke Tanne verfehle.

Aber ich übe verbissen, und als Mum am Morgen unseres Ausflugs nach Nevada lauthals nach mir ruft, landet die Axt genau in der Mitte des Baumstamms. Ich ziehe sie heraus, verstecke sie in einem hohlen Baum und gehe mit zufriedenem Lächeln zurück zu unserem Haus.

Jedes Mal wenn ich an dem Apfelbaum vorbeikomme, berühre ich seine Rinde, betrachte einen kleinen Moment die heranwachsenden Früchte. Ich werde nie wieder einen Apfelkuchen essen können, ohne liebevoll an Jeremy zu denken.

# Epilog

29. September 2013, unterwegs nach Nevada

Die Fahrt nach Nevada ist lang, Jeremy plappert unablässig, ich aber schweige die meiste Zeit, blicke aus dem Fenster.

Die gigantischen Mammutbäume Mill Valleys werden bald von einer eintönigen Graslandschaft abgelöst, ab und an ein Fluss, dann durchqueren wir Sacramento. Die vielen Reklametafeln brennen sich in meine Augen, die bunt beschilderten Gebäude überfordern mein Gehirn, Ampeln und Wegweiser verwirren mich, der Verkehrslärm dröhnt in meinen Ohren.

Seit meiner Rückkehr bin ich nur im Wald hinter unserem Haus gewesen, habe die Zivilisation gemieden. Mich wieder in das Leben zu stürzen, wäre mir wie ein Verrat an Kay vorgekommen. Nicht zu wissen, was aus ihm geworden ist, ob er die letzten Stunden im Wilden Westen überlebt hat, quält mich schrecklich.

In der Natur fühle ich mich ihm nah. Die Straßen und Gebäude um mich herum fühlen sich dagegen falsch an, so als könne ich meinen Kay niemals in einer solchen Umgebung wiederfinden.

Die nächste Stunde Autofahrt ertrage ich mit zugeschnürter Kehle. Erst als wir das kleine Örtchen Placerville hinter uns lassen, die Straße uns durch dichte

Tannenwälder führt, atme ich auf. Ich sehe aus dem Seitenfenster, betrachte die viel zu schnell vorbeirauschenden Baumstämme und verliere mich irgendwann in der Überlegung, wo wir unser Nachtlager errichten könnten, welches Wild es zu fangen gäbe und ob schon genießbare Pilze im Wald zu finden wären ...

Das Gelände steigt langsam an. Bald windet sich unser Pick-up durch immer engere Kurven. Schließlich hält Dad an einer Tankstelle, um Benzin nachzufüllen, und zwingt mich so in die Realität zurück. Jeremy quengelt nach etwas Süßem, und als mein Vater mit zwei in goldene Folie gehüllten Eis am Stiel zurückkommt, starre ich die glänzende Verpackung an, als käme sie aus dem All. Es erscheint mir unmöglich, so etwas mitten im Wald aufzutreiben. Ich reiche Mum das Eis nach vorn. Sie nimmt es kopfschüttelnd entgegen.

Seit Tagen habe ich kaum etwas gegessen, Teller randvoll mit Schokopops, Spaghetti, Hotdogs oder Pommes zurückgeschoben und nur an ein wenig Brot herumgeknabbert. Vielleicht bin ich wieder in meiner Realität angekommen, aber die Realität sicher noch nicht bei mir.

Mum mutmaßt, ich hätte Liebeskummer, und lässt mich in Ruhe. So unrecht hat sie damit ja auch nicht.

Dad bekommt nicht viel mit in seinem Schuppen und Jeremy findet mich einfach nur großartig. Er schlingt mein unangetastetes Essen hinunter und folgt mir, so oft ich es zulasse, in den Wald.

Auch jetzt ist er aufgeregt, da er einen Waschbären entdeckt hat, der an einem Rastplatz eine Mülltonne ausräubert. Er will das Tier am liebsten mitnehmen. Ich hingegen überlege, wie man es zubereiten könnte.

Links von uns erstreckt sich irgendwann ein großflächiger See, an dessen sandigem Ufer Einheimische in der Sonne braten. Hotdog-Buden, Hinweisschilder und Souvenirstände zerstören auch dieses Naturschauspiel, und als wir die Grenze zu Nevada passieren, reichen sogar vielstöckige Hotels bis an das Wasser.

Trotzdem kommt mir die Gegend vertraut vor. Sie ähnelt immer mehr dem Nadelwald, in dem Kay und ich unsere letzten gemeinsamen Tage verbracht haben. Irgendwann geht mir auf, dass wir tatsächlich in diesem Gebiet sein müssen. Zumindest in etwa, denn Kay und ich hielten uns stets gen Nordwesten, Richtung Kalifornien, und Dad lenkt das Auto Richtung Südosten, wie mir die Mittagssonne verrät.

Einige Zeit später, nachdem wir eine ganze Weile bergab gefahren sind, meine ich sogar, eine Felsformation wiederzuerkennen. Es erscheint mir lächerlich, aber als Dad auf einen Parkplatz einbiegt und brummt: »Geschafft. Hier müsste es irgendwo sein«, vollführt mein Herz einen Salto vor Aufregung.

Eine Weile stehen wir zwischen einigen anderen parkenden Autos und sehen uns suchend um. Mum hält eine Pappschachtel mit einem Apfelkuchen in der Hand, Dad die Geburtstagseinladung, der eine handgemalte Karte beiliegt.

»Sehe ich aus wie ein verdammter Pfadfinder?«, grummelt er, sichtbar verärgert. »Hier steht was von zu Fuß weiter und Südwesten und einem Fluss!«

Neugierig nehme ich ihm die Karte aus der Hand, die mit feinen Linien eine Landschaft skizziert, versehen mit Himmelsrichtungen, einem Flusslauf und einem Maßstab.

»Wir müssen dort lang. Etwa zwei Meilen talabwärts.«

»Was? Zwei Meilen?« Mum sieht entsetzt aus. »Ich dachte, wir könnten mit dem Auto dorthin fahren. Ich weiß nicht, ob meine Schuhe das mitmachen, und der Kuchen ...«

Dad sieht mich mit gerunzelter Stirn an. »Bist du dir sicher, Alison? Woher willst du wissen, dass da Südwesten ist? Ich mag Bäume, aber da sieht's aus, als könnten wir uns schnell verlaufen ...«

»Dad, das müsstest du alter Waldschrat doch wissen«, erwidere ich mit gespieltem Tadel. »Niemals ohne Seife waschen.«

»Mach ich nicht«, antwortet mein Vater.

Jeremy, dem ich bereits erklärt habe, wie man sich nach der Sonne orientiert, dreht sich mit ausgestrecktem Zeigefinger im Kreis. »Niemals ohne Seife waschen. Norden, Osten, Süden, Westen.«

»Hast du ihnen das beigebracht?«, wendet sich Dad an meine Mutter.

»Sommerlager!«, verkünde ich kurz, als ob damit alles gesagt wäre.

Mit einem Schulterzucken schließt mein Vater sich uns endlich an und wir folgen der Sonne, die am frühen Nachmittag im Südwesten steht.

An diesem Spätsommertag ist der Wald herrlich warm und ich entdecke ab und an wild wachsende Beeren, die ich von den Sträuchern pflücke und mir in den Mund stopfe.

Jeremy springt wie ein kleiner Hase vorweg und ich beobachte mit Stolz, wie er uns mühelos navigiert, auch als die Sonne zwischen den Baumwipfeln kaum noch zu sehen ist.

Wir haben jetzt fast das Tal erreicht, als ich meine, mein Herz würde aussetzen. Rechts von uns entdecke ich durch die Tannen hindurch den Fluss, einige hoch gewachsene Kiefern stehen an seinem Ufer. Sie sind viel größer, als ich sie in Erinnerung habe. Ein Wunder, dass sie überhaupt noch existieren, denn es sind über 150 Jahre vergangen, seit ich sie das letzte Mal gesehen habe, aber ich bin mir sicher. So sicher, wie man sich nur sein kann. Da, links von uns, die graue Abbruchkante, die den Nadelwald beendet. Ebenjene, an der ich Kay mit dem toten Bären zurückgelassen habe.

Unmöglich, an einen Zufall zu glauben.

Ich lasse meine Familie stehen und renne zu der Felswand, wo ich den Überhang vermute, unter dem mein geliebter Scout und ich Schutz gesucht haben, und da sehe ich sie: eine Blockhütte, aus geschälten Stämmen gebaut, verborgen hinter dicht stehenden Tannen. Sie ist klein, höchstens für zwei Personen geeignet, und wirkt, als sei sie mit viel Mühe aus dem, was der Wald zu bieten hat, errichtet worden.

Hier muss es sein. Hier muss das Geburtstagskind wohnen. Es gibt keine andere logische Erklärung, als dass es Kay ist. Ich habe ihn nie nach seinem Geburtstag gefragt, nur nach seinem Alter.

Keuchend hämmere ich gegen die Tür.

Es vergeht eine Minute, bis sie sich öffnet. Erst als meine Eltern mich erreicht haben, tritt eine Frau, um die sechzig, heraus und streckt mir lächelnd die Hand entgegen.

»Du musst Alison sein.«

Ich nicke, zu verwirrt, etwas zu sagen.

»Ich bin Hillary und kümmere mich um das Geburtstagskind.« Sie begrüßt auch meine Familie mit kräftigem Händeschütteln.

Hillary wirkt liebenswürdig. Sie ist schon leicht ergraut und ziemlich mollig, aber dafür von erstaunlicher Energie.

»Bitte, kommen Sie herein.« Hillary tritt zur Seite, weist mit offener Hand ins Innere.

Ich brauche einen Moment, um im Halbdunklen etwas zu erkennen. Dann aber erfasse ich ein gemütliches Wohnzimmer, dessen einzige Lichtquelle einige Kerzen sind. Selbst sie wirken handgemacht. Felle liegen auf dem Boden, auf ihnen Sitzmöbel aus Holz, die Dad mit anerkennendem Nicken betrachtet.

Als sich meine Augen ganz an das schummrige Licht gewöhnt haben, sehe ich ihn, und das im gleichen Moment wie Jeremy. »Cool! «, entfährt es meinem kleinen Bruder.

An der Wand hängt ein ausgestopfter Schwarzbär. Erst glaube ich, es ist der Bär, den mein älteres Ich mit dem Tomahawk getötet hat, aber sein Kopffell ist unversehrt.

Ansonsten ist der Raum menschenleer. Keine anderen Geburtstagsgäste haben sich hierher verirrt.

»Wo ist er?«, frage ich Hillary mit erstickter Stimme.

»Das würde ich auch gern wissen«, grummelt Dad.

»Wir konnten Sie nicht mehr rechtzeitig erreichen«, erklärt Hillary. »Es tut mir sehr leid, aber das Geburtstagskind fühlt sich nicht wohl. Er braucht Ruhe. Wir mussten die Party absagen. Aber ich habe Cola!«

Inzwischen halte ich Hillary für eine Art Haushälterin, auch wenn ich nicht verstehe, was in dieser kleinen Hütte zu organisieren wäre.

»Super, Cola!«, ruft Jeremy begeistert.

»Lass sie dir schmecken. Ich musste sie extra aus Carson City holen und hier runterschleppen.« Hillary lächelt, bietet meinen Eltern auch eine Flasche an. »Trinken Sie! Der Rückweg ist steil.«

»Soll das bedeuten, wir sind die ganze Strecke für eine Cola gefahren?«, brummt Dad.

»Es tut mir wirklich leid. Aber er fühlt sich nicht wohl«, wiederholt Hillary und deutet auf die Pappschachtel, die Mum immer noch in der Hand hält. »Ist das der berühmte Apfelkuchen?«

»Ich muss zugeben, meine Schwägerin Rose hat ihn gebacken. Ich hoffe, er ist jetzt noch in einem Stück«, antwortet Mum. »Wir wussten ja nicht, dass wir zu Fuß ...«

»Er wird wunderbar sein«, erwidert Hillary und sieht zu einer schweren Holztür, gleich neben dem Bärenkopf. »Er sollte Alison jetzt sehen, bevor er wieder schläft ...«

»Schläft?«, rufe ich. »Wie kann er schlafen wollen?«

»Alison, wieso Alison?«, fragt meine Mutter im gleichen Moment, doch Hillary ist schon durch die Tür gegangen und winkt mich in den noch dunkleren Raum, der so klein ist, dass nicht mehr als ein Bett darin Platz findet sowie ein Regal, mit einigen Büchern darauf und ein Tropf. Das nehme ich aber nur am Rande wahr, genau wie das Schließen der Holztür, denn ich blicke auf Kay.

Er liegt mit lang gestreckten Beinen unter einer gehäkelten Decke und lächelt mich an. Sein Gesicht ist eingefallen, von Falten durchzogen, die Haut wirkt dünn, fast durchscheinend, und ist von braunen Flecken gezeichnet. Altersflecken.

»Da bist du ja ...«, sagt Kay. Seine Stimme klingt genauso fest, wie ich sie in Erinnerung habe

Ich merke, dass ich die Hand vor den Mund presse, und lasse sie wieder sinken.

»Dein wievielter Geburtstag ist das?«, frage ich erstickt.

»Mein 104.«, antwortet Kay. »Ich habe lange warten müssen, aber jetzt bist du ja da.«

»Aber ... Ich habe immer gedacht, wir ... wir leben in der gleichen Zeit, vielleicht in unterschiedlichen Realitäten, ja, aber in der gleichen Zeit ...«

»Tun wir doch ...« Kay lächelt.

Ich starre den zerbrechlichen Mann auf dem Bett an und merke, dass ich ihn auch jetzt noch liebe. Vorsichtig berühre ich seine Hand, in der der Zugang für den Tropf steckt.

»Bist du krank?«

»Nur alt«, murmelt Kay. »Alt und müde. Aber jetzt kann ich sterben.«

»Sag das nicht.«

»Hillary wird froh sein, wenn sie nicht mehr durch den Wald stapfen muss, um mich zu versorgen ...« Kay wirkt belustigt, aber im nächsten Moment sieht er mich ernst durch seine tiefdunklen Augen an. »Ich konnte dir nicht alles erklären, nicht alles beibringen. Du warst plötzlich verschwunden und ich habe nur hoffen können, dass ich lang genug leben werde, um mein Versäumnis nachzuholen.«

»Dann lass uns gehen. Zeig mir, wie man mit einem Speer jagt oder Feuer mit Steinen macht ...« Ein blöder Scherz, aber ich kann der grässlichen Tatsache nicht ins Auge sehen, dass es keine Zukunft für Kay und mich gibt.

»Was ist geschehen? Wieso hast du mich nicht mehr auf dich aufpassen lassen, mich betäubt ...«

Langsam lasse ich mich auf das Bett sinken, streiche durch Kays ergrautes Haar, während ich ihm von der anderen Alison erzähle, den Tropfen in der Flasche, meinem Ururgroßvater Hamilton, den ich als Kind am Fluss entdeckt habe, seinem Spielkameraden, dem Brandstifter und schließlich der Mojave-Klapperschlange und Wum Randy.

Kay unterbricht mich nicht, drückt nur einmal stolz meine Hand, als ich ihm von der Schlange berichte.

»Du hättest ihn töten sollen ... den Jungen. Ich hätte es getan«, sagt er schließlich.

»Hättest du nicht.«

»Er war der Mörder meiner Frau.«

»Deiner Frau?«

Kay nickt. »Alison. Deine Urgroßtante. Sie war im dritten Monat, als die Destille explodierte.«

»Oh mein Gott«, höre ich mich flüstern und lasse die Stunden des Jahres 1929 an meinem geistigen Auge vorbeiziehen.

Stück für Stück fügt sich alles zusammen. Kay, der sich so selbstverständlich in den 20ern bewegte, sich der Sprache mit Leichtigkeit anpasste, sofort wusste, wie das komplizierte Gefährt zu starten war, das wir auf halber Strecke gestohlen hatten. Natürlich wusste er, wo die Plantage lag.

Sie war sein Zuhause. Ihr Zuhause ...

Jetzt erinnere ich mich an die ungefähren Worte meiner Urgroßtante. »Ich warte auf meinen Mann. Er ist gestern nicht nach Hause gekommen ...«

»Sie haben dich einen Tag vor dem Brand geholt ...«, sage ich zu Kay.

»Und 2 Jahre später mit dir zusammen zurückgeschickt, ja. Aber ich habe es nicht geschafft. Ich konnte den Brandstifter nicht finden, nicht das Leben unseres Kindes retten, auch nicht, nachdem Wum Randy mich plötzlich aus diesem Wald hierher portierte, direkt in das Jahr 1929. Ich konnte nicht wissen, dass du es warst, die Randy dazu gezwungen hat. Ich dachte, sie hätten die Show abgesetzt ...«

»Und hast du sie wiedergesehen? Meine Urgroßtante, meine ich?«

Kay schüttelt den Kopf. »Ich kam einen Tag zu spät. Plötzlich saß ich wieder in dem Auto, du weißt schon, das wir am Straßenrand abgestellt gefunden haben.

Von dem du dachtest, wir klauen es. Es war mein Wagen, den ich dort geparkt habe, weil mir plötzlich übel wurde ...«

»Und sie dich das erste Mal in ihre Zeit geholt haben?«

»Ins Jahr 2415, ja.«

»Sie haben dich nicht in diese schreckliche Realität zurückgeschickt?«

Kay schüttelt den Kopf. »Ich war im Wald, auf der Suche nach dir, habe deine Fußabdrücke verfolgt, als ich mich plötzlich wieder in meinem Wagen befand. Im Jahr 1929. Er stand genau dort, wo ich ihn stehen ließ, um den Brandstifter zu suchen. Doch schon auf dem Weg zur Plantage war mir klar, dass ich zu spät komme. Überall verbrannte Erde, schwarze Baumstümpfe ...« Kay schließt die Augen und verzieht schmerzhaft das Gesicht.

Seine Lunge rasselt, als er Luft holt, um weiterzuerzählen. »Alle dachten, auch ich wäre in den Flammen umgekommen. Keiner suchte nach mir. Also verließ ich Mill Valley und kehrte hierher zurück. An diesen Platz, in der Hoffnung, ich würde alt genug werden, dich noch einmal zu sehen.«

»Da bin ich«, flüstere ich lächelnd.

»Ich habe nur so lange durchhalten können, da ich wusste, dass es ein gemeinsames Leben für uns geben kann.«

»Ich bleibe bei dir«, verspreche ich Kay, dessen Augen auf einmal so lebendig funkeln, als wären sie nicht schon 104 Jahre.

»Mein Dummerchen«, sagt Kay zärtlich. »Ich meine, kein gemeinsames Leben mit einem alten Tattergreis, wie ich es bin. Ich meine eine Zukunft, in der wir etwa im gleichen Alter sind und du bei deiner Familie sein kannst ...«

»Wie soll das gehen?«

»Der Marker ... wir tragen ihn immer noch.«

Ich nicke.

»Er ist mit dem neuronalen Netz verbunden, wie du weißt. Das bedeutet, er sendet Impulse, die dein Gehirn umsetzt.«

»Ja ...«

»Er funktioniert auch umgekehrt.«

»Wie?«, frage ich ungläubig.

»Willenskraft und Training. Du kannst ihn beeinflussen. Mir sind kurze Zeitsprünge gelungen, nur wenige Sekunden konnte ich mich halten, dann wurde ich wieder zurückgeschleudert, aber es hat funktioniert.«

»Aber wie –«

Kay legt einen Zeigefinger an seinen Mund, unterbricht meine Frage. »Es hat funktioniert. Ich weiß nicht, wie du es dir zunutze machen kannst, aber wenn du lernst, deine Gedanken zu fokussieren, nicht nachzugeben, wenn dir schwindelig wird ... Du wirst es herausfinden, sonst hättest du dich nicht selber besuchen, dir die Tropfen geben und mich zurücklassen können«, schließt Kay erschöpft.

»Aber ...« Ich schlucke hart. »Du hast gesagt, dein Scout, also ich ... Ich würde mir den Marker herausschneiden und sterben, in etwa 2 Jahren.«

»Eine mögliche Realität, aber sie muss nicht deine sein. Sie ist noch nicht geschehen, linear gesehen ...«

Ich spüre, wie unendlich Kay das Gespräch anstrengt. Er atmet flach und eine Weile streiche ich über seine Stirn, er lächelt mich an, bis ihm die Augen vor Erschöpfung zufallen.

»Ich liebe dich«, flüstere ich, vergrabe meinen Kopf an seiner schmal gewordenen Schulter.

Irgendwann wird die Tür geöffnet, Licht fällt in das Zimmer, und ich sehe Hillary.

»Deine Familie drängt zum Aufbruch«, sagt sie leise.

Bevor ich gehe, ziehe ich Kays Decke etwas höher, eine Klappkarte fällt dabei heraus. Ich hebe sie auf, lege sie auf Kays flach atmende Brust und will mich schon hinausschleichen, als mir klar wird, dass dies keine gewöhnliche Karte ist. Ich meine, etwas darin hätte sich bewegt.

Als ich die Karte aufklappe, stöhne ich. Scheinbar aufgedruckte Luftballons bewegen sich auf dem Papier, sie sind silbern und kreisen um eine Kerze, deren Flamme leicht flackert.

Auf der anderen Seite lese ich die Widmung:

*Meinem alten Freund Francis Kay Raymond,*
*alles erdenklich Gute zum 104. Geburtstag.*
*Herzlichst,*
*Ihr Wum Randy*

Danksagung

Ich danke Thomas Mrosek von Herzen dafür, dass er vermutlich Tage geopfert hat, um mir immer wieder aus den Paradoxen zu helfen, die sich durch die Viele-Welten-Theorie ergaben. Wie oft war ich am Rande der Verzweiflung, wie oft kurz davor, alles neu zu schreiben. Wenn er mein lineares Denken nicht mit einer Engelsgeduld wieder und wieder gebrochen hätte, wäre Zeitrausch so nie entstanden.

Genauso dankbar bin ich seiner Frau Wiebke, die durch ihre offene und schonungslose Meinung, ihre fantastischen Ideen Kay und Alison mit hat wachsen und sie, wie mich, einen Blick in ihre Zukunft hat werfen lassen.

Ohne Zeitrausch hätte ich sie nie kennengelernt: Christina Hagelstein. Wir haben voneinander gelernt, sind über die wunderbare Welt der Bücher zusammengewachsen, und während die Zeit dahingerauscht ist, sind wir Freunde geworden.

Mein besonderer Dank gilt Marion Lembke, die meinen Horizont über die Realität hinaus erweitert hat und mich von der ersten Zeile an begleitet.